TAKE
SHOBO

ひねくれ魔術師は今日もデレない
愛欲の呪いをかけられて

まるぶち銀河

Illustration
白崎小夜

MOON DROPS

ひねくれ魔術師は今日もデレない
愛欲の呪いをかけられて

Contents

イラスト／白崎小夜

ひねくれ魔術師は今日もデレない

愛欲の呪いをかけられて

MOON DROPS

第一章　銀の悪魔

魔術師、というのは希有な職業である。

まず、生まれもった才能があり、さらに地頭が良く、勤勉でなければならない。魔力があっても使う術を知らないものは、魔術師とは成り得ないのだ。

ロベイア王国にある王立魔術研究所は、その優秀な魔術師を数多に抱えている。ここは魔術の研究開発を行う国の機関で、彼らの特技を活かす仕事場としては最高峰だ。


北棟の『銀の悪魔』こと、ディキ・メルシスも、そこに属する魔術師のひとり。

齢二十二にして、研究所にある四つの棟のひとつを任されている天才魔術師。彼は他の追随を許さない強大な魔力の持ち主で、それ故に持て囃《はや》され、敬遠され、畏怖されていた。

機嫌を損ねれば暴言を吐き、魔法をぶっ放す危険人物。豊富な薬草学の知識で毒殺など朝飯前、骨まで溶かす液体で煙のように消されてしまう――なんて噂《うわさ》もある。

だけど、私は知っている。

本当の彼は、単に性格がとってもひねくれているだけだということを。

「おい、このきったねぇ写しはなんだ？」

肩にかかる銀の髪をさらりと揺らす美青年が、ものすごい顰《しか》めっ面で新人研究員を睨《にら》みつけた。彼の手元には、新人が一生懸命書いたであろう古代フィメル語の書類が見える。

美しい紫の瞳に見据えられ、新人はビクリと肩を震わせた。

「文字写すだけの仕事でコレかよ。しかもこの間違い、配列が違ってて魔法が発動しねぇし。ただ写すとかバカでもできるからな。お前、幼等教育からやり直した方がいいんじゃねぇの？　あぁ、でもその頭なら生まれ変わった方が早いかもな」

「…………すみません」

バカにしたように鼻で嗤《わら》って、ひと通りの悪口を言って、彼の書いた紙をこれ見よがしに掲げて破り捨てる。

新人は死んだ魚のような目で、散り散りになる紙片を見ていた。数時間の力作が一瞬でゴミになったのだ。泣いていい。

「言っとくけど、北棟《ここ》に使えない奴は必要ない。才能のない奴は死ね」

性格に加えて、この口の悪さ。人間嫌いのディキは、他人を傷つける事にためらいがない。彼の所為でこの北棟には研究員が居着かず、どんどん辞めて行く。新人研究員の顔は引きつっている。たぶん、あの子もそのうち辞めるだろう。

その様子を横目で見ながら、私は嘆息した。

アロア・ポーチ、十八歳。しがない一般研究員。

魔術師サマをサポートするため、この北棟に配属されて二年。生き残った同僚はゼロ。毎日増え続ける書類整理に追われながら、彼の研究の雑用をこなすのももう限界だ。


実はこの北棟は、我儘《わがまま》で暴君な彼を隔離し、支障なく仕事してもらうために建てられた。研究所自体も街はずれの森にあるが、北棟はさらに奥にある。本棟は精巧なレリーフに彩られた城のような外観なのに、北棟には装飾は一切無い。無骨な石が積まれているだけの壁に、地下かと思うほど窓が少なく室内は薄暗い。まるでディキを畏れ、閉じ込めておく牢獄《ろうごく》のようだ。

さらに北棟全体が謎の植物に覆われていて、とても歩きづらい。夜になると植物が動く、なんていう怪談話もあって、とてもおどろおどろしかった。

そんな場所で、毎日毎日ディキになじられ理不尽に詰問されれば、転属願いを出さぬ者はいない。最初こそ見た目だけは美しいディキのそばにいられると喜んだ女性研究員も、半日もしないうちに泣いて逃げ出す始末だ。

必然的に、勤続たった二年の私がもっとも古株であり、嫌でもディキの右腕だった。

「おい、ウスノロ赤毛、進行はどうだ？」

私は手元の作業に没頭するフリをして、ディキの暴言を無視する。

ええっと、この調合書、字が汚くて読みづらいな〜。

「お前の事だ、貧乳チビ」

「……」

苛々しながら暴言を吐き、腕組みをして近付いてくるディキを尻目に、あえて無視する。

だって、私の名前は「ウスノロ赤毛」でも「貧乳チビ」でもない。

「アロア・ボッチ！」

「ポーチですっ！」

ガチャン！　と、テーブルを叩《たた》くと機材が揺れる。

ディキがわざとらしく驚き、片眉を吊《つ》り上げて私を睨んだ。

「おまっ、それいくらするかわかってんのか！　てめぇの給料どころか人生吹っ飛ぶぞ！」

「ディキが失礼なこと言うのが悪いんでしょ！　貧乳なんて、女の子に言っていい言葉じゃないよ！」

「うるせぇ、乳のない奴に女としての発言権なんてねぇんだよ！　悔しかったらオッパイ膨らましてから口開くんだなド貧乳！」

「キイイ！　めっちゃムカつく！　めっちゃムカつく!!」

「おい、語彙力貧困丸そろそろ黙れ。黙らねぇとチューするぞ」

「してみなさいよ！　したら強制わいせつで今度こそ上に配置換えを訴えてやる！」

「ふん、辞めるって選択肢がねぇ時点で弱腰だな社畜赤毛ザル！」

「サルって言うなぁっ！」

私とディキは額をくっつけて睨み合う。といっても、背の小さい私の頭に半ば乗っかるようにして、ディキが上から顔を押し付けてきているのだが。

紫色の瞳が私を映してギラギラと不穏に輝くのを、恐れる事無く正面から睨み返す。

「あーあ、またはじまった……」

私たちが言い合いからつかみ合いに移行したところで、静観していた他の研究員が溜息《ためいき》混じりに呟《つぶや》いたのが聞こえてきた。

そう、デリカシー皆無なディキとこうやってやりあうのはもはや日課みたいなものだ。

「あのディキさんと、よく口喧嘩《げんか》なんてできるよな……」

「帰り道で消し炭になるんじゃ……」

私の命の心配をしてオロオロする研究員たち。うーん。ディキ、恐れられてる。

彼は片手で軽く建物を吹っ飛ばすレベルの魔術師だ。今の時代に、そんな魔術師は少数しか存在しない。そこまで膨大な魔力量、普通の人間は自分の体で保持できないのだ。

そして、争いのない平和なこの時代、その力は畏怖でしかない。有効活用しようにも、力を発揮する場がない。

竜などの危険な魔物も世界のどこかには存在するけれど、体力の無い魔術師は遠征向きではないし前線には出られないしで、結局、研究の場に身を置いて世間から隔離され、生涯を終えることが多かった。

――でも気の毒だからって、貧乳とかチビとか、言っていいわけじゃない！

私はこの躾《しつけ》のなってない猛獣に、相応の罰を下さないと気が済まないのだ。

ディキのサラサラな銀髪をつかんだり、つるすべなほっぺをつねったりすると、彼も負けじと私の耳を引っ張ったり頭を押さえつけたりしてくる。

故郷の弟達とは、毎日こうやってお仕置きしたりつかみ合いの喧嘩をしていたっけ。だから男相手だって魔術師サマだからって、負けるつもりはない。


「はいはい、そこまで。そろそろお仕事に戻りましょうねぇ～」

ふいに、ぐい、と首根っこをつかまれて、ディキから引き剝がされた。

私から離れたディキの視線を追って振り返ると、そこには騎士服に身を包んだ大柄な男性が立っていた。

ひとつに束ねた長い黒髪、緑色の優しげな瞳。その瞳が私を見て柔らかく細められ、頭をポンと叩かれた。

「アロア、まともにこいつの相手をしても無駄だよ」

「……カイゼさん。止めて下さって、ありがとうございます」

「チッ」

私がその騎士、カイゼ・ベスタルクに微笑みかけると、ディキが思いっきり舌打ちする。すみませんねぇ、あからさまに態度が変わっちゃって。

優しくて、カッコよくて、おおらかで、カイゼさんは私の憧れの人だ。

彼は魔術師ではないけれど、この研究室によく出入りしていた。

騎士団の中でも各地の調査や土木作業、地質研究に関する機関に所属していて、そこでの地位は隊長クラスらしい。遺跡発掘員の補助や護衛なんかも任務のうちで、そこで発見されたものをよく持ち込んでは、ディキに調査を依頼している。

そんな彼がたまにここへ訪れるのを、私は心待ちにしていた。ヒョロヒョロの魔術師だらけの中、私の目に、彼は本当に魅力的に映る。

この程よい筋肉美、爽やかな笑顔。青を基調とした騎士服と白いマントが本当に似合う。もし初めての恋人にするなら、断然、カイゼさんみたいな人がいい。

私の目がハートマークになっているのを見て、ディキが嫌そうに顔を顰めながらお尻に蹴りを入れてきた。

「仕事に戻れ、サル。あと五分で作業を終わらせなかったら、どうなるかわかってるよな？　アロア・ビッチ！」

「ポーチです っ！」

反論しながらも机に広げた調合途中の薬草や薬液に手を伸ばす。急ぎで作ってくれって頼まれたやつだったんだ。

ゴリゴリとスリコギで乾燥した薬草をすり潰しながら、ふたりの会話に耳を傾ける。

「忙しいとこ悪いが、また頼まれてくれるか」

「はぁ？　これ以上働かせるのかよ。こっちはもう手一杯だっての」

「喧嘩する余裕はあるのにか？」

「うっ……うるせぇな。部下とのコミュニケーションだよ」

そんなコミュニケーション、いりません。

私の心の声が聞こえたのか、カイゼさんがこちらを一瞥《いちべつ》して朗らかに笑う。そして笑顔のままディキに向き直った。

「実は、古代魔法帝国の遺跡から、面白そうなものが見つかったんだ。民家の隠し扉の中にあって、腐朽した文書と一緒に保管されていた。それが何らかの魔力を持っている事はわかるんだが、使い道がわからない」

「ほう……？」

古代魔法帝国《ルーナディア》――かつて魔法によって繁栄し、魔法の暴走によって滅びた帝国。

その遺跡から、謎の彫像が発掘されたという。

ディキが興味深そうに目を眇《すが》めた。私も興味があるので、耳をそばだてて会話を聞く。

周りの研究員は、ヤバイ、という青ざめた顔になる。以前、同じように持ち込まれた古代魔法帝国の遺物が爆発したことがあるのだ。彼らはその噂を知っているのだろう。

「軍部としては、武器っぽいやつだといいなー、みたいな。だけど、上は危険なものだったらディキに渡すなって言うだろうから、報告しないで内緒で持ってきちゃった。だからこれ、内密にね？」

カイゼさんがわっるい笑顔で人差し指を唇に当て、シーッというポーズを作る。

ああ、このダークなのに爽やかなとこ、だいすき。

こういう大事そうな発見は、名のある貴族のお抱え魔術師に手柄を譲ることが多い。だけど、お抱え魔術師の実力はディキに比べたらたいした事がない。だから貴族に渡す前に、内密でディキに調査を依頼することがある。

まあ、本当に重大で大変な発見はこんな風に扱ったりしないんだろうけど。だからこれは、予定調和のお遊びみたいなものだ。

実際、彼が持ってくる〝内密〟はいつもどうでもいい物ばかりだった。前回なんて、猫を寝かしつけるための玩具だったし。猫って寝かしつけなくても寝るよね？


カイゼさんは騎士服の内ポケットに手を入れた。そこから取り出したのは、腐食の進んだ鉄の彫像だ。

ひと目で惹き付けられた。両手に収まるくらいの大きさのそれは、ふたつのパーツから成り立っているように見える。少し縦長の卵形が二つ、不自然に溶け合っているような。

所々、宝石がはまっていた跡。数個残っているが、それはディキの瞳のような不思議な紫色だ。なんの形かはわからないが、私には、男女が抱き合っているように見えた。

なぜだろう。錆《さ》びてボロボロになった鉄の塊にもかかわらず、触れたくてたまらない。

それが魔力によるものなのか、好奇心によるものなのか、私にはわからない。

「おいド貧乳、作業は終わったのかよ」

気がつけば、カイゼさんからディキに手渡されたそれを、穴があくほど眺めていた。

「終わりました……それ、もっと見ていい？」

「どうぞ。触っても危険はないみたいだよ」

カイゼさんが、じっと見つめる私に向かって像を手渡してくれる。

ここへ来るまでにその彫像は調査員や魔術師にも手渡されているらしい。けれど、何か反応があったという報告は一切ないそうだ。

私はそれを手にとり、溜息を吐いた。

「すごい……よくわからないけど、胸が熱い」

「はあ？　この、きったねぇ鉄の塊が？」

「ディキは感じないの？　変だなぁ」

そう言って像の表面をそっと撫《な》でると、ディキがなぜかブルリと震える。

「なんだ……？」

キョロキョロと周囲を見渡すが、何もない。

そんな私たちを、カイゼさんは不思議そうに見ている。

「なにか感じるか？　ディキ、魔力は？」

「いや……」

顎に手を当てて彫像を見つめるカイゼさんに、ディキも首を傾げた。

魔術師は魔力を光の粒のように視ることができる。その色や形によってどんな効果があるのかも感じることができ、高位の魔術師であればあるほどその正確性は高くなる、らしい。魔力のない私たち一般人にはピンとこないが。

「ふん……微弱な魔力はずっと感じるが、悪い気はない。何も反応していないが……とりあえず調べてみるから、後でその腐朽した文書とやらも残らず持ってこい」

「おう、ありがとな！　さすが、持つべきものは天才の友達だね」

「誰が友達だ、誰が」

ディキが不機嫌に返すと、カイゼさんは大きく笑って、「あはは、じゃーよろしくねぇ～」と手を振って爽やかに帰っていった。素敵。

それにしても、この彫像、不思議だ。なんだかぽーっとして、体が熱くなってきた。知らず知らずのうち、私はそれを手の内で撫で回しはじめる。あったかくて、愛おしくて、ちょっと憎らしくて、だけどきっと……。

「おい、チビ」

「……」

「おい、アロア・ポンチ！」

「うえっ⁉　は、はい！」

あ、思わず返事しちゃった。誰がポンチじゃ、誰が！

私が慌てて返事したのを見て、ディキは変な顔をする。そして、顰めっ面で彫像をひっ

たくると、

「……文書を洗う溶液を作っておけ」

と呟いて、研究室の奥にある、彼しか立ち入れない部屋へと消えていった。

◇　◇　◇

古代魔法帝国《ルーナディア》の遺跡は、ここグリダナ大陸の至る所にある。

かつて栄華を極めたその帝国の範囲は広く、大陸全土を支配する四つの大国はみな滅んだ帝国の上に建てられたものだ。

ここ魔術研究所のある森の近くにも、大きな遺跡があった。

そして研究所では、そこから運び込まれた様々な魔力を宿した道具——魔具《マグ》——を研究し、人々の生活に役立てたり、軍事に転用したりしている。

そんなわけで、この国、この街は、古代魔法帝国のおかげでかなり潤っていた。

夜になれば街には自動で魔法の明かりが灯る。魔力供給は定期的に行わなければならないが、蓄積するための道具も近年は発達しているので、一晩で魔力がなくなり火が消える、なんてことはなくなった。

今の時代、杖《つえ》を持ち呪文を唱えて魔法を使うものは少ない。その原理を理解し行使するのは、一部の魔術師だけ。

一般人はその恩恵を日々当たり前に受けて過ごす、そういう時代だった。

「その古代の息吹を感じられるものが、こちらです」

そう言って、ボロボロの文書を丁重に運んでくれたのは、我が北棟で私以外に辞めずにいる、非常勤三年目のウィル・フィレットくんだ。

専攻は語学。古代フィメル語を得意としていて、大図書館や王立博物館にも行き来している、非常に優秀な研究者である。

彼は淡い茶色のふわふわした髪をなびかせて、保存魔法をかけたそれを、箱に入れたうえ手袋までして持ってきてくれた。相当壊れやすい状態らしい。

これを魔法で精製した溶液に浸けると、インクが反応して浮き上がる。

古代魔法帝国のインクは特殊な成分が含まれているので、そうやって浮き出てきたものを別紙に写せば文字が読めるようになるのだ。

「内密の調査なんですって？　大変ですねえ、先生方も」

耳聡《ざと》く社交的な彼は、たまにしか勤務していないのに、色々な事を知っている。

「相変わらずよく知ってるねぇ」

「いやぁ、これはカイゼさんが教えてくれたんです。内密だよーって」

内密をばらまく男、カイゼ・ベスタルク。そんなところもキュートです。

ウィルは机の上に文書の入った箱を置くと、保存魔法を解くための鍵を回した。

「その、彫像ってここにあるんですか？」

「うん、ディキが持ってるはず。おーい、ディキー？」

奥の部屋に籠ったきりのディキに大声で呼びかけるが、返事がない。

寝てるのかなぁ。この二日、ほとんど顔も合わせていない。食事や睡眠も、ろくにとっていないに違いない。

「ディキ？　失礼しまーす……」

ノックして、そーっと扉を開ける。と、本に埋もれるようにして中央に置かれた大きな椅子にうずくまり、毛布にくるまって眠るディキが目に入った。

徹夜したのかな。もうすぐお昼だけど、爆睡しているご様子。

私はそっと扉を閉めて、ウィルに向き直る。

「今だめっぽい。寝てる」

「そうですか、残念だなあ」

私たちは諦めて手持ちの作業に戻った。

文書を洗うための溶液は出来ている。後は洗って解析すればいいいんだけど。というか、あの彫像を、また見たい、撫でたい……。

「アロアさん？　顔が赤いけど、大丈夫ですか？」

「うぇっ!?　は、はい、だいじょぶ！」

やばいやばい、なんかまたぼーっとしちゃってた。

「そういえば、他の研究員たち、遅いねぇ。新人くんなんて、昨日怒られてたし今日来ないかも～、なんちゃって」

誤摩化すように笑って言うと、ウィルが「あ、そういえば」と懐を漁りだした。

うわ、嫌な予感。

「これ、他の皆さんから預かってきました」

渡されたのは、ウィル以外全員からの転属嘆願書だった。

あぁ、やっぱり。昨日の内密話を聞いたら、また北棟が爆発するって思ったんだろうね。

幸い、北棟が吹っ飛ばされても怪我人は出た事が無い。ディキがちゃんと守っているからだ。この棟を囲うおどろおどろしい植物も、実は建物が崩れるのを防ぐために張り巡らされている。

だけど、皆はそれを信じない。噂がどんどん大きくなり、訂正しても追いつかないほど、『銀の悪魔』の存在は恐ろしいものになっていた。

爆発だって、上から渡された調べ物が原因で、ディキがやったわけではない。

ディキは恐いし変な奴だけど、皆が思っているほど悪い奴でもない。私はそう思うから、いや、そう思い込むことで、なんとか投げ出さずに続けている。

――結局、夕方になって通常の業務時間が終わっても、ディキは起きて来なかった。

ウィルが帰宅しひとりで残った仕事をこなしていると、いつの間にか陽は落ちて暗くなった。光が差し込む場所の少ない北棟は、まるで闇の中だ。そこに、自動点灯の魔法によるオレンジ色の明かりが次々に灯っていく。

ひと息つこうと手を止めて、乱雑に積まれた本を本棚に仕舞う。

と、ふいに奥の部屋の扉が開いた。

「……おはよ」

「もう夜だけど。おはよう、ディキ。随分がんばってたみたいだね」

頭を掻《か》きながら出てきたディキに労いの言葉をかけると、彼は大あくびしながらそのへんにある椅子に座った。

私が温かいコーヒーをカップに入れて手渡すと、ぼーっとしながら受け取って啜《すす》る。

「なにか分かった？」

「うーん……どうやら中は空洞で、そこに魔術が込められてるっぽい。たぶん仕掛けがあって、動かせるっぽいんだよな。綺麗《きれい》にしてよく見たら、継ぎ目がある。宝石も、なんか意味がありそうで……で、そこまで調べたらすげぇムラムラしてさ、ビンビンのギンギンで、結局朝まで抜きまくって寝た」

「おい」

なんだその余計な情報は。一瞬想像しちゃったからやめてよね。

ディキの体は、いつも分厚いローブに包まれていてよくわからない。たぶん、カイゼさんと違って肉体美とは程遠い、白くてヒョロヒョロの不健康な体してんだろうな。でも、アレはデカそうだ。

「お前も見る？」

「ちんこを？」

「馬鹿。なんでだよ。彫像をだよ、このアロア・ビッチ！」

「ポーチですぅ」

でも、確かにちょっとビッチな発言だったのでそれは反省しよう。

「見たい」と素直に言うと、彼は一旦奥へ引っ込み、彫像を持って椅子に戻ってきた。

一昨日までは錆ついたボロボロの彫像だったのが、綺麗に磨かれている。手渡されると、鉄の重みと鈍い光、金属の冷たい感触。よく見れば確かに継ぎ目が至る所に入っていて、動かして形を変える事が出来そうだった。変形するおもちゃみたいな、そんな感じだ。

そして、不思議な紫の宝石も、なんだか輝きを増していた。

指でツツ、と表面をなぞる。ディキがまた震えたのを目の端に捉えながら、私はゆっくりと指を滑らせる。なぜか口内に唾液が溜まってくるのを感じ、生唾を飲み込むと、ディキも同じようにゴクリと喉を鳴らした。

二つ繋《つな》ぎの彫像の片方を、親指と人差し指で挟んで擦るように動かしてみる。窪《くぼ》みに指をかけ、引っかかりを弾いてみると、またディキが体をびくつかせた。

なんか、変だ。ディキも私も。この彫像を手にしていると、変だ。

今更ながら危険な感じがして、尋ねるように彼を見る。だけど――――

「もっと調べろよ」

そう言ったディキの瞳は、妖しく光っていた。

いや、起きた時から、もしかしたら妖しかったのかもしれない。よく見れば顔は紅潮し、瞳は潤んで、息は荒くなっている。疲れからだと思っていたが、もしかしたらそうじゃないのかも。

ディキは空のコーヒーカップを書類だらけの机へ適当に置くと、立ち上がって私の方へと歩み寄った。

ゆっくりと、彼の手が私へ伸びる。

その手は彫像に触れて、表面を滑った。

「……ひゃ、あっ⁉」

ゾクリと、背筋に何かが奔った。甘く痺《しび》れるような、電流が通り過ぎたような。

無意識に体が跳ねたのを不思議に思っていると、手元の彫像がわずかに身じろぎしたように感じた。

ぎょっとなって手の中の像を見る。

「う、動いた……？」

「は？　まさか」

ディキもハッとなって手元を見つめる。そしてよく見ようと二つ繋ぎの片方をつかんだ、その時だった。

――――ドクン。

大きく心臓が脈打ち、一瞬だけ意識が遠のいた。

慌ててディキを振り仰ぐ。だが、

「アロア……可愛い。何もかも小さい、俺の天使」

「ひ⁉　は⁉」

手をつかまれ、強引に引き寄せられる。

トン、と硬い胸板に当たり、視界が闇に包まれた。平均的な身長のディキ相手でも、私の背が小さいため彼のローブの中に埋まってしまうのだ。

分厚いローブの中に隠されるようにして抱きしめられ、押し付けられた胸板に意外と筋肉がついていることを知ってドキリとしてしまう。

彼は普段の様子からは想像できないほどの優しい手付きで私の頭を撫でながら、身を屈めて耳元に唇を寄せた。

「アロア、好きだ。ひとりでした時も、お前のことばかり考えてた。もう我慢できない」

はい⁉　頭でも打ったの⁉

驚いて顔をあげると、ディキと目が合う。まずい。彼は熱に浮かされたようにうっとりと微笑んでいる。

そして私は、力いっぱい逃げ……ようと思うのに、体が動かない。何かお腹の奥底が疼《うず》くような変な感じがして、体がビリビリする。

気が付くと、私はローブにしがみつき、彼を熱っぽく見つめていた。

そして、私の唇は愛おしげに名前を呼んでしまう。

「ディキ……大好きだよ」

——ちょっと待って。なに言っちゃってんの⁉

◇　◇　◇

ディキの指先が、楽器を弾くみたいに私の体をゆっくりと撫でる。その指は長くて、綺麗で、骨っぽい。

周囲を睨みつけるような目付きの悪さも、今だけは違っていた。愛おしげな視線に身をすくませれば、口元がふんわりと弛《ゆる》む。

こんなディキ、初めて見た。

「アロア、好きだ」

「ディキ……」

肩まである銀髪がサラリと揺れる。顎に手をかけ、彼の唇がそっと私に近づいた。

熱くて、柔らかくて、甘くて、いい匂い——。

固まっていた体がとろけるようにほぐれていく。溶け合うように重なる唇。力が抜けすぎて砕けた腰を、ディキがそっと支えてくれる。その腕は意外にもしっかりとしていて、男らしさを感じてしまう。

「ん……ふ、ぁ……」

自然と声が漏れる。苦しくて口を開くと、ディキの熱い舌が遠慮がちに浸入してきた。

私にとっては、これがファーストキスだ。だから、どうしたらいいかわからない。

戸惑っていると、ディキも戸惑うように、おずおずと口内を舐《な》めだした。舌先を尖《とが》らせ、私の舌を撫でるように刺激する。

これであってる？　とでも言いたげな愛撫《あいぶ》に、なんだか悶《もだ》えてしまう。ディキの女性経験なんて聞いたこともないけれど、あまり多くはなさそうだ。

同じなんだ、と少しだけ安心する。

安心してから、おかしいなと思う。別にディキなんて好きでもなんでもないのに、私はカイゼさんが好きなのに。不思議と嫌悪感は湧かなかった。それどころか、気持ちいいとすら思っている。

肉体への刺激は精神を凌駕《りょうが》するのだろうか？

……だめだ、何も考えられない。ディキの事だけしか……。

応えるように私も舌を動かしてみる。すると、ディキが嬉《うれ》しそうに応じた。口から涎《よだれ》が溢《あふ》れ出るのも構わずに、互いの舌を吸ったり甘噛《が》みしたり、歯や歯茎を舐めてみたりする。

慣れてきたディキが、ふいに舌を伸ばして口内の上側を舐めた。

ビクリ、と体が跳ね、ヒクつく。ものすごくくすぐったい！

「ぁっ、あ、うぅ」

体を引こうとするけれど、頭を押さえつけて執拗《しつよう》に舐められる。

くすぐられ続けているみたいに体に力が入り、ビクビクと震えても、ディキは容赦なく責め続けた。強張っていた体がだらりと脱力すると、ようやく唇を離してくれる。

ぱちゅっ、と音を立てて離れた口から、つうっと涎の橋がかかる。

私が蕩《とろ》けたままそれを眺めていると、ディキが微笑みながら私の口元を指で拭った。

「キスって気持ちいいんだな……もっとしていい？」

「うん、いっぱいして……」

もう私は完全に正気ではなかった。

ディキを受け入れることになんの疑問も抱かず、むしろ早くと願っていた。

恋心を上書きされたように、ディキの事だけを見つめ、蕩けた甘い声を出す。

彼はテーブルの上に積まれた書類を綺麗に退かして、ローブを脱いで敷く。私は緩いチュニックを脱ぎ捨てて、下着姿になった。

魔法灯に照らされて、ディキの瞳が妖しく揺れる。

彼は簡素な服も剝ぎ取って、私に迫った。細い体には筋肉がちゃんとついており、薄っすらと腹筋も割れている。骨張って華奢《きゃしゃ》ではあるけれど、きちんとした男の肉体だった。

「うまく出来なかったらごめんな」

自信なさげに呟きながら、私を抱えてテーブルの上に座らせる。

ディキの情けない声なんて、はじめて聞いた。

彼の様子になんだかきゅんときて、思わず頭を撫でる。するとディキは驚いて私を見つめた後、すうっと猫みたいに目を細め、気持ちよさそうな顔をしながら抱きついてきた。

胸に抱えるようにしてディキを撫でていると、彼は私の背中に指を這《は》わせ、くびれをくすぐるように動かしてくる。

「ちょっ……くすぐったいってば」

「くすぐってんだよ」

ビクビクと震える様子が楽しいのか、ディキは笑いながら一通り撫でまくった後、そっと下着を剝がしにかかった。露わになった子供みたいなぺたんこの胸に、羞恥で頬が熱くなる。手で隠そうとすると、ディキに腕をつかまれた。

「どうせ貧乳だもん……」

「大丈夫、可愛いよ」

そう言ってペロリと先端を舐め上げる。

「ひゃっ⁉」

ぬるついた舌が乳首をうねうねと這うと、すごく変な感じだ。気持ちいいというより、すごくすごく、くすぐったい、ソワソワする。

身をよじると、私の反応を見ていたディキが訝《いぶか》しげな顔をした。

「良くない？」

「わかんない……」

「自分で触ったりとか、したことないのか」

「ない……」

私はずっと、高給な研究員になるために勉強してきた。あまり裕福ではない家庭で、弟達に楽をさせてあげるため、私にできる精一杯の事だった。だから、恋愛もオシャレも性的な事も、年頃の娘がするような事はあまりしていなかったし、知識も無い。

不安な気持ちでディキを見ると、彼はちょっと考える素振りを見せた後、ニヤリと笑った。

「処女だとは思ってたけど、ここまで無知とはな。俺も初めてだけど、まあ、お前よりマシだしリードしてやるよ」

え、初めてなの？

いや、経験少なそうとは思ったけど、まさか童貞とは。モテそうな外見と自信満々さから、経験くらいはあると思っていた。

一気に不安が増すけれど、私は弱音をぐっと飲み込んで、ディキに頷《うなず》いてみせる。

「とりあえず、お前は黙って感じてろ」

そう言うと、彼は私をテーブルに優しく押し倒す。

お互いが纏《まと》う布は全て剝ぎ取られ、生まれたままの姿になり、彼は私に覆い被さった。あたたかい肌が密着して、安心感とドキドキが一緒に襲ってくる。それがたまらなくて思わず蕩けた声を出すと、そっと頭を撫でられた。

それから体中を、指と唇と舌を使ってじわじわと愛撫する。

触れるか触れないかで撫でられ続け、感度が高まり敏感になってくると、ディキはキスをしながら胸を優しく撫でた。

揉むほどもない胸に、やわやわと触れた指先が先端を押したり転がしたりする。

キスの気持ち良さが伝播《でんぱ》したのか、やがて胸でも感じて声が出るようになると、ディキはキスをやめて胸を舐めながら下半身に片手を伸ばした。

「や……恥ずかしい、だめ」

「だめじゃない。ほぐさないと、挿《い》れられない」

脚を閉じて手で防ぐけれど、こじ開けられてしまう。

ディキは密着していた体を離し、無理やり開いた私の内股に、「これが挿《はい》るんだぜ？」と言って、熱くて硬い塊を誇示するように擦り付けた。

うわぁ……初めて見た。弟のは見たことあったけど、全然違う。大人の男の人のアレって、あんなに大きくて、ビクビクしてて、グロテスクなの？

あんなのが私のナカに？　本当に？

私の顔が青ざめたのを見て、ディキが苦笑する。

「大丈夫、こわくない。黙って感じて、任せろって言ってるだろが」

ディキからは先程の弱気な様子は見受けられない。それどころか、魔術師特有の研究者気質というか、未知のものに対する好奇心で目が爛々《らんらん》と輝いている。

やばい。このままだと――

私が焦ったときはもう、手遅れだった。彼は私のナカに指を入れたり、舌で舐めたりと色々な刺激を試しながら、私のイイところを探り、無理やりに感度を高めていった。

「なるほど。ここ……か」

「あ、あ、あぁっ、や、あぁ――ッ！」

指を挿れて掻き混ぜながら、やがて見つけたらしいポイントをトントンと叩く。グッとひと押しされると、下腹部がギュウと締まり、背中を何かが駆け上がった。

体が反り返り、ビクビクと震える。膣内《ちつない》が大きく収縮するのを感じながら、意図せず止めていた呼吸を取り戻して荒く息をついた。

なに、これ、きもちいい。でも、こわい。おかしくなっちゃう。

先ほどから、もう何回もこれを繰り返している。そして、その度に震える間隔が短くなっている気がした。止まらなくなったらどうしよう……。

くらくらしながらディキを見て、目で不安を訴えると、彼は優しく微笑んでキスをしてくれる。

そして、「あとどんくらいほぐせばいいのかな」と言いながらまた指を動かしはじめた。

「やっ、やめっ、もう、やぁ……っ」

絶対、もう、必要ない！

涙目で抗議すると、「冗談、冗談。そろそろいいよな」と言って、ぬちゃ、といういやらしい水音を立てて指を引き抜いた。

ディキの指は、オレンジの灯りを反射してぬらぬらと光っている。あんなに濡《ぬ》らしたのは、私？　信じられない。

「……イッてくれて、よかった」

開いた両足の間に体を割り入れて、ディキが囁《ささや》く。「お前が気持ちよくなかったら、やだもんな」と安堵《あんど》したように可愛い言葉を漏らすと、下腹部にそっとキスをする。

そして両足を持ち上げ、猛った切っ先を蜜口にあてがった。熱い塊が触れただけで、私の膣内が蠢《うごめ》いたのがわかる。きっと本能で、これが欲しくて堪らないのだ。

「きて……でも、痛くしないで、ね？」

「大丈夫だ……たぶん」

そう言って笑うと、ゆっくりと覆い被さってくる。割れ目にじわじわと身を沈め、閉じていた肉壁を押し退けて、ディキが私の内に快楽の路を開いていく。

「あ……っ、あっ……うぅ、ディキ……あぁ！」

「きっつ……っ」

お腹の中が圧迫され、内臓が押し上げられるような息苦しさ。痛みを伴いながら、それでも充分にほぐされた膣内は敏感で、私は無意識に快感を追ってしまう。

先ほどまでとは比べ物にならないくらいの、甘い充足感がそこにはあった。ディキで体内を充たされていくたび、愛おしさと痛みとで嬌《きょう》声をあげる。

思ったよりもすんなりと奥まで到達し、私のナカはミッチリと彼の化身で埋まった。けれど初めての感覚に苦しくて息ができず、懸命に呼吸していると。

「あぁ……うそだろ。こんなにあったかいのかよ……」

ふいに、涙声の呟きが降ってきた。閉じていた目を開きディキを見ると、彼は少し震えている。繋がった部分は確かにあったかい、溶けてしまいそうだ。

浅く息づきながら同意するように頬にそっと触れると、彼は私を見て柔らかく微笑む。

「ほら、見ろよ。ぜんぶ飲み込んだ。俺たち、繋がってる」

結合部が私に見えるように腰を浮かす。

あんなに太くて大きいものが、私の中にすっぽりと収まっていた。濡れた下生えの毛が、彼が腰を上下してみせるたびに絡み合う。ぬちゅぬちゅと音を立てて出し入れされると、頭の芯が熱くなって気が狂いそうになった。

「ディキ……ぁ、もっと……！」

「もっと、なに？　どうして欲しい？」

「うぅ……」

わかんない。どうして欲しいのか、わからないけど、もっと欲しい。でも、言葉にできない。恥ずかしいし、よくわからない。

涙目でディキを見つめると、彼は私の額に汗で張り付いた髪を優しく指で払って、そっとキスしてくれる。

「今日はいじわるはしない。でも、アロアがして欲しいことがあれば、次からはちゃんと教えろよ？」

「……うん」

頷いてみせると、彼はまた頬っぺたにキスする。

そうだ、お互い初めてだもの、よくわからなくて当然なんだ。なのに、彼はずいぶん頑張ってくれた。

私もディキの頬に労わりのキスを返す。すると彼は唇にお返しをくれるので、私も唇に返し、そのままキスは深くなる。繋がった部分が熱く大きく膨らんで、私の中からも、じわじわと熱いものが溢れ出してくる。

ディキは私の手をとると、指を絡ませて固く握りしめた。両手をしっかりと繋いでキスをしながら、彼はゆっくりと優しく腰を振る。

最初は痛みを伴った刺激も、次第に和らいで気持ちよくなってくる。私が感じているのを察したディキは、腰を振る速度と勢いを強めていく。

「アロアっ、も、出そう。出す、ナカに、ぜんぶっ」

苦しそうに呻《うめ》きながら、私を見つめる。その顔が切なく歪《ゆが》んでいるのを見ると、胸がきゅうと締めつけられた。

「あ、おい、っなんか、締ま……ッ⁉」

驚いて声をあげながらも、腰が止まらず顔を真っ赤にして一心不乱に動き続けるディキ。可愛い、なんて愛おしいんだろう。

彼の精子が欲しい、ナカに、奥の方に、いっぱい出して！

「ディ、キ……っ、あぁっ」

「…………く、ぅっ」

私の首元に顔を埋めるようにして呻き、腰を押し付けてひと際大きく痙攣《けいれん》する。ドクン、と震え、奥に熱い感触が広がっていく。

最奥に押し付けられたまま、ディキがすべてを吐き出し終わるまで、私は幸せな気持ちで見守っていた。

第二章　呪いにかけられて

鈍い痛みと重怠さに呻きながら目を覚ました。

喉が異様にカラカラだった。体のあちこちが痛い。

薄暗い部屋を寝ぼけながら見渡す。山積みの本と薬剤、張り巡らされた植物がうっそうと茂る。夜明け前の青白い光が、分厚いカーテンの隙間から弱々しく漏れていた。

「ここは……」

自分の部屋じゃない。驚いて体を起こし、今度こそはっきりと辺りを見回す。

私は一糸まとわぬ姿で、深緑色のローブが敷かれた大きな研究机の上に寝ていた。体のあちこちにはうっ血した赤い痕が点々と付いていて、少し動くと、股の間からドロリとした白い液体が流れ出る。そこに赤い一筋の血のようなものが混じっているのを見て、ヒィ、と小さく悲鳴をあげた。

恐る恐る隣を見る。

そこには全裸の男がすやすやと眠っていた。絹糸のような光沢のある銀の髪に、目鼻立ちの整った美しい面差し。毎日嫌というほど見ている顔だ。

「ディキ……！」

サッと血の気が引くのがわかった。私は、『銀の悪魔』ディキ・メルシスと寝たんだ。

どうしてそうなったのか、思い出してもよくわからない。

私はディキのことが好き？　そんなはずない。

じゃあ、ディキが私を好きだった？　そんなばかな。

考えてもわからない。軽くパニックになりながら、私はそっと机を下り、散らばった服をかき集めて身につけた。

眠っているディキに、自分が眠っていた場所のローブを包むようにかけてやると、音を立てないよう慎重に後退る。

そして研究室の扉を閉めて外に出ると、くるりと踵《きびす》を返し、全力で逃げ帰った。


私が暮らしているのは、研究所の近くにある職員用の寮だ。

誰かに見つからないようそっと部屋へ帰り、静かに湯浴みをして、服を着替えた。

もの凄く悪い事をしてしまったようで、ずっと胸がズキズキしている。とりあえずベッドに入って頭から毛布を被り、丸くなって考える。

なんで？　どうして？　どう考えてもお互いの意志ではない気がする。

「あの彫像のせい……？」

もしそうなら、大変な事だ。人を操るような力があるのなら、その後の処理も含めて考えなければならない。そうでないのだとしたら、一体私たちがどうなってしまったのか、それを確認する必要がある。たとえば、単純に恋に落ちたのだとしたら――。

「いやいやっ、ありえないでしょ！」

私はブンブンと大きく頭を振って、不吉な予感を振り払う。

そうだ、これはきっと魔法のせい。じゃなきゃ中出しなんて許すはずがない。

「あぁ……なんてことだろう……」

できちゃったら責任とってくれるんだろうか。不安しかない。

でも今は考えても仕方ない。ウジウジしてもしょーがない。

ひと眠りして、嫌だけどちゃんと諸々を確認に行かなくては。事故だとしたら、ディキだってショックを受けているはずなのだ。

だけど、あぁ……初めては、好きな人が良かった。

止まらない溜息を飲み込んで、私は目を瞑《つぶ》る。

いつの間にか夜は明けて、寮はざわざわと騒がしくなってきた。だけど、今日くらいは遅刻だって許されるだろう。理由だって明確だ。

私は眠りに落ちながら、カイゼさんを想い、暗い毛布の中で少しだけ涙を流した。

◇　◇　◇

——寝過ごしたっ！

ガバリと起き上がると、もう夕刻だった。

睡眠をたっぷりとって体の重怠さはすっかり消えていたが、まさかのガッツリ欠勤。しかも無連絡。やばい。

急いで支度をすると、北棟へ走る。

街は夕闇に暮れている。魔法灯の明かりが街に灯りだし、人々は家路につく頃だ。

けれど、ディキが家に帰ってしまう心配はない。なぜなら、北棟自体が彼の家でもあるからだ。

彼は一年中、ほとんどあの場所から出る事はない。ずっと研究に没頭しているのは、人から畏れられているからか、彼が人を嫌っているからか。

「遅刻してすみません！」

植物が這う歩きにくい階段を駆け登って、いつもディキのいる研究室の扉を思い切り開け放った。

息を切らせて室内を見渡せば、夕陽に銀の髪を染めあげたディキが、驚いた顔でこちらを凝視している。いつものローブは纏《まと》っておらず簡素な服だけの姿で、手には薬剤に浸けた後に乾かしていたであろうボロボロの文書を、手袋をして慎重に持っていた。

「アロア・ビッチ………来たのか」

「ポーチですっ！」

さっそく失礼な物言いのディキに鋭く訂正して、私は室内へズカズカと入った。ディキは作業を中断し、手袋を取って机の上を片付けはじめる。あの彫像がチラリと見えたが、彼はすぐにそれを書類の下に隠した。

やはり、ソイツが原因か。

「……ディキ、昨日の事だけど」

私はそれをチラリと一瞥して、彼の横に並び立つ。

彼は私から視線を外して目を伏せた。確かに気まずい。私も彼から視線を外す。

「ああ……悪かったな、完全に俺の不注意だ。心を操るような強力な魔力は感じられなくて、油断してた」

やはり魔法か。自分の意志や恋じゃなくてよかった。ディキの言葉に少しだけ安堵する。

彼はいつになくしおらしく、てっきり怒鳴られたりイジられたりするものだと思っていた私は拍子抜けする。彼も初めてだったし、色々とショックを受けているのかも。

「あれって、なんなの？」

「たぶん呪いの類いだと思う。人の心を操るなんて、めちゃくちゃ高位の魔法だ。山をひとつ吹っ飛ばすより難しい」

な、なんですと……。

そんな危険なものを、気軽に触ったり持ったりしていたのか。

驚いてディキを見る。私が顔色を変えたのをチラリと見て、彼はフッと口元を吊り上げた。

「彫像そのものには、すでに危険はない」

そのものには——。その言い方が引っかかった。そのものには、とは。

じゃあ、呪いに一回かかった〝私たち〟は？

問いかけようとして、ディキの横顔を見る。

その瞬間、彼は窓から射す夕陽にわずかに眉を顰めながら、ポツリと呟いた。

「……もう来ないかと思った」

淡々としたその口調があまりにも寂しくて、胸がチクリとする。

ディキの周りには人がいない。いつもすぐにいなくなってしまう。私は二年間、それをずっと見てきた。

だけど……私は、私だけは、離れる人々を見ながら、酷い事を言われながら、ずっと踏ん張ってきたのだ。今更、離れてやるつもりなんてない。

実家に仕送りしなくちゃならないし、今まで勉強した努力が無駄になるのも癪《しゃく》だった。

なにより、こんな傲慢《ごうまん》で偉そうな人の相手なんて、私以外に務まる奴はいないだろう。

まったく、毎日迷惑かけやがって。

あげく、あんなとんでもない呪いに巻き込みやがって。

無性に腹が立ってきて、このしんみりした空気にもムカついてきて、私はキッとディキの顔を覗き込むようにして睨んだ。

「あのね、言っときますけど」

詰め寄ると、驚いて目を見開いた彼が仰け反る。

「私は、こんなことじゃ負けない。呪いだかなんだか知らないけど、あれっくらいじゃビビってないから。簡単に辞めるわけないでしょ、見くびらないで」

指を突きつけてハッキリと宣言してやると、ディキの顔がくしゃりと歪んだ。

泣きそうな、大笑いする直前みたいな、変な顔。

「無理やり処女奪われて、あれくらいって。強がるのも大概にしろよド貧乳」

「うるさい、貧乳じゃない！」

「いや貧乳だった。ドがつくマジもんの貧乳だった」

「実感込めて言うな！」

私が噛み付くと、ディキはおかしそうにクックッと笑う。

そしてふいに私の頬に手をかけると、ちゅ、っと柔らかなキスをした。

――え？

わけがわからず目をパチクリする。

「ほら、口開けろ」

「え……？」

固まっていると、彼は相変わらず意地悪な表情を浮かべたまま、胸ポケットに手を入れて小さな瓶を取り出した。中にはピンク色に発光する液体が入っている。

ディキは瓶の蓋をキュポンと開けると、液体を一気に口へ含んだ。そして私の両頬を無理やりつかむと、再び唇を近付ける。

「えっ、ちょっ……な、んんっ⁉」

抗議しようにも唇を塞がれ、口内に舌が入ってくる。と、同時に、先ほど彼が口に含んだであろう液体が、少しずつ私の中へ流れてきた。苦みと痺れるような感覚が口内に広がる。不味い。

「んぐ、ん、んうっ」

暴れても叩《たた》いても離れない。これは、飲め、ということか。しかし、口移しする必要はあるのだろうか。

疑問に思いつつも、諦めて液体を受け入れゴクンと飲み込んだ。

全て飲み込んだら、唇を離す……かと思いきや、ディキはそのまま舌を絡めてきた。

熱い肉厚の舌がねっとりと絡みつき、覚えたての快楽が呼び覚まされる。下腹部が疼いて、思わず応えるように彼の舌を舐め返してしまう。

蕩けながら力が抜けていくと、頬をつかんでいた手は背中へ回り抱きすくめられる。そしてそのまま持ち上げられ、目の前の机に座らされた。

両足を開かれ、ディキが股の間に体を割り入れる。

ゴリゴリと押し付けられるのは、硬く大きくなった彼自身だ。

「ん……ディキ、やめ」

胸を押してもびくともしない。力が入らず、胸元を摑んだはずの手は甘えるようにディキの体にすがりつく。

「や……だっ……ん、あう」

「黙れ」

口元から涎を滴らせながら舌を絡ませ、弱い口蓋を責められる。

びくりと体が震え、ますます力が抜けていく。やめたいのに拒否することもできず、彼の舌を受け入れ続けるしかない。

「さっき、の……媚薬《びやく》……？」

嫌なのにキスが止まらない。体の奥が疼く。きっと正気ではない。

体の変化に不安になり尋ねると、唇を重ねていたディキが、荒い息継ぎの合間に笑いながら答えた。

「ただの経口避妊薬……一応な」

「いち、おう？」

「お前らと、俺とじゃ――……いや、なんでもない。それより」

唇が離れ、私は名残惜しげに彼の目を見てしまう。

情欲を浮かべた紫の瞳が、熱っぽく私を映して揺れる。

「拒まないのか？」

小さく笑われ、腰を押さえつけられる。いつの間にか、私は秘部をディキの猛りに押し付けるように揺り動かしていた。

「あ……なんで……」

気が付いて、顔に火がついたように熱くなる。

「やだ、ちがう、ちがう」

「へぇ、なにが？」

机の上で後退って嫌がる私に、ディキが面白そうに目を眇めて迫る。

腰を引き寄せられて再び熱い塊を押し当てられ、耳や首筋に舌を這わせ煽《あお》ってきた。体をくねらせ反応すると、笑いながら私と自分の服を解いていく。

「ほら、なにが違う？　言ってみろよ」

私の下着を剝ぎ取ると、強引に足を開く。そこはすでにとろとろに蕩けきっていた。

ディキが自身をあてがえば、愛撫すら必要とせずに、ぬるりと先端を飲み込む。

「なんもしてないのに挿《はい》るけど？」

「うぅ……や、ぁ……っん、あん、あぁ……」

「淫乱すぎねぇ？」

喘《あえ》ぎ声を押さえられない私に意地悪を言いながら、奥までゆっくりと挿ってくる。

昨日まで処女だったはずの体は熱を持ち、これが欲しかったのだと膣内が歓喜にうねる。

恥ずかしい。そう思うとさらに濡れて、ディキをきゅうきゅうと締めつけた。

「ふ……そんなに欲しいか」

なんだかやたら嬉しそうに笑うと、私を机に寝かせ縁に寄りかかるようにして覆い被さった。挿入が深くなり、体が弓なりになる。ディキは反り返った胸元の膨らみに舌を這わせ、ツンと勃《た》った頂を咥《くわ》えると、愛撫しながら腰を振りはじめた。

「あっ、やっ……だめ、もっとぉ」

「ダメなのかもっとなのか、ハッキリしろ」

「だめ、やだぁ……っ」

涙声で訴えるも、動きはますます激しくなる。

理性ではダメだとわかっているのに、体が言う事を聞かない。

感じたくない、でも気持ちいい。なんでこんなに気持ちいいの。もっとディキが欲しい。でも好きじゃないのにこんなことするなんて。

どうしていいのかわからず泣きながら喘いでいると、ふいに動きが止まり、頭にあたたかいものを感じた。

「落ち着け」

それはディキの手のひらだった。

ゆっくりと頭を撫で、私の癖のある赤毛を滑り、頬を撫でて涙を拭う。

驚いてディキを見ると、顰め面だ。慰める時くらい微笑んでくれたらいいのに。

それでも、優しくされるなんて意外だった。きょとんとして思わず泣き止んだ私の頬に、彼が何度もキスを落とす。

昨日もそうだった。彼は行為中、ものすごく優しかった。まるで恋人のような扱いと与えられる快楽に、自分の心が勘違いしそうになるのを、必死で留めなければならないほど。

「ねぇ、ディキ……私のこと好きなの？」

「あぁ？　ふざけんなよ」

思い切って尋ねれば、不機嫌な声が返ってくる。

確かに昨日は好き好き言われたが、やはりそれは彫像のせいなのだ。ならばこの行為の意味に、可能性はひとつしかない。人嫌いのディキが、私を優しく抱く理由なんて。

「……じゃあ、これって、呪いのせい……？」

でなければ、こんな痴態を彼が晒《さら》すわけがない。

呪いのせいだ。昨日のことを思い出して体が疼いて言うことを聞かないのも、ディキが欲しくて変になりそうなのも。

「…………そうかもな」

ディキは小さく呻くように答える。

気まずげな様子だったが、私はその言葉に安堵した。私が変なのも、彼が変なのも、ぜんぶ自分の意志ではないのだ。

それはとても怖いことなのに、「ならば交わっても仕方ない」と思った。感じてしまっても、もっと欲しくなっても、仕方のないことなのだ。

快楽を貪る言い訳ができたことで、私はとろりと微笑んで彼の首に腕を回す。

「ねえ……いっぱい気持ちよくして」

自ら呪いに飲み込まれながら、キスをねだるように顔を寄せる。

ディキは一瞬ためらって眉を顰めたが、すぐに応えて唇を重ねる。私たちは深く口付けを交わしながら、溺れるように行為にのめり込んでいった。


夕陽はすっかり沈み、暗い室内は魔法灯に照らされている。

気付けば私は机の上に横たわり、体を弓なりにしならせて嬌声をあげ続けていた。

私を揺らすディキの額に汗が伝い、美しい銀の髪が貼り付く。もうどれくらいこうしているだろう。体が溶けてなくなってしまいそうだ。

「あっ、ディキ、や、また、イっちゃう、あぁ、あああぁッ」

「ん……っ」

私の体が跳ねると、ディキは最奥まで一気に身を沈めてぎゅっと目を瞑った。脈動する膣内を味わうように深く挿入したまま、私の痙攣が収まるのを待つ。

やがて痛いほど反っていた体の力が抜けると、喉に詰まった呼吸を促すようにディキがそっと浅いキスをする。それは次第に深くなり、舌を絡めながら再び下半身を揺らしだした。こうやって、止めどなくイかされ続けている。

ゆらゆらと揺さぶられながら、なぜこんなことをしているのだろうと、頭のどこかでぼんやりと思った。またわけのわからないうちに体を重ねている。

ディキを見ているとおかしくなる。胸が高鳴って体の奥が疼く。

これも全て呪いのせいなのだろうか。それとも――。


本当は彼と会う前から、私はディキ・メルシスが好きだった。

純粋な魔力への憧れ。無詠唱で紡がれる魔法、魔物を一撃で葬るほどの圧倒的な力。田舎である故郷にも轟《とどろ》く彼の恐ろしい噂も、私にはまるで英雄譚《たん》のように聞こえていた。

恋にも似た気持ちで、彼に会うために勉強した。

もちろん、一番の目的は弟たちを養うことだ。魔物に襲われ亡くなった両親の代わりに、残された育ち盛りの弟三人を立派に育て上げねばならない。

私たちの面倒を見てくれていた人が魔術師で、彼に頼み込んで王立魔法研究所に入るための勉強を教えてもらった。初めは渋っていたものの、私の熱意が伝わったのか、やがて心から応援してくれるようになった。

そして私はこの街で試験を受け、無事に合格して就職することができた。

大学を出ていないためにそれと同等の資格を取ったのだが、そのせいで、経験や実技が足りず、とりあえず慢性的に人手不足で嫌われ者のディキの元へと送られた。それは、私の希望するところだった。

初めて会ったとき、なんて美しい人なんだろうと思った。

さらさらと流れる銀髪、宝石のような紫の瞳。長い睫毛《まつげ》、凛《りん》とした眉。すっと通った鼻筋に、引き結ばれた形の良い唇。手足は長くほっそりとしてやや華奢だけれど、骨っぽく男らしい。

　銀の悪魔なんて呼ばれているが、美しすぎる容姿のせいではないかと、その時は思った。すぐに違うとわかったが。

　彼にときめいたのは、その一瞬だけだったように思う。それからは失望の連続だった。

　彼は人間を嫌い、傷つけても眉ひとつ動かさず、次の日から部下が出勤しなくても咎《とが》めることすらしなかった。気付いてもいないのかもしれない。

　冷血というより無関心だと感じて寂しくなったし、なんだか悲しかった。

　打ち解けようと努力してみたこともあったけれど、結局付かず離れずが一番上手くいく。褒められたり頼られたり、そんな当たり前の関係は築くことが出来ないのだ。

　だからもう、彼に過剰な期待はしないことにした。泣きながら辞める研究員を尻目に、私は歯を食いしばった。絶対負けない。そう思って睨み返せば、彼は面白そうに目を眇めて、私をさらに馬鹿にする。

　等身大のディキ・メルシスは、呆《あき》れるほど意地悪で自己中で、ただの悪ガキだ。

　私にとって、ディキは恋をする相手じゃなかった。

　恋をするなら、カイゼ・ベスタルクがいいとずっと思っている。

　優しくて、面倒見が良くて、明るくて、皆に好かれて部下に慕われて。発育が悪く赤毛のチビな私のことも、女の子扱いしてくれて。

ぜんぶディキと正反対。

だからこそ私はカイゼさんが好きなのだと気付いて、自分の反発心の強さに呆れる。

実際のところ、私はまだ恋を知らない子供なのだ。憧れの外郭を彷徨《さまよ》いながら、ときめく瞬間を夢見ているにすぎない。そんな小娘が、肉体だけ快楽を知ってしまった。

この仕事を辞めないと言った以上、これからも毎日彼と一緒なのに。まともに顔を合わせられるのか。なにより、恋人でもないのにこんなこと、本当に本当にダメだ。

不安になりながら、薄目を開けてディキの顔を伺う。

彼は私と目が合うと、腰を動かしながら軽く唇の端を吊り上げた。その瞬間、胸がドキリと跳ね上がる。きっと呪いのせいだ。

「っ……おい、締めん、な、よっ」

「な、なにもしてな」

「嘘《うそ》つけ淫乱。余裕ぶっこいて考え事してるくせに」

軽く睨みながらディキは胸に吸い付き、乳首にカリと噛み付く。

「いたっ」

「なに考えてた」

お仕置きだとでも言いたげに甘噛みしながら、咎《とが》めるような口調で言う。そうしながらも、腰はやわやわと浅いところを動いている。同時にされると、噛まれた刺激もじわりと快楽に変わっていくのか、甘い声が漏れ出てしまう。

ディキのことを考えてたなんて言えない――。

恥ずかしさに顔に血が昇る。それを見て、彼は嫌そうに顔を歪めた。

「どうせ好きな男《カイゼ》のことでも考えてたんだろ」

「ちが……っん、あぁ！」

否定しようとするも、そのまま激しく突かれて大きな嬌声をあげる。

まるで嫉妬するような素振りは、気持ちを盛り上げるためのものなのだろう。現に、ディキのものは先程より大きく猛っている。

「あ、あ、もっと、おく……！」

「この淫乱が」

深いところに欲しくてねだると、浅い口付けを何度か交わした後、きつく抱き締められる。喘ぎ声を塞ぐようにキスをしながら、腰を深く沈めて押し付けるように揺らされる。

濡れた恥部からはぐちゅぐちゅと卑猥《ひわい》な水音が響いた。

ディキは次第に動きを速め、すでに熟知した私のいいところを何度も突く。

「はっ……あ、ゃん、だめっ」

「だめじゃないんだろ？」

「あ、あぁっ、んんっ、あぁぁぁっ！」

私が大きく痙攣をすると、彼は首筋や胸元にキスを落として労わるように触れてくる。

「はぁ……っディキ、気持ちいいよう」

感極まってしがみつきながら涙声で叫ぶ。すると、髪に唇を埋めていた彼がふふっと小さく笑う。

「……俺も」

そう言って耳にかぷりと噛み付き、再び腰をゆり動かす。

動きと硬さから彼の絶頂が近付いているのを感じ、愛おしさが込み上げた。ガツガツと突かれながら、なぜか名残惜しくてたまらなくなる。

「ディキ、ディキっ……ディキ！」

「そんな、に、呼ぶな」

お尻を鷲摑《わしづか》みにされて広げられ、より奥まで掻き混ぜられる。

抽送はますます速まり、彼の猛りは膣内で大きく膨らんでいく。

「アロアっ……も、でるっ」

「……あっ」

宣言して素早く引き抜くと、私の下腹部に擦り付けるようにして白い液体をまき散らした。ドクドクと大きく脈打ちながら震え、先端からびゅくびゅくと絶え間なく粘り気のある熱い体液が垂れていく。

独特の匂いが鼻をつき、ディキが苦しそうに肩で息をする。

私は、出し切って小さくなっていくモノをぼんやりと見つめていた。

「……あんま見んなよ。ムカつく」

じろじろと無遠慮に見ているると、ディキが不機嫌そうに呟いて、手近な布の切れ端で私の腹を拭ってくれた。

それからお互い服を着て、顔を合わせる。

なんだかものすごく気恥ずかしい。仕事場である研究室で、二度もなにやってんだろ。

頭を抱えたくなるが、抱えたら負けな気がして、私は何事もなかったかのように装った。

「それで——結局、彫像の呪いは消えていないってこと？」

聞かなければならないことはまだたくさんある。

真面目にそう尋ねると、私に背を向けていたディキはくるりと振り返った。そして、

「……ぶはっ」

耐えきれないというように噴き出し、片手で顔を覆って肩を震わせはじめる。

笑われているとわかって、私は真っ赤になった。

「な、なによ⁉」

「いや、そっちこそなんだよ。事務的すぎるだろ、用事がひとつ済んだみたいな顔しやがって。お前さっきまでどんな格好でどんなことしてたのか忘れたのか？　アホ面で喘ぎまくった後に、それで——とかキリッと言われたら誰だって笑うわ」

「ぬぁ！　うるさいな！」

そういうことに触れるなよ、空気読めよ！

まあ、ディキにそんなことは無理だとわかっているので期待しない。溜息をついている

と、ようやく笑い終わった彼が、奥にあるディキ以外立ち入り禁止の研究室を指し示した。

「話し合おうぜ。俺の私室へ行こう」

「えっ」

ディキはこの北棟に住んでいる。ということは、当然生活スペースがあるわけだ。

奥の研究室のさらに奥。誰も足を踏み入れたことのない、彼の完全なプライベート空間。そんな場所に招かれるなんて。

固まった私に、ディキは笑って扉を開ける。

折角のお誘いを断るのは悪いな、という思いと、高位の魔術師サマはどんなとこに住んでいるんだろう、という好奇心で、私は彼の後についていくことに決めた。


奥の部屋にある大きな本棚にディキが手を触れると、棚が動いて隠し扉が姿を現す。扉の向こうに地下へと続く階段があり、その先にディキの私室があった。

地下て。日光に当たりなさいよ。

心の中でツッコミをいれながら、部屋の扉を開けた――その瞬間。

ヒュンッという音がして、空気が切り裂かれた。驚いて小さく悲鳴をあげた直後、私の視線が高くなる。

なんと体が宙に浮き、腰のあたりがギュウッと締めつけられる感覚。見ると、植物のツルのようなものが室内の壁や家具の隙間から伸びて腰に巻き付き、私を持ち上げていた。

「な、なにこれ⁉」

「……あー、忘れてた」

慌ててもがく私を見上げて冷静に呟くディキ。

忘れてたってどういうこと？　罠《わな》か何か？

「それ、ペットみたいなもん。おい、ポチ、離してやれ」

「ぺ、ぺっと⁉」

きょとんとする私を無視して、ディキが命令する。

よかった、これで解放され――ずに、何本もの細いツルがうねうねとうねりながら服の中へ入ってくる。くねくねと素肌を這うツルに、内股や胸を擦られて小さな悲鳴が漏れた。気持ち悪い！

「ひっ……ちょ、やめっ」

「おい、ポチラルド！」

再びディキが諫《いさ》めるが、全く言う事を聞く気配がない。それどころか、何種類ものツルが体を這う。鞭《むち》のようなツルが体を縛り上げ、ぬるぬるしたツルが胸の先端を執拗に這い、イボイボのあるツルが内股を撫でながら股の間へ食い込む。

「やっ……ぁッ」

ぐい、とイボを敏感な突起に押し当てられ、思わず声が漏れた。慌てて口をつぐむも、まだ熱を残した場所を連続で刺激され、否応無しに体が跳ねた、その瞬間。

「……調子にのるなよ下等生物。今すぐ灰にしてやってもいいんだぞ」

地の底を這うような声で、ディキが凄んだ。

ゴオ、と唸《うな》る小さな炎を手のひらに出現させ、ツルを睨みつける。燃料もなくメラメラと燃え盛るのは魔法による炎だ。小さくとも離れた場所で熱風を感じるほど強力でポチと呼ばれたツルも命の危険を感じたのか、一気に家具の裏や壁の中へ引っ込む。

最後に、腰に巻き付いたツルが、私をそっと下ろしてシュルシュルと去って行った。

「まったく……」

ディキは大きく溜息をついて炎を消すと、こちらに向き直る。

「大丈夫か」

「ちょっと、なにあれ……！」

あの植物、痴漢ですよ！　私、喘がされかけたんですけど！

目を吊り上げて彼に詰め寄ると、ディキは少し驚いて「ほんと、恐がらねぇな」と苦笑しながら紹介してくれた。

「あいつは、ポチラルド・オーボンヌドワ3世。俺のペット兼、友達兼、研究対象？」

「ははっ」とひとりでウケて、可愛らしく小首を傾げてみせる。だが、私の顔を見て怒りが収まっていないのに気付き、ディキはポリポリと頭を掻いた。

「ポチは所謂《いわゆる》、魔物だ」

「魔物⁉」

「そう。俺が種子から育てた植物の魔物だ。栽培が得意な種族だから、あらゆる薬草をポチの体に宿らせて育てさせてる。俺の研究に欠かせない相棒だ」

彼の言葉に驚愕《きょうがく》する。ディキは薬草というか植物全般に詳しい。遺跡からの出土品の解析依頼以外は、薬を作る等の植物関係の仕事も多い。

でも、魔物なんて勝手に育てたら所長に怒られるんじゃないだろうか。

魔物とは基本的に、人に害をなす凶悪な生物を指す。ならばポチとやらも例外ではないだろう。

「いつもは素直で、俺の言う事は絶対に聞くんだがな……」

ディキは言い淀《よど》み私をチラリと見遣ると、少しだけ可笑しそうに笑う。

「お前のこと好きみたいだ。特に、喘ぎ声が好きだってよ」

「はあ⁉」

植物に好かれても嬉しくない、ってか、喘ぎ声が好きってなんだよ。

怪訝な顔の私に、ディキが続けて説明する。

あのポチとかいう魔物は、この北棟を覆っている全てのツタの正体らしい。研究室も、外観も、全部。

つまり、私たちが昨日と今日、体を重ねた時にも当然部屋にいて盗み見ていたと。そして私の声を聞いて気に入り、自分も喘がせようとしたらしい。なんという変態植物か。

「まぁ、口外する口もないし、気にすんなよ」

「気にするわ！　ノゾキがいただなんて……」

「植物じゃん」

「あんたさっき友達って言ったじゃん！」

「まあ友達だけど植物じゃん」

ていうか、もう迂闊《うかつ》に北棟でディキの悪口言えないな。言ったら伝わってそう。いや、実際にこの棟で知らないことなんてないのかもしれない。

しかし、植物が友達って、本当にとことん寂しい奴だ。

そう憐《あわ》れんでいたら、ディキがお風呂を勧めてくれた。

「服はポチが洗濯してくれるから適当に床に投げとけ。代わりに俺の服着てろ。おいポチ、飯も頼むな。風呂はもう沸かしてくれてるからゆっくり入ってこい」

おいおい、ポチ、優秀すぎるぞ！

私もお友達に、いやお家に欲しいよポチ！

超優秀な家政婦のポチに一通りお願いすると、私たちはお風呂を済ませて食事をとった。

ポチの作ったご飯は薬草たっぷりの薬膳みたいなシチューだったけど、それはそれは美味しかった。

◇　　◇　　◇

ディキの部屋で入浴と食事を済ませ、一旦落ち着く。

食後のホットコーヒーを啜りながら、私は魔術師サマのお部屋の設備に感動していた。

ディキの住まいは、意外にも簡素な一人用の居住スペースだった。

家具は華美ではなくしっかりした造りの高そうなもので、テーブルと椅子の一式と、大きめのベッドと本棚に机が置かれていた。小さな台所やお風呂なども併設されている。

それらは全て、設備で言えば最高級の宿屋並み、いやそれ以上だ。

火も水も風も光も何もかも管理できる力のあるディキは、あらゆる道具を改造して高性能に作り直し、自らの魔力で自在に操っていた。

部屋に入ると、なんと無動作で明かりが点き、ちょうどいい明るさに調節された。

風呂の湯は勝手に沸いていたし、水回りも清潔で台所の火は細かい調節が可能だった。

それだけでも驚きだ。古代魔法帝国の魔具《マグ》を解析し一般化した最新鋭の設備でも、ここまでではない。たぶん、一般人には扱えないからなのだろうけれど。

「快適すぎる……休日もずっとここにいるの？」

「あぁ。出る必要がなければ」

だよね。引きこもりたくなる。なんでもやってくれるオカン《ポチ》もいるし。でも。

「……ずっとひとりで？」

思えば彼が外に出たところを、二年間一度も見たことがない。

職場での関わりしかなかったから、気にもしたことがなかった。休日や夜間は出ているのかも、と思っていたけれど、たぶん彼は外出していない。こんな目立つ人が街にいればわかるし、噂ぐらい聞くはずだ。

私の質問に、彼はちょっと眉を顰めた。

「なにか問題が？」

それが当たり前だというように、小首を傾げ聞き返してくる。

なんだかそれが不思議だった。彼の力は世界に匹敵するかもしれないのに、彼の世界はこの小さな部屋だけなのか。

可哀想だな、と思うことはある。

魔術師は力を持つ故に子供の頃から人と違う生き方をしてきただろうし、みなどこか繊細だったり頑固だったりする。とても生きづらい人種だ。

同情するわけではないが、私は彼らの役に立ちたい。特に、目の前にいる、ひねくれ者な彼の小さな世界で。

「ねえ、たまには陽の光を浴びないとだめだよ」

「余計なお世話」

「今度、職場の皆とカイゼさんとでどこか遊びに行く？」

「絶対いやだ」

……まぁ、その思いは彼に届きそうにないんだけれど。

私が溜息をついてコーヒーを飲むと、ディキも一口飲んでから口を開いた。

「お前は彫像について話に来たんだろ。それとも、俺の休日の予定を立てに来たのか？」

「ぐっ……そうでした」

彼は大仰にひとつ頷くと、彫像と共に発掘された文書について話しはじめる。

「お前が無断欠勤してる間に、腐朽した文書を洗って乾かした」

「あ、はい、すみませんでした……」

「うん。それで、いくつか解読してみたら、あれはやはり魔法の一種で精神に作用する強力なものらしい。呪いと言っても過言ではないくらいのな」

ゴクリ、と息を飲む。そんな強力な呪いを、私たちは解くことが出来るのだろうか。

彼の説明によればこうだ。

彫像が力を発動すると、目の前にいた異性と交わってしまう——愛欲の呪い。

通常、人間には精神の壁というものが幾重にも存在していて、視覚や嗅覚からの刺激に影響されすぎないよう自己を守っている。けれど、彫像はそういったものをとり払い、強い暗示にかけてしまうという。

「なにそれめちゃくちゃ物騒！　一体なんでそんなものを」

「さあな。そんなことは知りようがない」

「それもそうだけど……」

好きな人と無理やりでもヤりたいとか、ろくでもない情念を燃やした魔術師がいたのかもしれないし、何か意味があったのかもしれない。それは追々調べるとして。

「二回目は……？」

「あ？」

「さっきは、彫像が発動したの？」

先ほどの交わりは、ディキが先にキスしてきた。彫像を持っていたのは彼だ。

ディキは呪いでもなければ、意味もなく私にキスなどしない。

「いや……してないはずだ。特に魔力の流出も感じられなかった」

魔術師には、大気に漂う魔力が光の粒のように視える。私は魔力も視えないし彫像にも触れていないけれど、確かに最初の時のような異常な感じはなかった。

「じゃあ、効果は最初のものから継続しているということ……」

恐ろしいが、そう考えるのが自然なのか。ゾッとして自分の両肩を抱えると、ディキが複雑な顔をして押し黙る。彼もどうしたらいいのかわからないのかもしれない。

あのディキ・メルシスが困っている。そう思ったら不安は倍増した。けれど、それはディキも同じなんだ。

「とにかく、調べて呪いを解くしかないよね」

「ああ。だが、また彫像が発動してもヤバいし、まだ誰にも何も言うな。お前も、俺と寝たのを周りに知られたくないだろ？」

「うん……」

上司であり魔術師である彼とそういう関係だと思われるのは、正直面倒くさそうだ。

それに、カイゼさんに知られたくなかった。彼に同情も軽蔑もされたくない。あの屈託のない優しい笑顔を失うことを考えると、気持ちが沈んでいく。

つい暗い顔で俯《うつむ》くと、ディキは私のおでこを指先で軽く弾いた。

「いたっ！」

「おい、アロア・ビッチ。お前はすげぇ淫乱だから、ムラムラしたら絶対に他の男へ近付くなよ」

「えっ……？」

おでこを押さえてディキを凝視する。

それって、誰彼構わずああなってしまうってこと⁉

「は、発動条件は⁉　相手は誰でもいいの？　ディキもそうなっちゃうの？」

「おい、落ち着け……いや、悪い。ちゃんと説明、する……」

ディキは一旦黙って逡巡すると、眉を顰めて何か考えながら話し出す。

「効果は最初のものが継続している。つまり、お前の相手は、俺だけだ。俺の相手もな」

「じゃあ、もうディキに近寄らない！」

「――っばかいえ！　一緒に呪いを解くんだろ！」

私の自暴自棄な発言に、ディキが声を荒げた。

同志を失うのが嫌なのか、こちらを真剣な眼差しで射抜くように見つめてくる。その必死さに、私は思わず身を固くした。

「……それに、我慢できなくなって手当たり次第に欲情したらどうする？」

「ええっ……そんなことに……なる、の？」

「わからん。だけど、ヤってるときのお前はマジで……ヤバイくらい欲しがるし、自制もきかない感じだし……下手したら自分から襲いかかりかねない」

確かにそうだ。わけがわからないほど夢中になってしまう。

相手が知っているディキだからまだマシで、知らないおじさんとかだったら……そう思うと、改めて怖すぎる。ゾゾッと鳥肌が立ち、血の気が引いた。

「じゃあ、どうしたら……」

縋《すが》るように見つめれば、ディキは口元を吊り上げる。

「俺が解消してやる」

「え」

驚いて聞き返すと、彼は得意げに説明を始めた。

「精神の壁っていうのは魔力がある者ほど分厚くて、魔法の効果が効きにくい。その証拠に、お前は未だ呪いが相当効いてるが、俺は前回ほど我を失いはしなかった」

確かに、前回のように夢中で好きだと囁かれたりはしなかったな、と思い出し、なんだかちょっと寂しい気持ちになってしまう。これが乙女心ってやつか。

「お願いしますって頼んだら、お前が我慢できない時に抱いてやってもいいぜ」

「はあ⁉」

ふざけんな、欲情するのは同じなのに、なに言ってるんだ。

そう思ったが、彼の余裕の表情にグッと言葉をこらえる。

できることなら、そんなことしたくない。だけど、すでにディキを前にして体の奥が疼いているのも事実だった。触れたくて触れたくてたまらない。

これをずっと我慢することができるのか。しかも、我慢できなくなった時にカイゼさんがいたりしたら……。

私は下唇を噛んで、睨むようにディキを見上げた。

余裕の表情で微笑む彼は、私に対して欲情している様子もなく涼しい顔だ。この差が広がれば、私は解消する術もなく、たったひとりで苦しむことになる。

「……お、ねがい、します」

絞り出すように懇願すると、ディキが弾かれたように満面の笑顔になった。

「仕方ねぇな。よがり狂わせてやるから覚悟しとけよ」

そんな覚悟したくない！

すっかり調子に乗ってご機嫌なディキとは対照的に、私の気分はどんよりと沈む。

「……あぁ、こんなことになるなんて」

「あん？……いいか、俺だって不本意なんだからな？　お前みたいな貧乳ドチビ。これは部下を助けるボランティアだ」

「むっ」

不本意、の言葉に胸がチリッと痛む。どうせ私は魅力ありませんよ。貧乳ドチビですよ。失礼な奴。

「んで、どうする？　さっきからモジモジしてるけど」

「うぅ……」

ムカつきながらも彼の意地悪な視線が体を這うと、自然と火照ってしまう。それにディキの用意した服はだぼだぼで下着もつけてないから、動くたびに乳首が擦れて刺激され、ますます疼いてくる。

ぷくりと起ち上がって主張する頂を、ディキが手を伸ばして爪でピンと弾いた。

「んっ……」

「我慢するか？」

「…………ううん」

我慢できない。ブンブンと激しく頭を振ると、彼は薄く笑った。指先が動き出し、服の上から胸の先端を焦らすように弧を描きながら撫でる。

「いい子だ。舌と、指と、挿れるのと、どれが欲しい？」

「ぜんぶ……して、おねがい」

「欲張りめ」

嘲るように笑って身を乗り出したディキに、唇を奪われる。

それだけで条件反射のようにあそこが濡れるのを感じた。穿いていたズボンを脱がされ、椅子の上で足を開かされる。ディキがまずは舌で愛撫しようと、そこへ顔を近付けた。

「ポチが見てるけど？」

「いいの……も、しらない……はやくぅ」

甘い声でねだると、足の間で銀髪が揺れ、クックッと小さな笑い声が聞こえる。

「呪い、すげぇな」

無邪気に笑うディキを憎々しく思う。だけど同時に愛おしくも思うし、欲望に任せて繋がることを後ろめたくも思う。

彼はゆっくりと秘所に舌を這わせ、敏感な突起やひだを撫でるように舐めていく。熱い肉厚の舌が入り口を何度も蹂躙し、私は背中を仰け反らせる。

快楽に身を任せながら、心の中で危ないと感じていた。

あまりにも気持ち良すぎる。このままでは行為の虜になってしまう。

——ディキに近寄るのは、出来る限りやめよう。せめて、呪いが解けるのを寂しく思ってしまうなんてことがないように。

そう心の中で彼を拒めば拒むほど——なぜだか堕ちていく気がした。

第三章　愛欲の呪い

目覚めると、ディキの私室のベッドで寝ていた。

隣には案の定、この部屋の主である銀髪の美青年が裸で横たわっている。

自己嫌悪と反省と、呪いだから仕方ないという言い訳。それらが頭をぐるぐる巡った後、私は考えることを放棄して溜息を吐き、ディキを揺り起こした。仕事に行かなきゃ。

「ディキ、朝だよ……」

「う……」

ディキは隣で眠そうに目を擦りながら大あくびをした。

昨日はあの後、何回したのか覚えていない。とにかく腰が痛くて全身が重怠い。連日こんな風では、体が持ちそうにないぞ。

「……ポチ」

朝が苦手なディキは、しわがれた声でポチを呼ぶ。すると何処からか水を入れたグラスを持ったツルが、しゅるりとディキの元へやってきた。受け取ってゴクリと飲み干し、空のグラスはツルが回収していく。

有能な家政婦ポチによって、私の服は綺麗に洗濯して乾かされていた。軽く湯浴みをさせてもらって、朝食のパンと昨日の残りのスープをご馳走《ちそう》になり、着替えて出勤する。といっても、隠し通路を歩いて研究室へ出るだけだ。

ディキはまだ眠そうにあくびをしながらダラダラしていたので、放っておいて先に失礼した。

出て行く時、ポチに一声「ありがとね」と話しかける。

なんだかんだでお世話になっている。最初こそ痴漢植物だと罵ったけど、どうやら無害みたいだし、良い子みたいだし。

隠し扉をくぐる時、扉の付近でウヨウヨしていたツルを撫でると嬉しそうにピコピコ跳ねていた。

なんだか可愛い——と思っていたら、服を捲《めく》られた。この変態植物め！

さっさと扉をくぐって研究室へ出る。とりあえず、ディキが来るまでに事務仕事をこなしておこう。


仕事用の白衣を羽織り、本棟へ赴いて文書課へ行く。

文書課には様々な部署の書類が集まってくる。多くの研究室を要するこの研究所では、互いの意思疎通や依頼のために書類のやりとりをする。それをとりまとめるのが文書課だ。

いつも大量の紙に埋もれたその部署では、手紙から魔法文書まで扱っている。特殊な訓練を受けた伝書鳩《ばと》を所有するなど、伝達や事務処理に関する大半を担っていた。

「ハルベルタ先輩、おはようございます！」

「おや、アロアちゃん、おはよう。今日は早いんだね」

私が出勤してすぐに来ることはあまりないので、いつも対応してくれる細身の男性、ハルベルタ・ペルタが驚いたような顔で挨拶を返してくれる。

柔らかな金髪と銀縁眼鏡の優しそうな物腰の彼は、皆から『先輩』と呼ばれて親しまれている。文書課という場所柄か様々な部署の人々に会うため、とにかく顔が広い。そして、悩みや愚痴を聞くことも多い。

私も、ディキへの怒りに任せた叫びを聞いてもらったりとずいぶんお世話になった。

「どう？　ディキ・メルシスとはうまくやれてる？」

「あー……はい、おかげさまで」

「ならいいけど……」

先輩はちょっと心配そうに、私の顔を覗き込む。

「クマが出来てる。無理しないでね」

「ありゃ。気をつけます」

「まぁ、ディキの相手は大変だからね……ちゃんと息抜きするんだよ」

ふ、と先輩の顔色が青くなる。

彼は昔、ディキに書類を届ける役割を担っていた。けれどディキのイタズラで変なお茶を飲まされて腹を下し、トイレから三日出られなかったことが何回かあって、それからというもの、ディキの話をすると、お腹が痛くなるようだ。

「これ、解析依頼書です。サインはしてあります。こっちは受け取り拒否の方です、毎度申し訳ありません」

「いいよ。アロアちゃんが来てから、半分は受け取ってもらえるから有り難い」

カバンに入れていた書類を取り出し、手渡す。

ディキは気に入らないと仕事をしない。まぁ、彼に割り振られるのは面倒くさい実験や魔具《マグ》の解析なので、半分断っても色々と手一杯ではある。助手も実質、私しかいないし。

そんなわけで、新しい依頼書を受け取り、私は文書課を後にした。


北棟研究室に戻ると、ディキと非常勤のウィル・フィレット、そして見慣れぬ若い男女がいた。白衣を着ているから、たぶん新人の研究員だろう。

「戻りました」

「アロアさん、おはようございます。新人さんですよ！」

ウィルがにこにこと明るく笑う。

新人さん、が新しい犠牲者、に聞こえてしまう私。引きつった笑みを浮かべながら挨拶する。

「ディキ・メルシスの助手の、アロア・ポーチです。よろしく」

「え、子供……？」

むかっ。聞こえてるぞ、新人男。あと、笑ってるの見えたからな、ディキ。

私は更に引きつりながら片手を差し出す。

「一応、十八歳です。あなたは？」

「あ、失礼。グリタ・アルドラ、二十歳。魔術付与の専攻です」

と、年上……くそう。余裕の笑みの新人男、グリタを見上げながら眉を顰める。

短い黒髪のなかなか可愛い顔をした子だ。ちょっと童顔だから年下だと思ったのに。

「そう、グリタくん、よろしくね。で、こちらは……」

憮然としながら握手を済ませ、彼の横でもじもじしている長いウェーブの金髪を揺らす女の子に声をかける。すると、彼女はパッと顔を上げ、私の手を両手で握って早口で捲し立てはじめた。

「ハニア・リッテンです。十九です。ええと……専攻は魔法鉱物です。綺麗な石には目がないです。アロアさんの瞳は榛《はしばみ》色ですね。今は光の加減でカナリートルマリンみたい！」

「よ、よろしく、ハニア」

なんか圧倒されてしまう。大人しそうな外見と、細い声なんだけど、圧がすごい。

なんとなくだけど、この二人が派遣されてきた理由がわかってしまった。

「こいつらは前の部署でやらかして左遷されて来たバカどもだ。遠慮なくこき使え」

「ちょ、ちょっと、ディキ！」

うん、気付いてた、気付いてたよ。だから言わなくていい。ウィルもあわあわしてるでしょ。

ディキの言葉に、やらかしを思い出したのか二人がシュンとなる。

北棟研究室は不人気だ。おまけに人を派遣してもすぐクビになるか逃げ出してしまうので、万年人手不足。そんなところにやってくるのは、問題のある人ばかりだ。

「じゃ、じゃあ仕事を割り振るからこっちきて。あ、ディキ、机に新しい解析依頼書置いておくね」

「ぜんぶ拒否で。今忙しいだろ」

「はぁ!? ちゃんと目を通してから拒否しなさいよね！」

「うっせーチビ。俺がやらないって言ったらやらないの」

「そんな理屈が通るか！ 大人ならちゃんと仕事しなさい！」

バン！ と中央の机に書類の束を置くと、ディキの眉がピクリと跳ね上がる。

ウィルが「はじまっちゃった」と困ったように微笑み、グリタとハニアが青ざめた。

「おい、赤毛のドチビ。ここで一番偉いのは誰だ」

「あらやだ、偉くて地位のある魔術師サマなのに、頭は足りないんだね。目だけでも通せって言ってるの、この給料泥棒！」

「うるせぇ、忙しいって言ってんだよ」

額を私のおでこへくっつけ、ギン、と間近で睨みつける。

「お前、いいのか？」

「なにが？」

意味が分からず思いきり睨み返す。と、ディキがふぃと額を離して、私の耳元で囁いた。

「相手、してやんねーぞ」

「……っ」

それは、夜の相手、って意味だ――。

悟った瞬間、ペロ、と舌先で耳朶《みみたぶ》を舐められる。

「ひ、ひきょうものっ」

不意打ちにカッと頬が熱くなる。

そんな事して、見られたらどうすんの⁉

耳を押さえて後退ると、ディキが可笑しそうにクックックッと笑った。

「時間は有限。ビッチな貧乳は乳も頭も足りないん・だ・ね」

「くっそぉ」

ペロリと舌を出すディキに、私は舐められた羞恥と悔しさでさらに血が昇った。ぷるぷると拳を震わせれば、「あれ、アロアさんが負けてる。珍しいですね」なんてウィルが呑《のん》気《き》に笑う。

「むぅ。ディキ、書類は私が目を通して、重要そうなものだけ渡すからサインして」

「最初からそうしろ」

「んぐぅ」

そんな権利、本当は私にないんだからねっ。ディキに回ってくるものなんて、本当は全部大事で重要なものばっかりなんだから。

しかし彼は本当に書類に目を通さず、机に置かれたビンの中の植物たちに、投薬実験をし始めてしまった。

私は溜息をついて、青ざめた新人たちに向き直る。

「……へぇ、銀の悪魔って、人を溶かしたりしないんですね」

グリタのあんまりな冗談を無視しつつ、設備の説明をする。

新人は雑用が主な仕事になる。魔力を込めるための下準備をして、ディキが魔法を使うのをサポートしたり、特殊な効果のある薬を作る手伝いをするのだ。

あとは道具の掃除とか、本棚の整頓とか、他部署との書類の受け渡しとか。

ちなみに私はディキと直接関わる部分の大半を担っている。書類のやり取り、やや高度な魔術配列の書類や貴重な薬の扱いなど。本当は半分くらい魔術師の仕事だ。

だけどディキが自分以外の魔術師を嫌うので、この北棟には彼以外に魔術を扱える者はいない。それも私の悩みの種なんだけど……まぁ、愚痴ってもしょうがないや。

グリタとハニアにひと通り仕事内容を話してから、さらに細かく説明していく。薬剤に割り振られた番号だとか、本の並びの法則性だとか。

「大体わかった?」

「わかりました。薬剤の番号は、倍数で効能が揃えられてます？」

「あら、ご明察。さらに偶数、奇数でも法則性があるよ。これに気付かないと、番号だけじゃ覚えきれないんだよね」

「なるほど」

今度の新人は、どうやら優秀そうだ。問題を起こしてやってくる人が多いので、能力の差がかなりある。ここで使えるかは、また別の話だけど。

グリタもハニアも、性格はともかく、やる気はあるようだ。

「アロアさんって、専攻はなんですか？　やっぱり薬草？」

「えっ……あ、えぇと」

ふいに、ハニアが興味深そうに尋ねてきた。

ただの雑談だ。わかってはいるが、私はちょっと躊躇《ためら》ってしまう。なぜなら、

「アロア・ボッチは独学でここへ入ったんだ。専攻とかねぇよ。大学も出てない」

「ポ……ポーチですぅー」

何か書き物をしながら遠巻きに混ざってくるディキに、私は目を泳がせつつ訂正した。

大学を出ていないことは、私のコンプレックスだ。独学で研究所へ入れたのは誇らしいけれど、面接で話した境遇が同情されたのかもしれないし、試験のヤマが当たったのもあったし、とにかく運が良かった。

その代わり、入ってから知識や経験の差に小さくなる毎日だった。軽いイジメや嫌味も

あったから、この話題には余計に苦手意識がある。

「え、独学で？　すごくないですか？」

案の定、ハニアは目を丸くし、グリタが身を乗り出して食いついてきた。他意はなくとも思わず身構える。

「うん……師匠も一応、いたんだけどね」

「へぇー。魔法も使えないのに、独学で研究員かぁ」

「う、うん……」

興味津々で私を見るグリタにちょっと引くと、彼は「ふぅむ、なるほど」と唸ったあと、ポンと手を叩く。

「――読めたぞ！」

「……なにが？」

「アロアさんって、ディキ棟長の女でしょ⁉　だからここで働けたし、逆らっても殺されないんだ！」

ひらめいた！　とイイ顔で叫び、小指を突き立ててみせるグリタ。ずっこける私たち。

「はぁ⁉」

「っざけんな、誰がこんな貧乳抱くか！」

ディキの怒号が轟く。

だ、抱いてるくせに！　とは、口が裂けても言えない。

「大体、もしそうなら時系列がめちゃくちゃなんだよ、このハゲが！」

「ハゲてませんよ⁉」

「いや、お前はハゲる、ハゲる未来が見える。もういっそ俺が毛根から死滅させてやる！」

「ひぃぃ！　助けてアロアさん！」

目を吊り上げて手を掲げたディキは、手のひらに炎をチラつかせる。グリタは失言の自覚がないのか、わけがわからないといった様子で大慌てだ。

こいつ、口が過ぎるタイプか。

「自業自得だよ、グリタくん！」

「ふえぇぇ、みなさん落ち着いて……」

心を鬼にして突き放せば、ハニアが涙目で慌てる。

私たちがそうやってわあわあ騒いでいると、ふと、隅っこで本棚を漁っていたウィルが顔を上げて口を開いた。

「あ、そう言えば、ディキさん。腐朽した文書はどうなりました？」

それを聞いて、ディキとグリタがピタリと止まる。

「腐朽した文書って？」

話題が移り、新人二人が興味津々に目を輝かせた。

だけどディキはそれを無視してグリタから離れ、パタパタとローブの埃《ほこり》を忙しなく叩きはじめる。

「あー……あれは……今、洗ってる」

鞶め面で出していた実験用具を仕舞い、本を何冊かそそくさと小脇に抱えた。

「見せていただけませんか？　お力になれるはずです」

「いや、俺ひとりでやるからいい」

食い気味に断られ、ウィルは首を傾げる。

「でも、古代語は僕の専攻ですし、きっとお役に立てると思いま……」

「いらねぇって言ってんだろ！」

さらに言い募るウィルに、ディキが鋭く睨んで声を荒げた。

ビクリとする私たち。怒る理由がわからない。専門家がいるのだから、頼ればいいのに。

「……とにかく、俺ひとりでいい」

シンとした空気に堪え兼ねたのか、ディキはチッと舌打ちをしてさっさと奥の研究室に引っ込んでしまう。あそこは基本ディキ以外は立ち入り禁止だ。奥へ行ったらもう、彼をそっとしておくしかない。

私たちは揃って首を傾げると、ひとまず業務の確認をして、仕事をやっつけにかかった。


仕事は滞り無く進み、夕刻になった。

途中、ディキとポチにちょっかいを出されることはあったが、意外と強い欲情は感じなくて胸を撫で下ろす。これくらいなら、今後も業務中は問題なさそうだ。

初日のグリタとハニアを労って、本日の業務の終了を告げる。

彼らが帰宅し、ウィルが本を仕舞い終えて本棟へ戻っていった後。

「やぁ、今日はもうお終い？」

呑気そうな声と共に、植物だらけの扉を開けてカイゼさんが入ってきた。

今日はマントを羽織っておらず、騎士服もちょっと着崩されている。少し汗をかいていることから、剣の稽古でもした後なのかもしれない。

男らしい姿にきゅんとした後、自分の身に起きた変化に思わずハッと身を強張らせた。

私は、この逞しい騎士様が好きだった——はずなのに……。

カイゼさんはキョロキョロと辺りを見渡すと、「ディキは？」と尋ねてくる。

「奥の部屋です。呼んできましょうか」

「うん。お願い」

ドキドキとうるさい胸を抑えながら、奥の部屋へディキを呼びに行く。たぶん彫像のことだろう。扉をノックしようとした、その時。

「アロア」

私の腕を、カイゼさんがマメだらけの大きな手でぎゅっと掴んだ。

な、な、なんでしょう⁉

驚いて固まった私の顔を、彼は真剣にじっと見つめる。

「なんか疲れてない？　大丈夫？」

「えっ……あ！」

そういえば、ハルベルタ先輩にクマが出来てるって言われてたんだった。

やつれた姿を至近距離で見られ、私は慌てて顔を逸らす。好きな人にコンディションの悪い顔を見られるのは恥ずかしい。

「大丈夫です、ちょっと寝不足で」

笑って誤魔化す。だがカイゼさんは離してくれず、少し身を屈めて心配そうにこちらを覗き込んだ。

緑の柔らかい瞳に自分が映っているのを感じ、急にソワソワしてしまう。冷や汗が噴き出して頰が熱くなった。

――どうしよう。今はどうか、呪いが発動しませんように！

相手はディキだけだと彼は言っていたけれど、絶対の保証はない。だからこそ、無闇に男に近寄るなと彼も言っていたのだ。

私がそうやって必死で目を逸らしていると、ふいにガチャリと音がする。

振り向けば、扉が開いてディキがジト目でこちらを見つめていた。

「ディキ！　か、カイゼさんが来たよ！」

「見りゃわかる」

彼は仏頂面でギロリと私を睨むと、カイゼさんへと視線を移す。

カイゼさんの手が、私の腕をするりと離した。温もりが失われた瞬間、ホッとしつつも少しだけ名残惜しくなる。

「で、何の用だ筋肉」

「筋肉ってヒドイな！　この前の影像はどうかなって聞きにきたんだけど」

朗らかに笑って進行状態を尋ねるカイゼさんに、ディキは難しい顔をして黙った。まだあの影像を渡すわけにはいかない。

「……もう少し時間をくれないか」

「あれ、ディキ・メルシスにしては珍しいな。そんなに難解なのか？」

「気になることがある。もう少し調べたい」

「そうか……」

そろそろ報告をあげなきゃいけないんだけど、と渋りながらも、ディキがそう言うならともう少しだけ待ってくれる約束をする。

あとどれくらい時間を稼ぐ必要があるんだろうか。

そんなことを考えていると、ふいにコツンとディキに頭を小突かれた。

「アロア・ビッチ、俺の部屋の前でいちゃつくなんていい度胸だな。カイゼを見送ったら奥の部屋まで来い」

顔を寄せ、耳元で不機嫌そうに囁く。

私の耳朶を、ディキの吐息とさらりと流れた銀の髪がそっと撫でた。

――その瞬間。ゾクリ、と何かが背を駆け上がった。絶頂に達する時のような、だけど

それよりも弱く甘い。これは——もしかして、呪いが発動した⁉

驚いて振り返ってディキを見るが、彼はすでに半分奥の部屋へ引っ込んでいる。

「どうしたアロア？　……え、本当にどうした？」

カイゼさんは訝しげに私を見つめる。

「顔が赤い。様子もおかしいし、熱があるんじゃないのか」

「だ、大丈夫です。それより、もう帰るので、し、しめたいのですがっ」

私の額に手を当ててくる彼を、さりげなく制して帰宅を促す。

今は触らないで。おかしくなっちゃう。彼の指が私の赤毛をかき分けながら額を滑ると、ビリビリと肌がヒリつくのだ。

ぶるりと震え涙目で懇願すると、優しいカイゼ・ベスタルクは困惑しながらも頷いた。

「アロア、きっと風邪だ。ちゃんと休まなきゃだめだぞ」

そう言って柔らかく微笑みかけられれば、胸がきゅんとときめく。

待って、まだ発動しないで。がんばれ私。

手を振って帰っていく彼の姿が小さくなるのを確認し、研究室の扉を慌てて施錠した。

がくんと力が抜け、そのままへたり込む。

あぁ、ディキが欲しい……はやく、はやく。

カイゼさんに会ったあとなのに、そんなことを考える自分が憎い。

そして私は言いつけ通り、助けを求めてディキの部屋への扉を開いてしまう。

「……皆帰ったよ」

そう言って部屋の中へ入った瞬間、シュルリ、と聞き慣れた風切り音がした。

ハッと身を固くした瞬間にはもう、体は空中だ。ツルに絡まれ持ち上げられ、私は本に埋もれた部屋の中央にある、大きな椅子の元へと差し出される。

そこには、深く腰掛けて腕組みをしながらこちらを睨むディキがいた。

「なにすんの⁉」

いつものように文句を言えば、冷ややかな視線だけが返ってくる。

なんだろう。どういうわけか、ディキは怒っている。彼はツルに囚われ宙吊りになった私を憎々しげに睨んだ。

「反省しろ」

「はんせい……？」

意味が分からず聞き返すと、ディキは忌々しげに舌打ちする。途端、私の体に絡みついていたツルが、一斉に動き出した。

仕事着の白衣を剝いで、シャツの隙間から服の中へと入り込む。ジャンパースカートを捲り上げられ、下着が丸見えになった。

「は……⁉」

そのまま足を無理やり開かされ、内股をぬるりとしたツルがうねうねと這う。

やだやだ、すっごい嫌な予感！

だけど手足を縛られ空中に持ち上げられていては敵わない。必死の抵抗虚しく、ポチの魔の手《ツル》は敏感な部分へと迫る。

「わっ……ちょっと、ふざけな……ひゃ！」

シャツの中のツルが胸の頂に巻き付く。きゅうっときつく締めつけて引っ張られ、思わず悲鳴をあげた。

呪いによる発情状態で弄られれば、すぐに体は反応してしまう。

「ひぁっ……や、やだ！　やめて！」

泣きそうになりながらディキを見た。だけど彼は冷たい表情で、ポチに弄られる私を見つめている。

内股をうねうねと這っていたぬるぬるのツルが、ゆっくりと下着の上を蠢く。

「やっ、ぁ、だめ……だめ！」

「濡らしまくってなに言ってやがる」

「そんなわけなっ……あうっ」

ツルが下着の中へ滑り込む。割れ目をなぞるように動かれて、そのぬるついた体を秘所に食い込ませ入り口を何度も擦る。

膣内へ入ってくる気はないようだが、それでも安心はできない。なにより響き渡るぐちゅぐちゅという卑猥な音が恥ずかしくて、私は目を閉じて顔を背けた。

「んっ……んん」

「すげー音。俺とするより感じてね？」

「ちがっ……」

ポチが出す粘液のせいでもあるのに、わかっていて意地悪を言う。不機嫌そうに冷たくなじりながら、弄られる恥部をじっと見つめて。

私独りだけの快楽に、羞恥で身体中が熱くなる。なのに感じてしまうのが悔しい。

その間にも、ツルはうねうねと体を這い回り私を刺激した。秘所ではイボのついたツルがいつの間にか参戦し、緩急をつけて何度も敏感な部分を押し潰す。

「いッ……あぁっ、……ッん、んーッ！」

激しい刺激に耐えきれず、大きく痙攣してしまう。するとディキは、震える私に軽蔑したような声を漏らした。

「あーあ、イッたのかよ。お前、ほんと誰でもいいんだな」

こんなの、今の私じゃイっちゃうに決まってるでしょ……！

「ふざ、け……ってよ」

「なに？　聞こえねーな、淫乱ド貧乳」

はぁはぁと息を荒げながら涙目で睨むと、ディキは怒気を孕んだ声で吐き捨てる。

「俺の部屋の前でカイゼといちゃいちゃしやがって。他の男に近付くなって言っただろ」

「あれは……！」

まさかとは思うけど、そんなことで怒ってるの？

確かにゾクゾクして呪いが発動しそうだと思ったけど、ディキ以外に欲情はしないって、自分が言ったくせに。私の相手はディキだけだって、自分が言った！　それなのに。

「……わけわかんない」

「あぁ？」

ギロリと睨んでくる彼を、同じだけ鋭く睨み返す。

「こんなことしなくても、私はディキとしかしないよ」

「……っ」

私の強気の返答に、彼はバッと顔を隠すように俯いた。流れる銀髪の合間から、唇を噛むのが見える。

たぶん、ディキは心配なのだ。彼は魔力が高くて呪いはほとんどなくなったと言っていたけれど、残っていないわけじゃない。だからこそ私を抱くんだし。

だから、例えば私が他の解消する相手を見つけてしまったら。孤独な彼には、代わりを見つけることが、きっとできない。

そして彼の性格上、私には縋れない。

「ディキを置き去りになんかしない。第一、今は恋人も出来そうにないし。だから安心して、一緒に呪いを解こうよ」

そう言ってやると、彼は弾かれたように顔をあげた。そして、

「バーカ！　お前は大陸イチの前向きなバカだな、くそ貧乳！」

「なっ⁉」

「バーカバーカ！」

勢いよく罵られる。なんで⁉

わけがわからずディキを見つめる。彼は珍しく目元を真っ赤にして、拗ねたように唇を尖らせて怒っていた。

「いいか。お前は俺が欲しくて欲しくて堪らないだろうが、俺はそうでもないんだからな」

「わ、わかってるよ……」

「だが、お前と寝ていいのは俺だけだ」

「わかってるって」

他の人にバレないため、迷惑かけないため、仕方なく。魔術師サマのボランティア、でしょ？

私が呆れながら頷くと、ディキは苛立たしげにハァーッと深く溜息を吐く。眉根を寄せて頭を掻くと、片手で顔を覆って呻きだした。

「……くそ、ムカつく。なんなんだこれ」

一体なにが言いたいのか、私にはよくわからない。何に悶えてるんだろう。

ていうかさ……。

「あのぉ、悩んでるとこ悪いんだけど……そろそろ続き、して欲しい……」

特に描写しなかったけれど、会話の間もポチがぬるぬると私の体を弄っている。

強い刺激こそないが、一度達した体はすっかり出来上がっていて敏感だ。いつの間にか下着まで取り払われた足の間から、とろりと蜜が滴ってくる。

その状態で放置されまくっているのだ。早くどうにかして欲しい。というか、この丸見え状態から解放してくれないかな。

私の訴えに、ディキはチラとこちらを一瞥する。

「……俺が欲しいのか？」

彼の視線が私の体をなぞると、それだけで感じて体の芯が疼く。

まったくもって不本意だけど、私は素直に頷いた。

「お願いしますは？」

「……ねがい、します」

「俺が欲しい？」

「ん、欲しい……ちょうだい」

「ちゃんと言え。誰の？」

「ディキ……の、ちょうだい……」

このやりとり、意味ある？

だけど本人はすごく満足そうに笑って、「仕方ねぇな」と言いながら人差し指をくいくいと曲げて招く仕草をした。

「来いよ。助けてやる」

するとシュルシュルとポチが動いて、私を彼の膝の上に運ぶ。

向かい合うようにそっと下ろされると、お尻の下に硬いものが当たった。それはもうズボン越しにもわかるくらいの臨戦態勢で、上に乗った私に反応してビクンと跳ねる。

ディキだってしたいくせに……ほんと、ひねくれてて性格悪くて、面倒くさいヤツ。

ディキは椅子に深く座ったまま、ズボンの前面をゆっくりとくつろげた。

大きく硬くなったそれが、跳ねるようにぶるんと飛び出す。

ふわりとディキの濃い雄の体臭がした。獣のような、石けんのような、薬草のような。だけど少しだけ甘い香り。

それを嗅いだだけでとろんとすると、熱い塊がぴたりとお腹に押し当てられる。

「ほら、好きに使っていいぞ」

「……へ？」

その言葉に、私はアホみたいにぽかんと口を開けた。使うって、どうやって。

ディキの男性器を見つめながら戸惑う。椅子に座ったまま、私はディキの膝上だ。

これって……どうやって挿《い》れるの？

「欲しいか？」

「……うん」

ふっと笑って尋ねるディキに頷くと、彼は、椅子の上で膝立ちになるよう促してきた。

言われるまま、彼の肩につかまって跨ってみる。ぷっくりとした先端が、ちょうど蜜口をくすぐるようにあてがわれた。

「そのまま腰を落とせ」

「はっ⁉」

え、自分で挿れろってこと？　まってまって、それは怖い。ぶんぶんと首を振るも、ディキはもう手伝う気はなさそうで、肘掛けに腕を置き頬杖をつく。

「う……うぅ……」

それでも馴染んだ熱い温もりを股の間に感じると、腰が自然と揺れてしまう。浅いところが擦れて、気持ちよくなってくる。もっと欲しい。

「ディキ、おねがい……」

「ん。がんばれ」

目の前でニヤニヤ笑いながら、キスひとつくれない。くそう、嫌な奴。

覚悟を決め、ディキの両肩を縋り付くように掴むとそっと腰を落としてみる。ゆっくりと先端の膨らみがナカに挿《はい》ってきた。

「あ……あ……！　はぁ……」

じわじわと下腹部を圧迫していく感覚に、ぞわぞわと鳥肌が立つ。思わず背を仰け反らせると、ディキが手を伸ばし落ちないよう腰を支えてくれる。

「あぁ、ん……」

大きくて硬くてあまりにもよくて、下から貫かれる感覚に甘い声が漏れてしまう。ぞりぞりと内壁を擦りあげられ、さらに気持ちよくなる。

弓なりになった胸元に、ディキが唇を寄せた。ぷくりと膨らんだ乳首を舌先でコロコロと転がされ、ちゅっと吸われる。

「ひぁ、あ、ぅんっ」

胸に吸い付く彼の頭を、ぎゅっと抱きしめる。さらさらの銀の髪が、私の肌をくすぐる。その刺激も相まって愛液が溢れ、ディキのものがすんなりと滑っていく。

「や、はいっちゃう……ぜん、ぶ……っ、あぁぁっ！」

そう言った時には、根元までしっかりと咥え込んでいた。お腹の中がいっぱいになって、奥の奥にまで届く。火照った体を、ゾクゾクと快楽が駆け抜け、膣がきゅっとなって力が抜けると、ディキにもたれかかるように倒れ込んだ。

「は、ぁん、……んっ」

「軽くイった？」

くったりとして震える様子に、耳元でクスリと笑われる。恥ずかしくてディキの首元に顔を埋めて呻く。

めちゃくちゃ気持ちよくて、またすぐに次の快感が欲しくなった。腰を揺らしはじめた私に、ディキは「待て、待て」とどうどうと馬を宥めるように背中を叩く。

「な、なに」

はぁはぁと肩で息をしながら尋ねると、彼はいつ取り出したのか手に持った小瓶を見せてきた。その中の液体は、毒々しいまでのピンク色。昨日も飲まされた経口避妊薬だ。

「飲め」

中出しするつもりかと躊躇うと、ディキは首を振って「念のためな」と言う。私は頷いて小瓶に手を伸ばした。と、指が触れる瞬間、ひょいっと避けられる。なんでだよ。

眉を顰めると、ディキはウィンクして小瓶の中身を一気に呷ってみせた。

「えっ」

驚くと、ポイッと瓶を投げ捨てて椅子にもたれ、彼は口に薬を含んだまま唇の端を吊り上げる。その紫の瞳が、悪戯っぽくキラキラと輝く。

キスしろってことか。すぐに意図がわかって、次々と思いつく嫌がらせに呆れた。っていうか、なんでいつも口移しなんだ。

釈然としないまま、私はディキの頬にそっと手を添える。彼が楽しそうに目を細めた。瞑る気はないらしい。

ゆっくりと、自分から唇を重ねる。

自分からって、なんだかものすごく恥ずかしい。恐る恐る、優しくそっと押し当てる。ディキの薄い唇は柔らかくて、あったかい。触れた瞬間、ふにゃりと力が抜けてしまう。

「ん……」

ちゅっと吸い付いてキスを続ける。気持ちいい。感触を堪能しながら、顔を傾けて舌で唇をこじ開け、いよいよ口内の薬を吸う。

溢れた薬が唇の端から零れた。ちゅうちゅう吸ってなるべく零さないよう頑張るけれど、上手くいかない。

「ふ……っ、はぁっ、んんっ」

ごくんと一旦飲み込んで、唇をわずかに離し舌を突き出す。そして唇から溢れたぶんを、丁寧に舐めとっていく。ツンと尖った顎に、白い首筋に、ぽこりとした喉仏に……。

「ん……っ」

ディキがビクッと体を揺らす。

くすぐったいんだ。思わず笑うと、軽く睨まれる。

「やらしーな、アロア・ビッチ」

彼の指が私の顎に触れ、わずかに上を向かされる。そして唇に吐息が触れた瞬間、仕返しのような獰猛なキスが降ってきた。

がぶりと噛み付かれ、そのまま貪られる。食んで、舐めて、吸って。頭を両手で押さえられ、強引に舌をねじ込まれる。

「んぅ……っふぐ」

息ができなくて苦しくて、ディキにしがみついた。繋がった部分が熱い。何もしないでいると変になりそうで、必死で舌を絡めながら腰を揺らす。

「く……っ、ぁ」

キスを続ける唇の端から、涎とともにディキの吐息が漏れる。

感じてる。そう思うと妙に嬉しくなってきて、見よう見まねで腰を振ってみる。

「ばっ……か、よせ、はや……んぁ……っ」

「ディキ、きもち、い……っ？」

「ぐッ……！」

ぱちゅっ、ぱちゅっ、と肌を打つ湿った音が鳴る。硬く反り返った肉棒に沿ってお尻を振ると、そのたびにディキが喘ぐ。なんだか犯している気分だ。

乱れた銀の髪、切なく細めた綺麗な紫の瞳。快楽に歪んだその顔を間近で見つめながら、夢中で動く。するとふいに、ディキが私の腰を掴んだ。

「手伝って、やる、よ！」

「きゃっ」

腰を押さえつけ、下からグンと突き上げる。調子に乗って動いていた私と同じ速度で、ガンガンと突く。奥まで勢いよく擦られて、目の奥で星が飛ぶ。

「ひゃ、だめっ、まってこれ、だめぇっ」

「はっ……お前が、煽ったんだろっ」

「あ、あッ、イっちゃう、イく、ん、ん……っ、あぁん！」

「――……っく」

ディキの胸に倒れ込むと、ぎゅっと強く抱きしめられた。刹那、熱いものが勢いよく膣内に注ぎ込まれる。その刺激にまた感じて、私は彼の腕の中でびくびくと体を震わせた。

「アロア……」

ふいに名前を呼ばれて顔をあげれば、ディキが苦しそうな顔で唇を寄せてきた。私は目を閉じて受け入れ、お互い達しながらキスをする。

唇が浅くちゅっと触れるたび、下腹部がきゅうと絞るようにディキを締め付けた。出し切って小さくなったはずのそれは、いつの間にか復活してまた私を貫いている。

このまま二回目かな、そう思ったが、意外にもディキは激しく動こうとはしなかった。

「……も、しないの？」

「今日はもういい。休もうぜ」

彼の手が柔らかく私の赤毛を撫で、親指で目の下をなぞる。

あー、クマか。そんなに疲れてるように見えるのかな。

ディキはずるりと私のナカから出ていく。そして窮屈そうにズボンへなんとか仕舞い込んでから、私を椅子から下ろした。

「じゃあ、帰って休むね」

「うるせ。泊まってけ」

ええー。さすがに洗ってくれてるとはいえ、着替えが欲しいんですけど。と、文句を言う前に私の下着や白衣をポチがかっさらっていく。……うう、いつもありがとう。

仕方ない、朝イチで寮に帰ろう。そう決意して歩き出そうとすると、ディキが背後から私に抱きついた、と思ったらひょいと持ち上げられる。

「ひゃっ⁉」

そのまま横抱きに抱かれて運ぼうとするので心底驚いた。

「ちょ、ちょっと！」

「あのなあ、腰がガックガクしてて危なっかしいんだよ。暴れんな」

なに、なに。私そんなにヤバそうに見えるの？

あのディキが優しいなんて、気持ち悪い。明日のロベイア王国は大雪かも。

そんなことを思いながら、大人しく胸元にもたれ掛かってみる。思いのほか体は疲れていたようで、あたたかいディキの体温とトクトクと少し早い心臓の音に包まれると、途端に瞼が重くなってきてしまう。

だめだ、その前に色々聞いておかないと。

どうも今日のディキの態度は、私を不安にさせた。変な独占欲をみせたり、ウィルの手助けを断ったり。彼が調べてわかったことも、ちゃんと教えてもらっていない。

「ねぇ、ディキ」

「あ？」

「ディキは呪いを解く気、あるんだよね？」

「……」

隠し扉をくぐりながら、ディキがピクリと一瞬だけ固まる。

「…………ある」

「ほんとに？」

「疑うなよ」

ちょっと拗ねたように言うけれど、あからさまに怪しい間がさらに疑惑を深める。

「私を玩具にして遊んでるだけなら……」

「ばーか。お前の体にそんな価値あるか」

「失礼ね！」

むっとして足をバタつかせると、偶然にも脇腹にヒットしてディキが呻く。

「いってーな！　チビザル落とすぞ！」

と言いながらも、動けないようさっきより強く抱きしめられる。

私はしがみつきながら、「気持ちいいくせに」と文句を言う。すると小さな声で「……気持ちいいよ」と返ってきたので不覚にもドキリとしてしまった。


部屋へ着くと、私はベッドの上に下ろされた。ディキはさも重たかったというように腕をぐるぐる回している。その背中に向かって私は言った。

「ねぇ。信じるよ」

口は悪くて性格も最悪で、だけど優しくないわけじゃないんだと思いたい。

「ディキを信じる。だけど、ちゃんと情報共有はして」

一緒に呪いを解くのなら、それは最低限の要求だ。

私の言葉にディキはちょっと唸ってから、こちらへ向き直って頷いた。

「今、言えるのは……」

思案しながら、言葉を選ぶようにゆっくりと話す。

「前にも言ったが、彫像の呪いは精神の壁を突き破る、強い暗示だ。魔力の高い魔法帝国人《ルーナディアン》を対象にした、一時的なもの——だからたぶん、俺のはそのうち勝手に解ける」

「うん……」

そうなると、困るのは一方的に私の方。

「精神の壁の薄いお前への効果は……数ヶ月か、数年か、はたまた数十年か。わからんが、とにかく解けはするから」

「それ、解けるって言わないよね⁉」

呑気なディキに慌てて突っ込むと、彼は片眉を吊り上げて小首を傾げる。

「別に、俺とヤり続けるだけだし問題ないだろ」

「いや大アリだよ⁉」

それじゃ、恋人も結婚もできないじゃん。ていうか呪いが解けたディキは、私に欲情して抱き続けられるの？　男ってそういうもの？　そこ、不安しかないんですけど。

「とにかく、一刻も早く解きたい」

そう訴えれば、ふん、と鼻で不満そうな溜息を吐く。

「解く方法は、まだわからない。既にいくつか魔法を使ったが効果はない。……悪いな、俺も、まだぐちゃぐちゃで」

少しだけすまなそうに言う。

彼の中で、何がどうぐちゃぐちゃなのだろう。銀の悪魔ディキ・メルシスなら、私を見捨ててしまってもおかしくない。なのに、どうしてそうしないんだろう。

「……助けてくれるの？」

「は？　当たり前だろ」

彼らしいような、らしくないような答えに複雑な気持ちで顔を見上げる。

「そんな不安そうな面すんなよ」

しかしディキはニヤリと笑い、ベッド脇に屈み、私と目線を合わせた。

「つまり、見捨てて欲しくなかったらお前は俺に言うことがある」

「言うこと？」

「そうだ。『天才魔術師ディキ・メルシス様、どうか私を抱いてください』さん、はい」

「…………」

「さん、はい」

テンサイマジュツシ　ディキ・メルシス　サマ、ドウカ　殴ってもよろしいでしょうか。

つまり私を言いなりにできて楽しいんだね、ディキ・メルシス様は！

第四章　変わっていくディキ

朝起きると、ディキが隣で寝息を立てている。その寝顔を見つめながら、寝てる時だけは美男子だな、なんて思う。

さらさらの銀髪、きめ細やかな肌、長い睫毛、鼻筋の通った端正なお顔。こんな綺麗な男性にベッドで抱きしめられながら目覚める……ってのも、三回目ともなればもう慣れた。

てか、昨日は何もしてないのになんで下着だけしか着けてないの。風邪引くよ？

「ディキ、おはよう」

「う……ポチ……」

相変わらず朝の弱い彼は、ポチに水を飲ませてもらっている。

代わってぐっすり眠った私は気分爽快。さっさとベッドを抜け出して身支度を整えた。

そういえば昨夜、ポチがこっそりツルを伸ばして私の寮まで服を取りに行ってくれた。

おかげで今、下着も着替えも数日分は確保できている。

私はお気に入りのショートパンツとタイツ姿に、洗いたての白衣を羽織った。

よし、今日も一日、弟たちのために働くぞ！

研究室には私が一番乗りだ。

鍵を開けてしばらくすると、グリタとハニアが出勤してくる。挨拶して、昨日割り振った仕事の続きをしたり、わからないところを教えたり。

そうこうしていると、奥の部屋からディキが重役出勤してくる。

「おはよ」

「おはようございます！」

「……おう」

ディキはグリタたちの存在をすっかり忘れていたのか、ちょっとビックリして挨拶を返しながら、私に向かってスタスタと歩いてきた。

「これ。依頼書の返事」

ぶっきらぼうに書類の束を渡してくる。うげ。数日分溜まってるじゃん。

でも昨日私が選別して渡した分もあったので、とりあえず有り難く受け取ってパラパラと中をあらためた。

「やっぱりほとんど受けないんだね……」

溜息混じりに捲っていると、ふと一枚の依頼書に目が留まった。

『特定の魔物にだけ効果のある毒を作って欲しい』

要約するとそんな内容のことが書いてある。そこに大きなバッテンと、ディキのサインが入っていた。日付もけっこう古い。

　この依頼、実は目にしたのは三度目だ。

　特定の魔物にだけ、という部分が難しくて、たぶん他の魔術師には作れないのだろう。

　通常、必要事項以外は記されていない依頼書だけれど、その紙には別紙にハルベルタ先輩からの直筆のメモが付いていた。

『今年の気候のせいか、西の森では食べ物が乏しいらしく、村に蛇型の魔物が大量に出没していています。このままでは駆除が追いつかない。人を食べて増えた魔物は来年以降も脅威になります。お忙しいのはわかっておりますが、お手伝い頂けないでしょうか』

　それを読んだ瞬間、目の前がグラリと揺れて真っ暗になった。

　人を食べる魔物。襲われる村……。滴る血と人間の焼ける匂い、耳をつんざく悲鳴。背後に感じる三つの温もりと、目の前の――

　フラッシュバックするその光景に、鼻の奥がツンと痛くなる。

　私の村は、私の両親は、大切な人たちは――

「――ディキ」

「あ？」

　奥へ戻ろうとするディキの元まで早足で駆け寄り、彼の白衣の胸元を勢いよく掴む。

「なにっすん」

「これ！　この依頼、なんで放っておいたの⁉」

掴み掛かった腕をガクガク揺らして、私は叫んだ。その剣幕に驚いたグリタとハニアも手を止める。

ディキは私の持っていた依頼書をチラと一瞥し、眉根を寄せた。

「……俺は、こういうのはやらん」

「だからって、他の人が受けてくれるかもしれないのに、ずっと返事もせずに！」

「別にいいだろ」

「よくないっ！」

よくない、いいわけない。だって、こうしている間にも、村の人が魔物に食べられちゃってるかもしれないんだよ⁉

もちろん騎士団や討伐隊は出てるだろうし、薬がすぐ出来る保証はないし、放ってても事態は変わらないかもしれないけど。ディキがやってくれるかもって、期待してる人が、それを希望にしてる人がいるかもしれないのに！

「どうして受けないの？」

「作りたくない」

「ってことは、作れるんだよね⁉」

「……だったらどうした」

私の突然の剣幕に少し引きながらディキは答える。

たぶん、どんなに頼んでも彼はやってくれない。一度やらないと言った依頼を、受けてくれたことはない。

だったら――

「私が作る」

「は？」

「魔力は込められないけど、下準備ならできる。だから教えて。正しいかどうかだけ、確認をお願い。そしたら他の棟の魔術師にお願いして、手を貸してもらう！」

忙しいなら、やりたくないだけなら、私がやればいい。仕事が終わった後でも、いくらでも時間を作る。

ディキの胸ぐらを摑んだまま真剣に見つめると、彼は少しだけ考えるように視線を泳がせ、しかし緩く頭《かぶり》を振った。

「だめだ」

その声は固く、揺るぎない。

「俺の棟で作った薬を他の棟に渡す？　ふざけんなよ、そんな無責任な真似できるか」

「じゃ、じゃあ、ディキがやってよ！」

「やだね」

取りつく島もない。

だったら、どうしたらいいの。どうしたら助けられるの。私になにができる？

「……なんでもするから、お願い」

白衣を摑んでいた手の力が抜ける。ディキの胸に縋り付いてそう懇願すると、彼は妖しく目を眇めた。

「へぇ……なんでも？」

頭上から降ってきた声は、氷のように冷たい。

「んじゃ、今ここで素っ裸になれよ。全裸で俺に跪《ひざまず》いて、靴舐めて奴隷にしてくださいって言え。そしたらやってやる」

「………」

「どうした、アロア・ポーチ。なんでもするんだろ？」

いつもみたいな意地悪な顔じゃない。ディキは本気で言ってる。そこまでして、やりたくないの？

私は黙ったまま彼から身を離すと、意を決して白衣を脱ぎ捨てた。

「アロアさん……っ！」

ハニアが悲鳴に近い声をあげる。

構わずに上着に手をかけ、ぐいと胸元まで一気に引き上げた。

「くそっ、バカかお前！」

その手を、ディキが強く握って止める。

自分がやれって言ったくせに。私は彼を思いきり睨む。

「手を離して」

「ふざっけんなよ！」

バチン！　と弾けたような音が耳元で響いた。次いで頬がヒリヒリと熱を持つ。

叩かれたのだ、そう気付いた瞬間、頭にカッと血が昇った。

「やれって言ったり、止めたり、なんなのよ！　どうせ最初からやってくれる気なんてないくせに！　冷血漢！　うそつき！」

ディキがやらないと言ったものは、絶対にやらないとわかってた。だけど私が本気で頼めば、ちょっとは考えてくれるんじゃないかって。ここ数日のディキは本当に優しかったから、だからきっと。

期待したんだ。

だからだろう。こんな、裏切られた気分になるのは。

我慢してたのに、絶対泣いたりなんかしたくないのに、熱くなった頬を冷やすように涙が零れる。

「ディキなんて、だいっきらい！」

「……っ」

手を振り払って後退った。

乱暴に涙を拭ってディキを睨むと、彼は困ったような怒ったような顔で私を見ている。

「あーあ。ディキさん、今のは最低ですよ。さっさと謝っちゃいましょう、ね？」

「うっせーハゲ！」

「やめ、やめ、やめましょうっ、ケンカはっ」

首を突っ込んできたグリタとハニアにディキが気を取られている隙に、私は彼らに背を向けて走り出した。

「――おい、どこ行く！」

「うるさいっ！」

声をかけてきたディキを一喝し、私は研究室を飛び出す。

そのまま石造りの階段を駆け上がり、棟の上を目指した。突き当たりの扉を開けると、そこは屋上だ。ツタだらけのこの場所は植物園のようになっていて、ポチとディキが実験用の植物を育てるのに使っている。

中央に休憩するための長椅子があり、私はそこへドカッと腰掛けた。

ボロボロと涙が溢れてきて止まらない。ずっと諦めてきたから、こんな風に感傷的になるのは久しぶりだった。

ディキが受けないと言ったら受けない。理由があってもなくても。だからしょうがない。期待しない。この二年、いつもそう思ってきたのに。

「落ち着いたら、さっさと戻って、謝って、切り替えて、仕事しなきゃ……」

クビになったら困る。そう思っても、なかなか涙は止まらなかった。ぐしぐしと情けなく鼻をすすりながら、服の裾で涙を拭っていると、

「おい」

ふいに、聞き慣れた声がした。驚いてビクリと肩が震える。

まさか、なんでディキが追いかけてくるの？

こんなこと初めてで、怖くて顔をあげることができない。

反応しない私に、彼は溜息を吐いて長椅子の隣に座った。こうなるともういよいよ無視できなくて、私はしぶしぶ口を開く。

「……きらい」

「ああそうかよ」

絞り出した掠《かす》れ声に、ディキはどうでもよさそうに答える。

風が流れ、周囲を囲う植物の葉がカサカサと音を立てた。

「……で？　なんで泣く」

しばしの沈黙の後、ディキは静かにそう尋ねた。

もしかして、彼は覚えていないのだろうか。私が研究所へ来た理由。働く理由を。

「言ったでしょ。私の故郷、魔物に襲われて壊滅したって」

「……悪い、覚えてねぇ」

その言葉に、思わず脱力した。

私自身は、何度も話してきたことだと思っていた。だけど、彼の中で私の話なんて、すぐ辞める奴の事情なんて、覚えておく必要も興味もなかったんだ。

たまたま長くいるけれど、今でこそ私を認識しているけれど、いなくなったらすぐに忘れる。例えば明日、グリタやハニアが来なくても、ディキはきっと何も言わない。言わずに忘れるんだ。

「……故郷が襲われて、両親はまだ小さかった私と弟たちを地下室に隠したの。扉の上に棚を持ってきて、開かないようにして、私は中で棒切れを持って覗き穴から外を見てた」

ディキは話し出した私の顔を、少し驚いたように見つめた。

他人にここまで詳細に話すのは初めてだった。必要以上に同情されるのは嫌だったから。

「奴らが来て、まず向かっていったパパを殺した。次にママが。それを、私は棒切れを構えてずっと見てた。見張ってた。三人の弟を守らなきゃならないから」

目の前が真っ赤に染まっても、村が焼けていても、私は悲鳴もあげず、そこを動かなかった。動けなかった。

地下室の扉は棚のおかげで開かず、私たちは助かった。

だけど奴らが去った後も、私たちは外に出られなかった。真っ暗な中で、四人で手をとりあって震えた。

二日後の朝、やってきた騎士団が私たちを助けてくれるまで。

「無力だって思った。私にできることなんか、何もないかもしれない。でも、出来ることなら、なんでもしたい。魔術師にはなれなかったけど、私は、本当はなりたかった。ディキ・メルシスみたいになりたかった」

こちらを見つめる紫の瞳を、じっと見返す。

彼は少しだけ戸惑い、鼻に皺《しわ》を寄せて唸った。

「……駆除する薬は作らない」

「…………」

ここまで言ってダメなら、ダメなのだろう。

諦めて視線を外した私に、しかし彼は言葉を続ける。

「お前が、この世のすべての鳥を焼き鳥にしてくれって、俺に頼んだとしよう」

「……うん？」

「俺はその通りに鳥を焼きまくって、世界から鳥はいなくなる。そしたら、その鳥を食べていた奴らは？　鳥に頼って繁殖していた植物は？　その植物を食べていた奴らはどうなる？」

食物連鎖だ。ディキはそれを真剣に問い質してくる。

「どこかで間違って、すべてをダメにしてしまいかねない。今、村を助けても、もうそこに生き物が暮らせなくなるかもしれない。滅ぼすために薬を使う、魔法を使うっていうのは、そういうことだ」

ディキの言いたいことは、よくわかった。

できるからやる、それだけじゃダメなんだってこと。魔物だって生き物で、絶滅したらどこかに歪みが出るってこと。

私は項垂れた。

彼が依頼を拒否する理由を、初めて聞く。もしかしたら乱暴に断ってしまう他の依頼も、ちゃんと彼なりの理由があるのかもしれない。

「……ごめんなさい」

引っ掻き回して、結局なにも出来ないのだ。己の無力さを痛感していると、ポンと頭にあたたかい手が乗った。

「だが、魔物避けなら作れると言ったら？」

パッと顔をあげると、ディキが悪戯っぽく笑う。

「——ディキ！」

まさか自分のために譲歩してくれるとは思わず、叫びながら飛びつく。すると彼はおおげさに仰け反って私を抱きとめ、一度ぎゅっと強く抱きしめて頭を撫でた。

「ありがとう、ディキ」

「まだ大嫌いか？」

「ううん……だ、だいす、き」

「ほ、本気っぽい言い方やめろ！」

冗談だとわかっていても照れてしまって首元に顔を隠した私に、思いきりキレてくるディキ。だけど笑いながら顔をあげれば、彼は嬉しそうに微笑んでいた。

なにその顔。なにそれ。

呆気にとられて見つめていると、傾きながら顔が近付く。

反射的に目を閉じた。唇が塞がれ、優しく重なる。柔らかく食まれて、舌先が割れ目をなぞってくる。求められるがままに口を開き、舌を絡めながら深い深いキスをした。

呪いは発動していなかった。だって、欲情していない。

なのに私たちはキスをしている。

変なの。……へんなの。

「……っは、ぁ」

唇を離すと、ディキの親指が私の口元の涎を拭ってくれる。

「続きは、おあずけな」

とろんとした私にそう告げ、彼は先ほど叩いた頬に「ごめん」というように軽いキスをした。もうぜんぜん痛くないのに、じんと熱くなる。

そして、私を引き剝がすと長椅子から立ち上がった。

「さて、誰かさんのせいで忙しくなるな」

「う……申し訳ないです」

私も謝りながら立ち上がると、ディキは大きく伸びをして怠そうに振り返る。

「お前もめいっぱい働けよ。じゃないとぶっ殺すからな」

「うん！」

頷けば、あーあ、めんどくせぇ、なんて毒づきつつ研究室へと戻っていく。

その背中を追いかけながら、私は頬が綻ぶのを必死で堪えた。

胸の奥がくすぐったくてもどかしくて、うずうずする。そして無性に泣きたくなった。

もう諦めていた、かつての希望、憧れの人。

今、間違いなく、その人は私の目の前にいる。

◇　◇　◇

その翌日から、本当に忙しくなった。

依頼は、ハルベルタ先輩を通して『駆除薬』から『魔物避け』へ変更の提案を依頼主へ届けてもらうと、すぐにゴーサインが出た。だから仕事として正式に受けることになったけれど、代わりにディキから『他の業務に支障をきたさないこと』を約束させられた。

私はキャパオーバーの分を補うべく、お昼休みを返上し、業務時間外も働いている。それはディキも同じなので文句は言えない。

申し訳ないのはグリタとハニア。まだ新人なのに、かなり放置してしまっている。

「いやぁ、大変ですねぇ。先生方は」

私たちの慌ただしい様子を見ながら、非常勤のウィル・フィレットくんが呑気に笑った。

彼には『魔物避け』を作る際に、蛇型の魔物についての資料を頼んだ。なので事情を理解していて、手が離せない私たちの代わりにグリタとハニアの面倒を見てくれている。

「ウィル、ありがとう」

「いえ、僕は実技ではあまりお役に立てませんから。これくらいお給料分ですよ」

ふわふわの柔らかい茶髪を揺らしながら、ウィルが優しく微笑む。そのほんわか雰囲気に癒されつつ、私も笑みを返した。

「おい、ヘラヘラしてないで働け！」

と、怒声で雰囲気をぶち壊すディキ。

はいはい、働きますよーだ。

とはいえディキも疲れているのだ。毎日遅くまで一緒に頑張ってくれて、私たちは毎晩、倒れるようにベッドに折り重なって眠っている。

忙しくて余裕がないせいか、不思議と欲情することもない。

だけど、ふと真夜中に目が覚めたとき、ディキが寝惚《ぼ》けながら抱き寄せてくる。

もはやそうするのが当たり前みたいに、布団と一緒に手繰り寄せて、抱きしめて、頬や髪にキスをして。

そして、そのまま眠ってしまう。

その寝顔をみるたびに、私はどうしていいかわからなくなる。

彼の腕の中で心臓の音を聞きながら眠るのは、とても心地が良くて。それは呪いとは関係のない感情で、だからこそ扱いきれない。

いっそ単純に欲情してしまえれば――。

「おい、アロア・ポンチ！　この作業どうなってる？」

呼びかけられてハッと振り返る。間近にディキの顔があって、内心ひゃっと飛び上がりながら誤魔化すようににっこり微笑んだ。

「……なんだお前、気持ち悪」

しまった、笑顔すぎたか。眉を顰めたディキに、作業の進行具合を報告する。

「お昼までには終わるよ。そしたら精製にとりかかる」

「そうか。なら、俺の作業の精製は後回しにしよう。作業工程を組み替える」

「わかった、後で確認する」

頷くと、ディキは私のおでこを人差し指でピンッと軽く弾いて、「任せた」と言って戻っていく。

ディキとはお互いのスケジュールをパズルのように組み合わせて、最短で物事が運ぶよう工夫している。ここ数日、その連携精度はかなりあがっていた。

「息ピッタリですねー」

「ほんとに」

グリタとハニアがぬるい視線をくれる。それがとても恥ずかしくて、気付かぬフリをして作業を続けた。

こういうの、前はどうしてたっけ。そんなことあるか！　って怒ってたっけ。

だけど今は怒れない。ディキが頑張って合わせてくれているのがわかるから。

昼を過ぎて、お腹がぐぅと鳴ったので我に返った。

顔を上げると、ハニアがにこりと笑う。

「お腹空きましたよね。お昼にします？」

彼女がお弁当を持ってきたというので、テーブルをひとつ空けて皆で囲んだ。

珍しいことに、ディキも私の隣に陣取っている。彼はいつもポチの作ったものを奥の部屋で食べているみたいで、こうやって混ざることは少ない。

ハニアが緊張しつつ、バスケットを広げた。

中にはたくさんのサンドイッチが詰まっている。食べやすいように小さめのサイズで、タマゴやハムなどの定番の具材のほかにハニーレモンやサーモンのマリネなど、さっぱりした味も用意されていた。

「うわあ！　美味しそう！」

「どうぞ召し上がってください」

ちょっと得意げに言うハニアが可愛くて、ピクニックみたいで楽しい。

「皆さんお疲れですし、たくさん食べてくださいね」

チキンのサンドイッチに齧《かじ》り付くと、マスタードの風味がふわりと鼻を抜けていく。辛さも丁度良くて美味しい。ウィルもグリタも美味しそうに舌鼓を打っている。

「ハニアさん、お料理上手ですね」

「ありがとうございますっ」

私たちがわいわい食べている横で、ディキはポチの作った薬草たっぷりスープをマグカップで啜っていた。それをチラリと横目で見て、彼にもサンドイッチを勧めてみる。

「ディキ、折角だしもらいなよ」

「あ、どうぞ、どうぞ」

「ん……」

私とハニアが促すと、ディキは素直にバスケットへと手を伸ばす。

てっきり断ると思っていた私たちは、一瞬顔を見合わせた。

それからディキが何を選ぶのか、ドキドキしながら見守る。まるで、野生動物が初めて手ずから餌を食べる瞬間みたいな。

目をキラキラさせて見守る私たち四人に、ディキは不愉快そうに眉を顰めながらレモンサンドを手に取ると、パクリと齧った。

「どう？　どう？」

「ディキ様のお口に合いますでしょうか！」

「……なんだお前ら」

期待する私たちにちょっと引きながら、もうひと口齧る。

「……うまい」

ぽそりと呟く言葉に、ハニアが「ヒー！」と叫んで感動で卒倒する真似をした。それを見て爆笑する私たちに、ディキが「てめぇら……」と青筋を立てる。

だけど怒号が飛ぶ気配もなく、彼は黙々とサンドイッチを頬張っていた。新人たちも彼に怯《おび》える様子もなく、そのまま和やかに食事は続く。

ディキは少しずつ変わっている気がする。まだ完全に心を開いてくれたわけじゃないけど、とにかく嬉しくて隣のディキをそっと見上げる。

すると、紫水晶の瞳が不思議そうに私を見つめ返してきた。

「なんだよ」

「なんでもないデス」

目を逸らしてサンドイッチを口へ突っ込むと、ディキの肘がコツンと私をつつく。

あぁ、なんだろう。むずむずする。うずうずする。

発情とは違う、でも似ている。カッと胸が熱くなって叫びたくなるこの感じ。気を抜くと頬が緩むから、下を向いて誤魔化す。

「よかったですね、アロアさん」

それを見られていたのか、ウィルが微笑みながら言った。

「最初の頃から、ずっとディキさんと仲良くなりたいって言ってましたもんね」

あぁ、そんな頃もあったよね。憧れのディキ・メルシスと仕事ができると意気込んでいたあの頃。よく泣いて、ウィルやハルベルタ先輩に愚痴ったりして。

いつからだろう。そういう諦めて、手放して、負けん気だけでなんとか向き合うようになっていた。

「へぇー、俺とそんっなに仲良くなりたかったのか」

ディキがニヤニヤと私を見る。

うわ、なにその顔。ムカつくなぁ。得意げな様子にイラッとして睨んでいると、

「ディキ棟長も、アロアさんと仲直りできてよかったっすよね！」

グリタが明るい声で混ざってきた。

「あ、ケンカの時か。こわい思いさせてごめんね」

「いいえ。あれはビックリしましたけど、それより、その後！」

「あぁ……ふふふ」

なぜか顔を見合わせ、くすくす笑い出すグリタとハニア。それにピンときたのか、ディキが唸るような低い声で「お前らぶっ殺すぞ」と凄む。なになに？

「ディキさん、アロアさんが泣きながら出て行った後、すっごく慌てて」

「ひとりで『どこいった？　屋上か！』て叫んで、『便所！』てバレバレの嘘ついて走って出て行ったんです。もう、俺、笑っちゃって」

その独り言はポチと話していたのだろう。サンドイッチを食べながら凄む銀の悪魔は恐くないのか、ふたりは構わず楽しそうにしゃべる。

「へぇー、私とそんっなに仲直りしたかったの？」

さっきのセリフをやり返せば、ディキは真っ赤になって唸り「勘違いすんなよ」と言ってプイとソッポを向いた。

その姿に私たち全員が「ディキ、かわいい」と内心悶えてしまったのだけれど、本気で怒らせては面倒くさいのを知っているので、何も言わずに生温く笑うのだった。

——終業後。

通常業務を終えた私たちは、ふたりきりで研究室に残って『魔物避け』を作る。

大体の材料はすでに用意できていて、あとはようやく手に入った特殊な素材をすりこぎで擦って粉にするだけだ。ふたりでゴリゴリ擦りまくる。

こういうまったりした時間は久しぶりで、私たちは手元に集中しつつ他愛のない話をした。

「嫌いな食べ物は？」

「苦瓜だな。あれを炒《いた》めたやつを初めて食った時は、ポチを軽くちょん切った」

「ひどい！　私は辛いのが苦手だな、耳が痛くなっちゃう」

「は？　なんで耳？」

ゴリゴリゴリ、笑い声とすりこぎの音が響く。

こんな風にディキとおしゃべりできるなんて、考えたこともなかった。

「私たち、お互いのことぜんぜん知らないよね」

「だな」

好きなものも、嫌いなものも。いつもなにを考えているのかとか、どんな本を読むのかとか。どこで生まれて、どんな風に育ったのかとか。

とても珍しい銀の髪は、どこ出身なんだろう。そこにはディキみたいな綺麗な人がたくさんいるのかな。

「ねえ、ディキって生まれは……」

そう言いかけた時、ディキが「よし、こんなもんだろ」と言って遮った。

彼の手の中には、鼻息で吹き飛んでしまいそうなくらいに細かくなった素材が、器の中で山になっている。作業完了だ。

「魔力入れるか。準備しろ」

「はい！」

奥の部屋には、すでに魔法陣が用意されている。私はそのいくつもの陣の中に、魔法石や薬を置いていった。ディキがしかるべき手順で丁寧に詠唱をはじめると、それらが煙のようになって浮き上がり、空中で混じりあう。

普段、無詠唱で魔術を使うディキだけれど、薬に関してはきちんと呪文を唱える。間違えないよう、精霊たちに「よく言い聞かせる」ことが大事なんだそうだ。

最後にパチン、と指を鳴らすと、魔法陣の中央に置いた瓶の中へ、調合された薬が煙のまま吸い込まれていく。うまく出来たようで、ディキが確認しながら頷いた。すかさずガラスの蓋をキュッと締めて、できあがりだ。

「お疲れ」

瓶を説明書と一緒に箱に入れて机に置くと、ディキが両手を軽くあげて振り返る。

「お疲れ様！」

私も両手をあげて、パンッ、とハイタッチ。

と、合わせた手のひらをディキの手がぎゅっと摑んだ。指の間に指を絡めて握られる。

そのまま紫の瞳がズイと近付いた。

「で、お礼に何してくれるんだ？」

「へっ？」

意地悪な顔でニヤリと笑って、ディキが手を上にあげる。握ったままの両手が引っ張られて、つま先立ちになる。

「わっ、わわ、ちょっと！」

「エロいこともせずお前のために頑張ったんだ。期待してるからな」

そう言うと、ディキはパッと両手を離した。

「もう！」

ストンと地面に着地して、私は地団駄を踏む。確かにお願いを聞いてくれたのは有り難いけど、なんだって呪いも発動してないのにエロいことしなきゃなんないの。

ムッとして睨みあげるも、ディキは涼しい顔で笑う。

意味わかってる？　これで私たちが寝たら、呪いとか、もう関係なくなっちゃうんだよ。

もやもやと色んなことを考えはじめた瞬間、

「あー……ヤりてぇ」

という最低な呟きが聞こえてきたので、私は思考を放棄した。

「とりあえず、くそベルタに報告してこい」

「うん。行ってくる！」

時刻は終業時間をだいぶ過ぎている。職業柄、かなり遅くまで残業する人が多いけれど、ハルベルタ先輩、まだ帰らずにいるかな。

私は薬の入った箱を手にすると、本棟の文書課へ向かった。


夕闇の中、本棟にもオレンジの魔法灯が点っていく。急いで文書課へ駆け込むと、幸いにもハルベルタ先輩はまだ居て『魔物避け』を受け取ってもらえた。

「助かるよ！　ありがとう！」

ハルベルタ先輩は本当に嬉しそうに大切そうに箱を抱える。

そういえば、彼も故郷を魔物に襲われたことがあるって言ってたっけ。だからだろう、メモまで付けて三回も同じ依頼を回してきたのは。

まだ二十五歳くらいの彼の目尻に皺が寄るのを眺めて、そんなことを思い出した。

箱を先輩に任せると、安心したせいかフラリとよろめく。

疲れが出たんだろうか。今日こそはゆっくりするため、本棟の廊下を足早に歩く。

北棟より明るくて歩きやすい、なんて思っていると、前方から見た事のある人影が近付いてきた。

「アロア！　やぁ、遅くまでお疲れさま」

片手をあげてやってくるその人物は、黒髪を爽やかに揺らし緑の目を細める。騎士服を纏った彼は、言わずと知れたカイゼ・ベスタルクだ。

「お疲れ様です！」

仕事の終わった高揚感から、私はカイゼさんに手を振って走り出した。

——と、ふいに、ぐわんと視界が歪んだ。目が回って、自分が立っているのかどっちを向いているのかわからなくなる。

「アロアっ⁉」

カイゼさんの叫び声が響き、気付けば地面が眼前に迫っていた。ぶつかる！　そう思って目を瞑る。しかし次の瞬間、誰かが私を抱きとめていた。

顔を上げると、心配そうなカイゼさんが私を見ている。さすがカイゼさん、あんなに遠くから、足、はや……。

「ばか、だからちゃんと休めって言ったのに……！」

おかしいな、ちゃんと休んでたと思ったんだけど。寝てたし、ご飯だって食べてたし、ぜんぜん、元気……。

「アロア——！」

目の前が暗転する。

慌てるカイゼさんの声を聞きながら、私は意識を手放した。

◇　◇　◇

「――どうしてこんなに無茶させたんだ！」

「コイツだけ甘やかしたら示しがつかねぇだろ！」

「だからって倒れるまで働かせるなんて。体調を見てやるのも上司の勤めだろう」

「見てただろ！　俺だって、我慢、してたし」

「……ディキ、医者がアロアに魔力の反応があると言っていた」

「…………それは」

「何かの実験に使ったりなんて、してないだろうな？」

「……」

「ディキ！」

カイゼさんとディキの声がする。

うっすらと目を開けると、寝ている私を挟んでふたりが言い争っているようだった。

周囲を見渡せば、どうやら本棟の医務室に運ばれたようだ。清潔感のある白いベッドや壁を見ながらぼんやりとしていると、あることに気付く。

彼は滅多に北棟を出ない。ましてや大嫌いな他の魔術師がゴロゴロいる本棟へは近付きもしないのだ。それなのに。

「え、ディキが……本棟へ来たの⁉」

驚いて声をあげると、ふたりは私が目覚めたことに気付いてこちらを見下ろした。

「アロア！　よかった、心配したよ。具合はどう？」

「……起きたか、ボケ」

ホッとした表情で微笑んだカイゼさんとは対照的に、ディキは顰め面で文句を言う。

私は上体を起こして室内を見回した。間違いない、やっぱり本棟の医務室だ。

「どうしてディキがここに？」

「お前が倒れたって聞いたからだろうが」

聞きたいのはそういうことじゃないんだけど。

困惑していると、カイゼさんも困ったように口を開く。

「俺が知らせたんだよ。着いてくるとは思わなかったけど……」

「うちの部下だろ、文句あんのか」

「うーん……」

苦笑いするカイゼさん。彼も、そういう意味じゃないんだけど、と口篭りながらフイと扉へと視線を遣る。

医務室の外は少しだけザワついていた。疎らに人の気配がする。

たぶん、ディキが来たことで騒ぎになっているんだ。この二年、私の知るかぎり彼は本棟に来ていない。

北棟はディキを隔離するために建てられた。そして彼は、滅多にそこを出ない。なぜなら、他の魔術師に恐れられているからだ。彼の力の異常さは、一般人の私たちより同じ力のある彼らの方がよく理解している。

嫉妬、羨望、畏怖……。

それらの感情に溢れた本棟《ここ》は、ディキにとって針の筵《むしろ》のようなものなのだ。

「とにかく、北棟へ帰るぞ」

ディキは少し苛立った様子で、私の手を摑んで思いきり引っ張る。

「ちょ、っと、痛っ」

「ディキ！　いい加減にしろ、病人だぞ！」

ベッドから引き摺り下ろされそうになる私を見て、さすがにカイゼさんが怒った。

制止の声に、ディキは思いきり不機嫌な顔で彼を睨む。けれどカイゼさんも引かない。

「アロアは俺が寮へ送っていく。ちゃんと休ませなきゃ」

「うるせぇ、北棟へ連れて帰る！」

「ちょ、ちょっと、ねえってば！」

当人である私のことなんか無視で、頭上で言い争いが始まった。

別に寝れるならどこだっていいけど、ディキの部屋は色々と誤解を生む。慌てて止めようとするも、寝起きの掠れ声は届かない。

やりとりはヒートアップしていき、ついにカイゼさんが怒鳴った。

「彼女は最近、寮にも帰っていないじゃないか！　そんなのいつまでも放っておけないだろ！」

その言葉に、ディキとのことがバレたのかと凍り付いた、瞬間。

「カイゼ、お前――――！」

ぶわ、とディキの全身が殺気立つ。

握られた腕がチリチリと痺れ、風もないのに髪がふわりと持ち上がった。

私には見えないけれど、きっとディキの周囲を魔力が激しくぶつかりながら流動しているのだ。バチバチと弾けるような音がして、彼のローブがはためく。

「……お前、俺のことだけじゃなく、コイツまで監視してやがんのか」

ぐるるる、と獣が唸るような低い声で威嚇する。

カイゼさんがぎょっとして、慌てながら一歩下がった。

「監視じゃない、心配してるんだ！」

「黙れ、所長の犬め」

監視？　犬？　どういうこと？

驚く私を無視して、彼らは緊迫した様子で向かい合う。

興奮するディキを落ち着かせようと、カイゼさんは穏やかな声音で話しかけた。

「ディキ……世の中に善意はある。お前が信じられなくても、だ」

「俺はディキのこと、友達だと思ってる」

宥《なだ》めるようなカイゼさんの言葉に、ディキは苦しそうに顔を歪める。

「だったら、俺のこと……恐れてんじゃねぇよ……」

その呟きに、カイゼさんはハッとして足元を見た。そこには、思わず下がってしまった一歩分のスペースがある。騎士の勘で無意識に空けてしまった間合いは、ディキにとって拒絶の証だ。

伏せていたカイゼさんの目線が、彷徨いながらゆっくりとあがる。

それから、彼は私をみとめて眉根を寄せた。

「……？」

彼のその奇異なものを見るような瞳に、心臓が焦ったように早鐘を打つ。

私、なにかしちゃった？

戸惑いながら見つめ返すが、わからない。

少しの沈黙。

すると、ふいにディキが小さく舌打ちをして、私の腕をするりと離した。彼が力を抜くと、肌に突き刺さるような魔力の感触が消えていく。

「もういい。とりあえず、コイツを運ぶ」

ディキの言葉に、カイゼさんは頷いた。

「アロア、すまない。待たせたね」

「あ、いえ」

そう言って謝った彼は、何事もなかったかのような、いつもの柔らかい笑顔だった。

ふたりの間にどんな確執があるのか、私にはわからない。気軽に突っ込んでいい話題だとも思えない。

カイゼさんと、あと非常勤のウィルは、私がここへ来る前からディキと知り合いだ。カイゼさんの魔術研究所での任期は三年を過ぎているし、ウィルは私が来る前から同じ非常勤を続けている。

知らないことがいっぱいある。働くだけで一生懸命で、ディキ自身のことに興味がなく……ううん、興味を持たないようにしていたから。だけど今は――

「じゃあアロア、担ぐね」

「へっ⁉」

思考を遮るようにカイゼさんが言って、私をひょいと横向きのまま抱き上げる。

お、お、お姫様抱っこ‼

固まっていると、カイゼさんは微笑んで「どこでもいいから摑まって」なんて言う。

どこでもいいんですか？　本当に？　どこを触っても？

半ば興奮しながら肩に手を置く。服の上からでも感じる筋肉質な首元……あぁ、体の分厚さがすごい。軽装で胸当てしかしてないから、騎士服越しに腹筋が当たる。がっしりとした安定感、安心感、すごい。

そして何より、間近にあるカイゼ・ベスタルクのご尊顔。

具合が悪いせいではなくハァハァしていると、ディキがものすごく嫌そうに眉を顰めた。

「てめぇ……俺がやったときはそんな顔しなかったくせに」

「だ、だってアレは……」

その直前にもっとすごいことしてたじゃん！

そう言い返すわけにもいかなくてモゴモゴしてしまう。するとカイゼさんが首を傾げた。

「へえ、ふたりってそんな仲？」

「ちがいます！」

「違ぇし！」

慌てて否定する声がハモると、柔らかい笑い声が頭上から降ってきた。彼は笑いながら、「では、行こうか」と言って歩き出す。

「――やっぱ待て」

と、後ろから着いてきたディキが、カイゼさんのマントを摑んで止めた。

扉を開けようとしていたカイゼさんは呆れながら振り返る。

「ディキ……まだ言うか」

「なあ、本当にひとりで帰すのか？」

そう尋ねたディキは、先程とは打って変わって神妙な様子でこちらを見上げる。

「だって、誰かがそばにいた方がいいだろ。俺なら薬も作ってやれるし、飯だって用意するし、回復魔法なんて眉唾モンは使えないが、少しは気持ちを楽にしてやれると思う」

まるでディキらしくない提案に、私とカイゼさんは驚いて顔を見合わせる。

その様子は私のことを心底心配している感じだ。あの銀の悪魔ディキ・メルシスが、部下を自ら看病したいだなんて。

「なあ。…………た、たのむ」

「⁉」

いよいよもって、私たちは驚愕した。

まじまじとディキを見つめると、彼はちょっと赤くなって俯く。けれどカイゼさんのマントは摑んだまま離さない。

「アロア、君はいったいどんな魔法を使ったの？」

カイゼさんの不思議そうな問いに、私は首を振った。わからないです。本当に。

「いいから、ごちゃごちゃ言ってないで、はやく、いいって言え」

「そこは強制するんだ」

「うるせえ。ベッドもあるし、優しくするし、なにが問題なんだ」

「優しくしてくれるんだ……」

啞然としながらツッコむ私に、ディキがだんだん拗ねてきたのが表情からわかる。だけど怒るのは我慢して唇を嚙んでいる様子を見ると、とても断りづらい。

どうしようかとカイゼさんを見ると、彼は苦笑いしながら頷いた。

「アロアがいいなら構わない。でも、本当に大丈夫？　魔法実験に使われてたり、そういうのはないんだね？」

魔法実験はないです。ただ、呪われてるけど。……とは言えず、こくりと頷く。

「わかった。じゃあ、せめて北棟まで送らせて。ディキひとりじゃ大変だろ」

はあ、と溜息を吐いて、彼は扉を開けた。

私が目覚めた時にはざわついていた廊下には、人っ子一人いない。

たぶん、さっきディキがキレた時に皆逃げたのだろう。強い魔力の波動は、とても痛くて、怖いから。

◇　◇　◇

カイゼさんとは、北棟研究室の扉の前で別れた。

まだフラフラするけれど、歩けないほどじゃない。お礼を言って下ろしてもらう。

「カイゼ」

「ん？」

去り際、ディキがカイゼさんを呼び止め、何かを投げる。パシッ、と音を立ててキャッチしたのは、あの呪いの彫像だ。

「調べたが何も入ってなかった。ただの鉄の塊だ。文書は今度ウィルに持っていかせる」

「そっか、助かるよ。じゃあね」

「ああ」

彫像を懐に仕舞い、カイゼさんは手を振って去って行く。

「……いいの？」

足音が充分に遠ざかってから、私は尋ねた。

ディキは小さく頷いて、「もう、なんも入ってないし」と言う。

もう、ということは、入っていたけど全部出たってことだ。私たちに呪いをかけて。

「文書の方は？」

「……今はそんなことといいから、休め」

そう言って扉を開けると、待ってましたとばかりにポチがシュルリと飛び出してきた。

私をツルでぐるぐる巻きにして持ち上げ、丁重に運んでくれる。地下への階段を降り私室へ入ると、ポチは私をベッドの上に下ろした。

「ありがとう」

お礼を言うと、ツルのひとつが尻尾みたいにピチピチ揺れる。

それと同時に別のツルがやってきて、お湯の入った桶とタオル、着替えを持って来てくれる。さらに台所では、別のツルがお粥を煮ていた。

ポチ様々だわ……。

飼い主《ディキ》はといえば、ローブを脱いで悠々と椅子に座り、ポチの出した食事を摂っていた。

一応、こちらに気を遣ってか背を向けてくれているので、素早く体を拭く。少し熱めのお湯で濡らしたタオルは温かくて気持ちいい。ポチが背中を拭くのを手伝ってくれたから、冷えないうちに着替え終わる。

すっきりしてベッドに横になると、ディキがお粥を持ってやってきた。

「ほら、食わせてやるから口開けろ」

そう言ってベッドサイドに椅子を寄せて座ると、木製の器からスプーンでお粥を掬って差し出す。

「えっ、いいよ、自分で食べる」

「いいから。ほら、あーん」

えええ、これは恥ずかしいんですけど。

本棟のお医者様が診てくれた結果、私は過労と、それによる衰弱で風邪気味ってだけらしい。だから多少フラフラしてて熱はあるけれど、自分でお粥くらい食べられる。

……と何度か拒否するも、ディキは頑なにスプーンを渡してくれない。

「うるせぇな。つべこべ言わず食え！」

「むぐっ」

ついには強硬手段に出て、無理やり口に突っ込まれた。

うう、熱い。でも塩気がちょうど良くて美味しい。少しガサガサしていた喉の奥が、とろみのあるお粥の水分で潤っていく。舌はちょっと火傷したけど、美味しい。

「ディキ……お願い、次からはフーフーして」

本当に頼みます。私が涙目で訴えると、ディキは「あ、そうか」という顔をしてスプーンのお粥に息を吹きかけた。

「どうだ」

「ん……おいひいれふ」

「……よし」

なんの「よし」なのか。わからないけど満足そうに頷いているので黙っておく。

お粥を食べ終えると、ディキは自分用に調合してあったらしい風邪薬を飲ませてくれた。

めちゃくちゃ優しい……あんた誰？　って感じだ。

「ねえ、ディキも熱があるんじゃない？」

「ないけど」

ちょっと額に触れると、ウザそうに振り払われる。

おかしいなあ、なんて思いながらベッドに潜り込むと、さらにおかしな発言が降ってきた。

「子守唄でも歌うか？」

「なんで⁉」

もしかして、私のこと子供扱いしてる？

訝りながらディキを見つめると、彼は「変なのか？」と、ちょっと困った顔をする。

「看病ってのがどんなもんなのか、よくわからないんだよな」

「え」

それって、看病の実体験が一度もない、したこともされたこともないってこと？　子供の頃から、病気の時ですら独りだったってこと？

喉の奥が、ぐっ、と詰まる。彼にはもしかして、両親がいないのか。一番弱っている時に、誰も一緒にいてくれないなんて。

私だって、具合の悪い時に独りでいるのはつらい。

村が焼けて両親がいなくなった後、余計つらくなった。普段は気を張っているぶん、病気で寝ていると幸せだった時を思い出して、めそめそ泣いてしまう。

でも、そうすると弟たちが枕元へやってきて、本を読んでくれたり水を持ってきてくれたりするんだ。夕方になったら、先生――私の勉強を見てくれていた、アイレス先生が長くて真っ赤な髪をなびかせて帰ってくる。

先生は良く効くお薬を作ってくれて、「いいこだね、おやすみ」ってあったかい手で頭を撫でてくれて。

そういう優しさをぜんぶ、誰からも与えられてないってことだ。

「子守唄はいらない？」

確かめるように首を傾げる、ちょっと不安そうなディキが気の毒で、私は首を振る。

もしかしたら彼のやりたい事は、して欲しかった事かもしれない。

「ううん……面白そうだから歌って」

「面白そうってなんだよ」

めちゃくちゃ音痴だったら思いきり笑ってやろう。

なんて下心でニヤニヤする私に苦笑しつつ、ディキは私の胸を軽く叩きながら歌う。低くも高くもない、心地の良い声で。

それは王国語《ロベイア》の古い童謡で、鳥になってどこまでも自由に、孤独に飛んで行くっていう、看病にはあんまりな歌だった。

だけど掠れた歌声は耳に丁度良くて、思わずうっとりと聞き惚れる。

「歌、うまいね」

「そうか？　そういえば、この歌は初めて歌ったな」

「ええ、初めてでそれですか!?　才能あるよ、吟遊詩人になれば？」

「……お前、からかってるだろ」

「ばれたか」

もう二度と歌ってやんねー！　と拗ねながら、ぷいと明後日の方を向く。

ごめん、ごめんって。

だってあんまりにもくすぐったすぎる。献身的にも程があるし、なんだか甘ったるくて、お砂糖の中に浸かったみたいで落ち着かない。

なのにディキは私に向き直り、ちょっと眉を下げながらさらに尋ねてくる。

「他には？　なにかして欲しいことないか？」

たまらず噴き出して、くすくすと笑いながら目元まで布団を被った。

本当に誰ですか？　いつもと違いすぎる！

「……なんだよ」

「変なの！」

私は笑いながら布団から顔を覗かせる。

ただの過労と風邪なのに。どうしてそこまで下手に出るの？

そう疑問をぶつけると、ディキは気まずそうに話し出す。

「……俺のせいだから。仕事の疲れもあるけど、これは呪いの影響だ」

「呪いの……？」

私は呪いによって精神の壁が破られ、心が無防備な状態になってしまった。それはかなりのストレスらしい。

性欲に関わる感情なんて、誰だって隠したい。暴かれたくないものを曝け出すことも、それを我慢することにも精神力を使う。理性と情欲の狭間で、私の心にはかなりの負担がかかっていた。

そして、ここ連日の私は、仕事を優先するために呪いを無意識に抑え込んでいたみたいだ。それでオーバーヒートしたんだそうな。

「悪かった」

「何言ってんの。ディキも一緒に呪いにかかっちゃった被害者でしょ、しょうがないよ」

「ああ……そうだな」

ディキは目を細めて優しく頷くと、私の頬を指の背で撫でた。

――――ぞくっ。

急に寒気のようなものが首の後ろをゾクゾクと駆け上がる。

あれ？　おかしいな？　この感じ……。

「だから、先に罪滅ぼししたんだ」

「え……ぁ……」

熱とは違う。身体が熱くなる。ディキの指先の動きに、体がビクビクと跳ねる。彼はただ、頬を撫でているだけなのに。

「――反動が、くるから」

すり、と指が強く耳朶をなぞった、瞬間。

「あっ、あぁあっ……や、んんっ」

口から勝手に嬌声が漏れ、ビリビリと電流が奔るような刺激に身を竦める。

しばらく感じていなかった刺激だ。簡素な寝間着の下で、眠っていた体が疼きだす。

「ようやくリラックスできたみたいだな」

ディキはくすりと笑って、安堵したように溜息を吐いた。

「誘ったって、お前は呪いが発動しなきゃ応じない。俺たちが体を重ねるのは、呪われてるから、だもんな」

どこか諦めたように言うと、彼は椅子から身を乗り出した。銀の髪が肩をさらりと流れる。いつの間にかポチは部屋から撤退し、照明が勝手に落ちていく。

薄暗い室内に、瞬く星々のように草花や魔法石が色とりどりに輝いた。

眼前に煌めく紫水晶の瞳が、私を映してゆっくりと細くなり、消えていく。

「ん……っ」

唇が重なって、その熱さに思わず息を詰めた。

ディキの指先が目尻に浮かぶ涙を丁寧にすくう。両手に頬を包み込まれて、何度もキスを繰り返す。そのたびに、誘われるように欲望が溢れ出した。

「はぁっ……ぁ……ん、ディキ、わかってた、の……？」

実験が終わった時の最低な呟きも、頑なに北棟へ帰したがったのも。

彼は答えず、唇を塞ぐ。そのまま舌を口の中へねじ込んでくると、貪るように舌を絡める。唾液を吸って、舌先を擦りあわせ、口蓋を舐めて。

「んぅ……ぁ、は……っ」

いつの間にか夢中になってキスをしていた。

ディキの首に腕を回してしがみつき、自分から口づけをする。火照る体を押し付けて、ディキから与えられるあらゆる感覚を欲しがる。

布団も衣服も邪魔だ。じれったい。もっと裸で、もっといっぱい深くまでくっつきたい。息を荒げながらキスをする私を押し止めて、ディキは尋ねる。

「どうして欲しい？」

答えのわかりきった質問に、私は涙目になる。

恥ずかしさと、期待。それを口にすれば、ディキが与えてくれるのは明白で。

——呪いのせい。自分の意志じゃないから、仕方ない、悪くない。

だけど、望んでいるのも確かなんだ。偽りの気持ちにはどうしても思えない。

「ほら、言えよ。何が欲しい？」

「あ……」

湿った吐息が首筋にかかり、肌がぞわりと震える。喘ぐような上擦った声で、私は本能のまま答えた。

「抱いて……いっぱい。めちゃくちゃにして」

その言葉に、ディキは待ち構えていたかのように頷いた。

「ああ、いいよ。満足するまで抱いてやる」


私たちは焦ったようにキスをして、ベッドの中で互いの服をもどかしく脱がせあった。

合間、ディキが避妊薬を口に含んでいつものように口移しする。

苦くて舌が痺れる。だけど今の私はそれを喜んで受け入れた。忍び込んでくる舌を絡め、ごくり、と喉を鳴らして液体を飲み干す。

「はぁ……っ、ディキ、んうっ」

「アロ、ア」

貪るようにキスをしながら、裸のまま抱き合う。熱を持った素肌に、ディキのひんやりとした体温が気持ちいい。

全身でしがみつくと、内股に熱の塊が触れた。その先端から溢れる先走りが垂れて、ぬるぬると肌を濡らす。

私は両足を広げて、その中央へとディキを誘った。

ぐちゅ、と水音を立てて、泥濘の中へ猛りの先端が沈み込む。

「ぁ……っ」

「すげぇ……びしょ濡れ」

くす、と低く笑う声に、首の後ろがゾクゾクする。

荒い吐息、心地良い肌の感触。久々だからか、ディキのすべてに感じてしまう。

彼も同じだけ私に感じて、同じようにおかしくなっているのかな。私の声に、吐息に、ぜんぶに。

そう思うと、胸の奥が苦しくなる。幸せで、甘くて、少し痛い。

「ディキ、もう、ちょうだい……」

苦しくて耐えられずにねだると、彼は小さく頷く。

体をわずかに離して、ぐ、と腰に体重をかけた。いつもより大きく硬くなったそれが、みちみちと膣を押し広げながら侵入してくる。

「あぁ、は……っ」

「ッ……、やば……」

私の中へ身を埋めるにつれ、切なげに眉が顰められていく。

その顔を見ると堪らない。感じてる、そう思うだけで、身体中の感度が上がる。

「ふぁ、あ……っ」

ナカがディキでいっぱいに埋められて、熱くて苦しくて、幸せな圧迫感に体が仰け反っていく。足の指先が痛いくらいピンと伸びて、達してしまいそうになる。

すごく気持ちよくておかしくなりそうで、首を振って息を詰まらせる。

ディキは私の腰を押さえつけ、奥へ奥へと突き上げた。そのまま一気に最奥まで穿たれ、私は高く嬌声をあげる。

「ひぁ……んっ！」

びくん、と震えて喉を反らすと、ディキが首筋にキスをしながら激しく動き始めた。溢れる愛液がぐちゅぐちゅと卑猥な音を鳴らし、体の奥に甘い衝撃が走る。

「あぁっ、だめ、だめっ、あぁぁっ！」

「……っく……ぅ……」

びくびくと体を震わせ、ディキにきつくしがみついた。弾けたように腰を跳ねさせ、膣

が収縮する。与えられる久しぶりの快楽を貪るように、全身で彼を抱き締めた。

ようやく鎮まって、はずむ息を整えると、私は絡めていた腕を離した。そして間近で息を吐くディキの顔を、そっと覗き込む。

彼は私を見つめ返すと、目を細めて微笑んだ。

「……よかったか？」

「うん……」

真面目に聞かれると恥ずかしい。目を伏せて頷けば、ふ、と笑う気配がして、視線を上げると唇を奪われた。舌が口内に割り入って、絡めながら深い口づけを交わす。

そこで、ふと、ディキが達していないことに気が付く。自分のナカに埋まったままのモノの勢いが、全く衰えていない。

「ディキ……まだイってない、よね？」

「ああ」

唇を離すと、彼は我慢するように短く息を吐いて頷く。

「まだ、足りないだろ？」

「え……まって、それってどういう」

ディキは悪戯っぽく笑うと、ゆっくりと腰を揺らしだした。

大きく腰を引いて限界まで引き抜き、徐々に挿入していく。一度達してぐずぐずになった秘所からは、とろりと熱い蜜が零れ落ちる。

「めちゃくちゃにして、って言ったろ」

「あっ……」

「満足するまで、ずっと抱いててやる。それまでは頑張る……」

そう言って、私の唇にちゅっと吸い付く。大きな右手が、ツンと尖った乳首をつまむ。

指先で擦られると、喘ぎ声が漏れてしまう。

「んん……あ、ふ……ぁっ」

指先の愛撫に深いキスと、ゆるやかな腰の動き。めちゃくちゃに、なんて言ったけれど、ディキは優しくねっとりと刺激してくる。私の体を労るように、壊さぬように。

あったかくて、気持ちよくて。終わらない快楽に身を委ねれば、すぐにまた昇りつめてしまう。

「は……っ、だめ、またイっちゃう……」

「ん、イけよ」

静かに震えて、体をしならせる。それに合わせるように、ディキは体重をかけて奥の奥を押すように突いた。

「ぁ……っ、それ、きもち、いっ……」

「あぁっ、あぁぁ……っ」

ナカがうねって、ディキを締めつけているのがわかる。

「すげ……、ちぎれそ……」

「あぁんっ」

限界まで足を開いて、恥骨を擦り付けるようにして達した。その意図を察して、ディキが体重をかけてお腹の下をぐりぐりと圧迫してくる。

割れ目の先端にある小さな突起が、ぐっとすり潰された。甘く痺れるような快感が脊椎を駆け上がる。

「両方とか、このド淫乱……」

ディキの言葉と同時、私は声もなく小刻みに震えた。

もうだめ、今、何回イったの？　連続して何度もイかされて、頭の中が焼き切れそうになる。くったりとして、肩で荒く息を吐いた。

「アロア……」

ディキが熱い手のひらで、いい子いい子と頭を優しく撫でてくれる。

眠ってしまいそうなほど気持ちよくて目を閉じていると、その手はそっと髪を梳きながら滑り、胸の小さな起伏をなぞりながら下腹部へと向かう。え、まさか……。

「次は、こっちもな」

「ま、まって、ちょっとまって、もう、満足した、したから！」

我慢に我慢を重ねているせいか、ディキの目つきが妖しい。

驚く私に構わず、彼の指先は先ほど押し潰した敏感な肉芽を弾く。

「ひんっ」

感度のあがった状態で弄られると、本気で腰が引けた。それなのに、ぐりぐりと親指で潰されながらナカを突かれると、どういうわけか気持ちよくなってくる。

おまけに体を離したせいか、ディキの恍惚《こうこつ》とした表情がよく見えた。

振り乱した銀の髪、上気した頰。

獰猛な紫の目で、乱れる私を見つめながら腰を振る。

「あ、あ……ディキ……や、ディキっ」

その視線だけでイってしまいそう。

きゅんとお腹の奥の方が締まると、ディキがちょっとだけ唸る。その歪んだ顔にまたときめいて、身を捩りながら絶頂の波に攫《さら》われた。

そして今度は、胸を吸われながらイかされる。気持ちよくて涙を零すと、目元をぺろりと舐められた。

何度となく繰り返し、くったりとした私を優しく激しく揺さぶって、ディキは獣のようにフーフーと肩で息をする。

そんなに頑張らなくていいのに。

一生懸命な姿に心が先に満たされて、呪いとか、今だけはどうでもよくなってしまう。

「ぎゅってして……」

両手を伸ばして甘えると、ためらわず強く抱き締めてくる。

汗ばんだ肌が密着して、ディキの匂いに包まれた。

安堵のような深い溜息を吐きながら、彼の頭を撫でる。さらさらの銀の髪が指の間を滑って、気持ちいい。

耳朶に口づけると、体をビクッと震わせる。敏感すぎるディキがおかしくて小さく笑うと、「やめろ、たのむから」と弱々しく呟く。きっともう限界なのだ。

「出していいよ」

「……満足したか？」

「した」

「ほんとかよ」

疑わないでよ、何回イかされたと思ってんの。内心苦笑しながら、彼の腰に足を絡める。

「ねぇ……出して？」

「……お前な」

呆れたように息を吐き、顔をあげて怒ったように睨む。

「淫乱なアロア・ビッチは中出しがお望みか」

「そ、そういうわけじゃ……あッ」

「嫌だって言っても、もう遅いからな」

ディキは私を抱き締めたまま、素早く腰を揺すった。

「あっ、あ……んんっ」

唇を塞がれた瞬間、ディキが奥へ押し付けるようにして吐精する。熱い飛沫がどくどくと中に吐き出される。その脈動は我慢した分だけいつもより長くて、その間中ずっと唇を重ねていた。何とも言えない充足感に包まれて、体が溶けそうになる。

「……ぷは、……はぁ、はぁ」

やがて吐き出し終えたディキが唇を離すと、舌先から透明な糸が橋のように架かって消えた。

ディキは肌を粟立たせ、絶頂の余韻にぶるっと体を震わせる。

潤んだ瞳と上気した頰。こういう時は、いつもの怖いディキ・メルシスも形無しだ。

「アロア……はぁ、すげぇ……おかしくなりそう」

そう言って、また口づける。

献身的に尽くされて、そんなこと言われて甘ったるくキスをされたら、やっぱり勘違いしてしまいそうになる。私たちは呪いで、彼はたぶん贖罪で体を重ねているのに。

だけどずっと感じている。

私はさっき、ディキにときめいて、抱かれることに嬉しくなっていた。彼の仕草ひとつひとつに、意味を探してしまっていた。

そこから導きだされる答えに、怖いような嬉しいような、複雑な気持ちでいること。

「ねぇ、ディキ……どうしてこんな事してくれるの」

「あ……?」

「もしかして、私のこと……好き？」

否定して欲しくて、そう尋ねる。

するとディキは、やっぱりウザそうな顔でこう言うのだ。

「はぁ？　ふざけんなよ」

その答えに、私はホッと胸を撫で下ろした。

だけど荒く息をしながら、彼は続ける。

「くそ、お前こそどうなんだよ」

「……え？」

ディキは下唇を噛んで、やっぱり不機嫌そうな目で私をまっすぐに見つめながら問う。

「俺のこと………すき？」

その意外な言葉に、私は口をあんぐりと開けて固まってしまった。

第五章　私の気持ち

これは夢だ、きっと夢。だって、ディキがあんなこと言うはずない。

もしくは呪いが見せた幻覚か、行為後の余韻による勢いみたいなものだ。


――俺のこと、すき？


見つめられてぽかんと固まったまま、私の頬だけがみるみる上気していく。

すき？　好きかって聞いてるの？　私の気持ちを？

「なっ、なな、なに、なに言ってんの！」

燃え上がる頬を手で隠しながら慌ててはぐらかすと、ディキもハッとしたように目を見開く。

「ち、ちがう！　別にっ、お前が先に聞いてきたから！」

「それはそうだけど……！」

確かに、私のこと好きかって聞いた。だけどあれは、否定されると思ってたんだ。

それで、「ほら、やっぱりね。勘違いするな自分！」って笑いたかっただけ。自惚れそうになる心を否定したかっただけ。だからこんな反応、予定外だ。

そろりと視線をあげて、ディキを窺う。すると、パチンと紫の瞳と目が合った。

ドキドキと鼓動がうるさくなる。だけど、これはどっちの心臓の音？

伸し掛かられるように押し付けられた胸元からは、トクトクと早い心音が重なって聞こえる。ディキの頬は真っ赤だ。たぶん、私と同じくらいに。

「あぁ！　なし、なしなし、終わり！」

耐えきれなくなったのか、急にディキが叫んで私の上から退いた。ベッドに寝転んで布団に潜り込み、こちらへ背を向けて丸くなる。

「お前も、もう余計なこと考えずに寝ろ！　体に障る！」

「う、うんっ、そうするっ」

私も彼に倣って布団に潜り、背を向けた。

考えれば考えるほど、混乱してしまいそうだった。勘違いは加速して、確信に変わりつつある。

あの『呪い』は、私たちを確実に変えてしまった。

だってディキは、私のことなんて研究室の塵としか思っていなかったはずだ。他人に興味なんてなくて、人嫌いで自分勝手で。

私のことなんて見ようともしなかった。二年間、ずっと一番そばにいたのに。

「……アロア」

ふいに名を呼ばれて、シーツの擦れる音がした。

寝ているのかを確かめるように、ディキが息を殺して私を窺っている。私はぎゅっと目を閉じ、眠っているふりをした。

吐息が耳元にかかり、続いて背後にあたたかな体温を感じる。そして、そっと後ろから囲われるように抱き締められた。

ディキは私の髪に顔を埋め、軽く口づけをする。

「……おやすみ」

溜息のような囁きが、耳裏をくすぐった。

『呪い』は情欲を高めるだけ。だったら、もう呪いの解けかけている彼のこの行為の意味は、私のこの胸の高鳴りの意味はなんだろう。

……腕の中では、うまく考えがまとまらない。


翌朝、目覚めてすぐにディキは支度をして出勤していった。

私はというと、ディキから「上司命令」としてこの部屋での待機を命じられる。

私が居なくても、北棟研究室は大丈夫だろうか。そんな一抹の不安を抱きつつ、お言葉に甘える。

薬や看病のおかげか、はたまた呪いを発散できたからか、体調はかなり良い。

だけど――

「いってらっしゃい、ディキ」

「い……いってくる」

その挨拶だけでどことなく気恥ずかしい雰囲気が漂ってしまって、彼が出掛けた後、私はベッドに突っ伏した。この状態では、今日一日顔を合わせていられなかっただろう。

「……とはいえ、暇だなぁ」

体を休めるために眠ろうとしたけれど、目が冴えてしまって眠れない。すると昨日のディキが思い出されて、勝手に言葉や仕草が脳内で反芻《はんすう》されて、顔がカッと熱くなる。思い出したくないのに、何度もディキのことばかり考えてジタバタした。

「うるさいなあ、もう！」

脳内のディキに文句を言うも、彼はあまつさえ、甘やかな笑みで囁く。

――アロア、俺のこと好き？

「ひえぇぇ！　やめて、気が狂う！」

なんでこんなことばっかり考えなくちゃならないの。

だんだん怒りが湧いてきて、床掃除をしていたポチのモップを奪って水拭きしまくった。ポチは手伝ってくれると思ったのかビチビチしながら喜んで、家具を退かしたり持ち上げたりしてくれる。何も考えないように一心不乱に掃除していたら、いつの間にか床はピカピカだ。

「次は⁉　なにする⁉」

モップを返すと、ポチは洗濯カゴを持ってくる。よっしゃ、洗おう。

そうやって家事を手伝いつつ過ごしていたら、いい感じに気が紛れた。お昼を過ぎて、ポチが作ってくれた軽食を食べて薬を飲む。

さあ、午後からはどうしようかな。

そう思っていると、台所の戸棚を、ポチがコンコンと叩いた。

「なあに？」

寄って行って開けてみると、中には砂糖や小麦粉、手作りのジャム等が入っている。それがお菓子の材料だと気付き、ちょっと驚いた。

ディキってお菓子好きなのかな。これだけ用意されてるってことは、ポチがよく作ってるってことだよね。

「クッキーでも焼こっか？」

何気なく呟くと、ポチは嬉しそうにぴょこぴょこツルを跳ねさせる。

そっか、これってお礼にもなるし気晴らしにもなる。たぶん私がジタバタしていたから、気を遣ってくれたんだ。なんて賢いツタだろう。

お礼を言ってなでなでると、ポチは嬉しそうにクネクネした。かわいい。

そうしてなんとなくポチと親睦を深めつつ、ふたりでクッキーを焼く。

私が材料を計り、ポチが混ぜ合わせる。捏《こ》ねて生地が出来ると、寝かせている間に夕食の下ごしらえなんかも済ませてしまおう。

「好評だったら、次はパウンドケーキとかも作ろうね」

寝かせた生地を広げて、型でひとつひとつ切り取っていく。

オーソドックスな丸い形に、ハートや星型も。そのたびに、ディキのクッキーを頬張る姿が浮かぶ。

ポチとおしゃべり（？）しながら作業していれば、あっという間に夕方だ。

テーブルに夕食を用意して、袋に入れたクッキーにリボンを掛けていると、地下室へと続く階段を下る足音が聞こえた。

「おかえりなさい！」

「お、おう……ただいま」

扉がギギっと音を立てて開いた瞬間、私とポチが元気よく出迎える。

ディキは驚いてたじろぎながらなんとか答えた。

「ご飯作ったんだ。あと、看病のお礼にクッキーも……食べてくれる？」

そう伝えた途端、急激に恥ずかしくなった。

あれ、おかしいな。ただ事実を言っただけなのに。なんか、朝からのやりとりが新婚さんみたいじゃない？

「はやく、食べよう！」

意識するとますます変になるから、その前にディキを急かした。

テーブルに着くと、彼は目を輝かせる。

「すげーな、ふたりで作ったのか。具合は？」

「おかげさまで、もうすっかり元気だよ」

「そっか。よかったな」

「お掃除もしたんだよ」

「お前なんなの。寝てろよ」

ちょっと怪訝そうな顔をして笑って、それから甘い香りに誘われるようにクッキーの袋を覗き込んだ。

「うまそう」

物欲しそうな顔をするので、なんだか微笑ましくなる。

私は袋から小さめのハート型クッキーを選んで取り出すと、ディキに差し出した。

「ご飯の前だから、一枚だけね」

すると彼は破顔して、身を乗り出して口を開ける。

えっと、受け取って欲しいんだけど……。

そう思いながら、あーん、と開かれた口にクッキーを放り込んだ。

「くっそ照れる……」

いやいや、こっちのセリフだし！　なんでナチュラルに「あーん」してるの？

せっかく普通にできそうだったのに、また気恥ずかしさが蘇《よみがえ》って顔を逸らす。どうやったって甘ったるい空気が抜けない。

おかしいな、私たちってこんな距離感だったっけ。

「なんか、まだ顔赤いよな」

赤面した私の顔を覗き込み、ディキが心配そうに言う。お前のせいだ！　とは言えない。

「今夜はゆっくり休め。明日から出られるか？」

「……うん」

頷けば、「よし」と言って頭を撫でてくる。

その顔が柔らかくて優しくて、胸がぎゅうぎゅう締めつけられるみたいに苦しくなった。

いつからだっけ、こんな風に笑ってもらえるようになったの。意地悪の中に優しさが紛れ込むようになったの。

──俺のこと好き？

──お前はどうなんだよ。

そのセリフがリフレインする。絶えず答えを急かすみたいに。

ディキ、私のこと好きなの？

心の中で問えば、脳内のディキが顔を顰める。

──あぁ？　ふざけんなよ。……言わなくてもわかれ、アロア・ポンチ！

◇　◇　◇

出勤して文書課へ行くため本棟を歩いていると、周囲の視線が痛い。

『あの銀の悪魔ディキ・メルシスが、赤毛のちんちくりんのために本棟へ来たらしい』

そんな噂が一日で研究所内を駆け巡り、根も葉もつけてすっかり大樹に育っていたのだ。

曰《いわ》く、ディキ・メルシスの奴隷女《ペット》だとか、召喚された悪魔だとか。

いや、なんで普通に恋人だと思わないんだ？　見た目が釣り合わないのか？　ん？

好奇の目に晒されて、若干苛つきながら文書課の窓口を覗く。

「あの、おはようございます。北棟研究室ですけど……」

「おはよう、アロアちゃん。調子はどう？」

声を掛けると、ハルベルタ先輩が鳩の足に魔法の手紙をくくりながら答えた。

その顔を見てホッとする。彼は心配するような瞳で私を見つめ、微笑みかけてくれた。

「昨日はすみませんでした。誰か来ました？」

「グリタくんが来たよ」

「あ、よかった。じゃあ昨日の分は持って行ったんですね？」

「いや、それが……彼、めちゃくちゃおしゃべりして、その後ぜんぶ忘れて行っちゃったんだ」

「えぇぇ……すみません」

あのハゲ、そういう雑なとこだぞ！　私は渋い顔で二日分の手紙や依頼書を受け取る。

「ディキとはうまくやってるみたいだね」

「あ……はい、ええと」

周りの目を気にしてビクンとすると、先輩は手で制して首を振る。

「君が平気ならいいんだ。よかったね」

「……ありがとうございます」

ずっと心配してくれていた先輩だからこその言葉に、ちょっと胸が熱くなる。

「そういえば、前に作ってくれた『魔物避け』の薬、ちゃんと効いたみたいだよ」

「ほんとですか⁉」

その言葉に、私の胸のモヤモヤが一気に晴れた。

薬はきちんと効果が実証され、早速村へ運ばれたそうだ。うまく使えば騎士団と生き残りのひとたちで村を再建できるだろう。

「ディキにもお礼を言っておいてくれるかな？」

「もちろんです！」

私は勢いよく頷いて、文書課をあとにする。

うれしい！　村を救う手助けが出来て嬉しい。これで誰かが死なずにすんでくれたことが嬉しい。そして、ディキが誰かの役に立ったことが嬉しくて仕方なかった。

北棟研究室へ戻ると、早速ディキにそのことを報告する。

私が「よかったね！」と伝えると、彼は受け取った依頼書を見ながら「あっそ」とそっけなく答えた。もー、素直じゃない！

「ちょっとは喜びなよ」

「はいはい、ヤッター」

「……そういうの求めてない」

軽く睨むと、ディキは楽しそうにくすりと笑う。

「あれは村を救うためじゃなく、お前の頼みを聞いたんだ。俺は他人には尽くさない」

偉そうに言ってから、そっと身を屈めて声を落とす。

「……お前以外には」

耳元でそんなことを囁かれ、私は飛び上がった。

びっくりしてディキを見上げると、パッと後ろを向いて素早く奥の研究室へと逃げて行ってしまう。卑怯《ひきょう》者！

文句を言いたくても、少し離れたところにはグリタとハニアがいる。グッと堪えて、熱くなった頬をパタパタと手で扇いだ。

昨日から、ディキの甘さはさらに増したように思う。

好きかという問いには、あの後も私は何も答えなかったし、彼も何も言わなかった。だけど、何かが変わったんだ。

そして私も、彼に対する気持ちを意識しはじめている。

昨晩、ベッドに肩を並べて横になった時、ディキはまた新しい顔を見せた。薄闇の中で微睡みながら、彼は噛みしめるようにゆっくりと私に言った。

「今日さ、いってらっしゃいって言ってくれただろ?」

「うん?」

「あれさ、すげぇ……いいよな」

宝石のような目をきらきらさせて、幸せそうに目を細める。

「あと、おかえりと、飯作って待っててくれたのも。なんだか——」

——なんだか、新婚さんみたい。

そう思っていた私はドキリとする。けれど、彼の答えは違った。

「家族みたいだったな」

その予想外の無邪気な言葉に、胸を衝かれた。

私が何も言えずにいると、布団の中でディキの手がそろりと這い寄ってきて、私の手をツンと突ついて遠慮がちに握る。

ぎゅっと握って、にこっと笑った。子供みたいに。

「おやすみ、アロア」

「うん……おやすみなさい、ディキ……」

急に素直な顔をするのが、本当にずるい。自分だけ、私の心を攫っていくのがずるい。

その顔を思い出すたび、胸の奥が疼く。

思えば、彼と初めて体を重ねた時、泣きそうな顔で私の体温に驚いていたっけ。

心を許せる友達は植物だけで、風邪の時に看病したこともされたこともなくて。たぶん、私が何気なく触れた手に、彼は多くの何かを感じていたんだ。

——こんな小さなことでいいなら、いくらでもしてあげたい。

そう思ったら、もう認めざるを得なかった。私はディキを特別に思ってる。憧れや尊敬から、別のものに変わろうとしている。

だけど思いのまま突き進むには、一抹の不安があった。

彼は私に、きっといくつもの隠し事がある。

私の休んだ日、彼はウィルを通して呪いの彫像と一緒に預かった文書を返却してしまったらしい。

その内容を、未だに知らされていない。問い詰めてもはぐらかされてしまう。

『ディキを信じる。だけど、ちゃんと情報共有はして』

かつて交わした約束は、結局守られないままだ。


それから数日が過ぎ、私とディキの噂はすっかり定着してしまった。本棟に行くたびにますます注目されるようになり、面倒くさい事この上ない。

北棟だけが安住の地と思っていたら、その地も脅かされつつある。

誰であろう、ディキ本人の手によって。

「いたっ」

「……どうした?」

素材の解体中に手が滑り、私は小型のナイフで指を少し切ってしまった。特に毒物を扱っていたわけではなかったのが幸いだけど、手袋も何もしておらず、スパッと切れた指先から、血が滲む。と、ディキが作業の手を止めすっ飛んできた。

「見せろ」

手には消毒液や包帯を持っている。そして慣れた様子で手当てすると、包帯を巻いた指先をそっと愛おしげに撫でた。

「ったく、どんくせぇな。気をつけろよ」

「あ、ありがと……」

驚くほどの早業に、グリタとハニアが目を丸くしている。しかも悪態を吐きながら顔は穏やかに笑うものだから、ふたりは口まであんぐり開けた。

「やっぱデキてんじゃん……」

「うるせぇなハゲ」

グリタの呟きに言い返すけれど、いつもの鋭い怒気がないので逆効果だ。こんなことの繰り返しで、今ではふたりも私たちの関係に確信を持ってしまっている。生温い視線が痛い。

でも別に、付き合ってるわけじゃないし……まだ。

変わっていく自分にも周囲にも戸惑ってばかりだ。

私は溜息を吐きながら作業へ戻った。すると、横に居たハニアがふふっと笑う。

「ディキさんって優しいんですね」

「えっ」

そんなこと言う人、この二年間ではじめてだよ⁉

驚きすぎてハニアの顔をまじまじと見つめると、彼女は柔らかい表情になる。

「恋人をあんなに大事にする人だとは思いませんでした。銀の悪魔の噂なんて、アテにはなりませんね」

そう言って彼女の青い瞳がキラキラとディキを映すと、私の胸がツキンと痛む。

そっか。ディキ・メルシスが丸くなっちゃったら、他の人にも優しくて物分かりの良い、ただの天才魔術師になっちゃうんだ……。

それはすごく良いことなのに、置いてけぼりになったような気持ちになる。

いつからか私は、私だけが彼の近くに居られるんだと思い込んでいた。ディキのことをわかってあげられるのは自分だけだと。

でも、これからはもう、そうじゃなくなるのかもしれない。


ハニアはその日から、ディキによく話しかけるようになった。

彼女を改めて見てみると、金色の豊かなウェーブの髪と青い瞳が美しい色白美人だ。見目だけは麗しい銀髪のディキと一緒にいると、すごく絵になる。

ハニアだけじゃない、今にたくさんの女の子がディキに近付くのかな。そうしたら、私なんて……。

なにやら楽しそうに話しているふたりを見遣る。

何話してるのかな……私が行ったらお邪魔かな……。

そんなわけないのに、足がすくんだ。ここまでウジウジした自分が初めてで、ものすごく戸惑う。キラキラ美男美女の間に貧乳チビが割って入る勇気なんて——

「なに話してるんすか？」

「あ、グリタくん」

グリタさすが！　空気読めない！

彼はまったく臆することなくにこにことふたりの間で笑っている。その空気解読能力落第点っぷりが、今は羨ましい。

「た、楽しそうだね……」

私もグリタにあやかって突撃すると、ハニアがパッと顔を輝かせた。

「今、私のとっておきの、魔法石を売っているお店の話をしていたんです！」

彼女は興奮した様子でいくつかの魔法石を見せてくれた。

魔法石は魔力を込めたり、魔具《マグ》の動力に使ったりする。見たところ不純物も少なくてかなり状態のいい石だ。

「ね、行きましょうよ、ディキさん！」

「んー……」

どうやらハニアは、ディキを魔法石屋へ誘っていたみたいだ。……って、それって外に出て街へ行くってこと？　ふたりで？

ありえない。本棟への移動だけで嫌がるこの人が……。

驚いてディキを見ると、魔法石を見つめて悩んでいる。いつもなら即決で断るくせに。

私が誘っても行かないくせに。そう思うと胸の辺りがモヤモヤしてくる。

「わ、わたしっ、私も行く！　ディキのお目付役が必要でしょ？」

「は？　俺はまだ行くと決めたわけじゃ……」

ディキが困惑したように見てきたけれど、無視を決め込んで挙手をする。

そこへグリタが乗っかってきた。

「じゃあ、俺も行こうかな。盛り上げ役もいりますよね？」

「いらん」

「まあまあ、そうおっしゃらず！」

私たちの参加表明に、ハニアが嬉しそうにはしゃいでパンと手を打つ。

「決まり！　今度のお休みに、皆で街へ行きましょう！」

私たちが「おー！」と盛り上がったので、ディキは不満そうな顔で渋々頷いた。

……本当に珍しい。それほど魔法石が欲しいの？　それとも、なにか別の理由？

モヤモヤするけれど問い質すわけにもいかないし、私はとりあえずこの状況を楽しむことに決めた。

ディキと初めてのお出かけ。そう思うとウキウキしてくる。

「おや、楽しそうだね。俺も行っていいかな?」

と、ふいに背後から声がした。

振り返れば、黒髪の騎士、カイゼ・ベスタルクが扉を開けて立っている。

「カイゼさん!」

「げぇ……」

ディキは思いきり顔を顰めたが、私たちは歓迎ムードだ。騎士である彼が着いてきてくれるのは心強いし、なにより人数が多い方が楽しい。

「どうぞ、どうぞこちらへ!」

私とハニアがカイゼさんを引っ張って輪の中へ入れると、彼は楽しそうに混ざってくる。

そんなわけで、私たちは五人で街へ出掛けることになった。

◇　◇　◇

ディキの計らいで、私たちは翌日に街へと出掛けられることになった。

カイゼさんの直近の非番が翌日だったのと、「全員で行くんなら、備品の買い出しがしたい」という私の希望により、半分仕事ということで研究室を閉める。

昼前に集合場所である北棟前へ赴くと、すでに全員が待っていた。

「おせーぞ、ボケ」

「ごめん！」

小走りにディキの元まで行くと、彼は私を見てハッと目を見開き、毛虫でも見たような顔をしてソッポを向く。え、なに、その失礼な態度は。

「アロアさん、かわいい〜」

怪訝な顔でディキを睨んでいると、ハニアが突然、抱きついてきた。

かわいいって、あ、服装かな？

今日は寮から身支度をして出てきた。普段は汚れてもいいような格好だけど、街に行く時くらいは少しだけおしゃれしたい。綺麗なラインのライトグレーのワンピースに、薄いピンクのポンチョを羽織り、髪はアップに結い上げてお嬢様っぽく仕上げている。

「本当だ、今日はいちだんと可愛いね」

「あ、ありがとうございます」

カイゼさんがにこにこしながら褒めてくれるので赤くなってしまう。

そういうカイゼさんは普段着って感じのシャツと上着姿で、その着くずした感じがワイルドだった。

ハニアもふわふわウェーブの金髪を耳の下で二つに結び、花柄のロングスカートに編み上げブーツ姿が妖精みたいに可憐だ。

グリタはというと、ヘンテコな柄のシャツに黒のベストという、目立つんだか埋没するんだかよくわからない格好をしていた。

「んじゃ、さっさと行くぞ」

ディキが促し、街へ向かって歩き出す。私は自然と最後尾に彼と並んだ。

「はぐれんなよ、チビ」

「子供扱いしないでよ。引きこもりの誰かさんこそ気をつけてよね」

「ふん、迷子になっても知らねぇからな」

「ならないし！」

久々にポンポンと軽口を叩く。ディキはようやくこっちを向いてくれたけど、やっぱり不機嫌そうにすぐツンと顔を逸らした。

彼は皆と違って特にいつもと変わりばえしない格好で、肩まである銀髪だけを高い位置でひとくくりに結んでいる。

顔を背けられると、剥き出しの白いうなじと後れ毛が見えた。普段隠れている耳朶には、ポツンと開いたピアスの穴が覗く。

魔術師は装飾具に魔力を込めて持っていたりするからだけど、こうしてみるとなんだか色っぽい……。

「おい、ぼーっとすんな」

つい見入ってしまい、ディキに肩を叩かれて我に返る。いけない、いけない。

「ほら」

「ん？」

ディキが深緑色のローブの下から手を差し出す。えっと、これは……。

「はぐれたくないだろ？」

「だ、だから子供扱いしないでってば！」

そう言いながらそろりと手を伸ばすと、勢いよく摑まれてローブの中へと引きずり込まれた。ディキを見上げれば、ニヤニヤと満足そう。そんな顔されると文句も言えなくなってしまう。

というか、前を歩く三人はこの会話聞こえてるよね？　誰も振り返らないんですけど……。

「買い出しってなに買うんだよ。備品は支給されてるだろ？」

「そうだけど、薬剤を使った後に手を洗ったりする石鹼《せっけん》とか、タオルとか。ヨレてきたから新しいのをおろして古いのは雑巾にしようと思ってて」

「ふーん」

興味なさそうに相槌《あいづち》を打つディキを相手にしゃべりつつ、街外れの研究所から森の中の街道を通って市街地へと向かう。時折、荷馬車が通る以外は静かな道だ。ちらちらと木漏れ日が射すだけで、鳥の羽ばたきすら聞こえてこない。

そして街が近付くにつれ、ディキの口数は少なくなっていった。フードを被ってしまうと、いよいよひと言もしゃべらなくなる。

「ディキ、大丈夫か？」

街へ入る直前、カイゼさんが振り返って心配そうに言った。

ディキはこくんと頷く。でも、繋いでいる手がどんどん強張っている。

「なーにビビってるんすか！」

「…………うるせぇハゲ」

グリタの茶化しに、毛を逆立てた猫みたいに威嚇しながら低い声で呟く。

けれど、いつもの覇気がない。私が握った手に力を入れると、フードの下からのぞく唇が、ふっとわずかに緩んだ。

「気にすんな。気配を消すのに必死なだけだ」

「気配……？」

「うまくやれてる。そのままでいてくれよ」

「いつもそれくらいなら楽なんすけどねぇ」

よくわからないやり取りに、ディキは返事もせずフードをさらに目深に引っ張った。

「気配って？」

ハニアをつかまえて囁くと、彼女はちょっと驚いてから苦笑いする。

「……ディキさんが近くに居ると、その、少しチクチクするでしょう？　普通の人はアレ、気になると思うので」

チクチクする？　確かにディキが本気で怒ったり感情が昂《たかぶ》ると、放たれた魔力で体がビリビリと痛くなることはある。でも、普段からそんなに感じるもの？

首を傾げると、ハニアが優しく微笑む。

「アロアさんは、もう慣れちゃったんですね」

そうなのかな。よくわからない。

だけどそうなら、ディキが街や本棟を嫌うのは、単に恐がられるからだけじゃないのかもしれない。誰かが痛みを感じることに、ディキはきっと傷ついている。

私がそばにいるよ、大丈夫だよ。

そう言い聞かせるように強張った手を指先で擦ると、ディキの力が少しずつ抜けていく。


その時、ふと私は頭の片隅で、かつてアイレス先生が呟いた言葉を思い出していた。

——アロア。君の計器は振り切れて、ついに壊れてしまったんだね……。

それはいつの言葉だっただろうか。よく思い出せず、ぼんやりとしながらディキと歩調を合わせ、ゆっくりと市街地への門をくぐる。


街の大通りには露店が並び、活気に満ちあふれていた。昼前だからか、呼び込みの声がひっきりなしに飛び交う。あちこちからいい匂いが漂ってきて、空きっ腹を刺激した。

焼けたお肉やお魚に目移りしていると、カイゼさんが私たちをちょいちょいと手招きする。少し奥まった場所にある露店に招かれると、そこにはテーブルと椅子が設置されていた。

「ここ、座れるしなかなか美味いんだ」

どうやらカイゼさんや騎士の方々の間では行きつけのお店らしい。

席についてオススメを適当に注文してもらう。少し待つと、香ばしい匂いがして炒め物や焼き串、麺類が運ばれてきた。

「ディキはどうする？　果物？」

カイゼさんが果実の入った器をディキに差し出すと、彼はこくんと頷いて受け取る。

「お肉食べないの？」

「テンションあがるから……これでいい……」

テンションあがるって。可愛いな。小リスみたいにはむはむと静かに果実を頬張る。こんな静かな彼を見るのは初めてだ。

そして改めて思う。普段のディキってほんとに感情豊かだ。いつも何かに怒ったり笑ったりしている。だからこそ静かな彼が不憫《ふびん》で、思わず世話を焼いてしまう。

「あぁ、汁こぼれてるよ。拭いてあげる」

「……ん」

「ねえ、このスープ美味しい。これくらいなら平気じゃない？」

「……ん」

「その果物、ひとつもらってもいい？」

こくりと頷いたディキの手から、ブドウのような果物を一粒もらう。赤い皮に包まれた小さな果実を齧ると、白いじゅわっとした果肉が出てきた。酸味と甘みのバランスが丁度良くて美味しい。

もぐもぐしていると、ディキが「どうだ？」と小声で訊いてくる。美味しい、と囁き返すと、フードの下の唇がわずかに綻んだ。

「こっちも食うか？」

「うん！」

私の口に別の果実を放り入れ、はは、と笑う。その瞬間、ディキはしまった、というように口元を押さえた。

「お前といると気が緩む……そのうえ今日は、やたら可愛いから余計ムカつく」

フードの下からジロリと睨まれたけど、感情を抑えているからか全然こわくない。

「ていうか今、可愛いって言った？」

「…………」

聞き間違いじゃないよね。

でも追求するとディキも皆も困る。ディキは落ち着くために深呼吸をして、私は照れて俯いた。グリタがポソっと「地獄みたいな空気……甘ったる」と漏らしたので、カイゼさんとハニアにどつかれている。ごめん。

「お腹も落ち着いたし、ルートをおさらいしよう」

テーブルの上はすっかり片付けられ、食後のあたたかいお茶が運ばれてくる。それを飲みながら、カイゼさんが口火を切った。

今日の予定はこうだ。

まず、雑貨屋で備品を買いつつ好きなものを見る。この店で研究室用のマグカップをお揃いで買うつもり。

その後は目的の、ハニア行きつけの魔法石屋へ。そこでそれぞれが好きな魔法石を選んでアクセサリーにして、魔術付与をかけてお守りにしようということになる。

「だったら、知り合いの工房が使えないか聞いてみましょうか？」

グリタが目を輝かせて言った。そう言えば彼は、魔術付与の専攻だったっけ。

魔術付与というのは、宝石や持ち物に特殊な効果を付ける魔法だ。魔術師でなくとも正しい手順と道具さえあればできる。

もちろん、魔術師はその数倍の精度で付与を行うこともできるが、グリタのような一般人でいう専攻とは、つまり学問として履修しているということである。

「ディキさんに最新の魔術付与ってもんを教えて差し上げますよ！」

ふんぞり返って宣言すると、彼は魔法石屋で落ち合う約束をして、知り合いの工房へと向かっていった。

「マグカップはお任せします！　いいの選んでくださいね～」

すごい斬新でイイヤツ選んでやろうっと。なんて思いながらグリタとは一旦別れる。

「じゃ、俺たちも行こっか。まずは雑貨屋だっけ」

素敵なマグカップ、あるといいなぁ。


雑貨屋へ着くと、ハニアが「きゃー」と甲高い歓声をあげる。

なんとなく良さそうかなと入ったお店だったけれど、素敵なものでいっぱいだ。キラキラした小物や他国から運んできたであろう布や食器類、宝石みたいなガラス細工……。

「このランプ！　研究室に置きませんか？」

「だめだめ、石鹸とタオル以外は買わないからね！」

ハニアが明らかにいらなそうなものを次々に勧めてくるので、私は財布の紐《ひも》をぎゅっと握りしめた。とはいえ、可愛いものには心が揺らぐ。

結局、美容にいいという言い訳で蜂蜜入りの少しお高い石鹸と、幾何学模様の可愛いタオルを買ってしまった。もちろん、しっかり領収書はもらいます。

そしてマグカップだけれど、

「この斬新なデザイン、とてもいいね」

カイゼさんが、四代元素、火水土風をモチーフにしたカップを勧めてくれた。四つのカップはどれも奇天烈なデザインで、飲み物を入れたら模様として空いている穴からこぼれそうだ。

「わー、グリタくんにピッタリ！」

いや、さすがに可哀想でしょ。なんて笑っていると、

「……これ」

ディキが私の袖を引っ張る。

そこには、窓辺に並んだ黒猫のマグカップがあった。しっぽが取っ手になっているやつで、かなりファンシー。

「わあ、可愛い！　ディキってこういうの好きなんだ？」

「なわけねーだろ。これ、丁度六個セットだ」

なるほど、超合理的な理由。ウィルも入れたら私たちは六人だ。カップは明らかにお揃いなんだけど、ひとつひとつ表情や仕草が違って可愛い。

すごくいいと思う。これで皆でお茶飲みたいね。

協議の結果、私たちはその黒猫のお揃いカップを購入した。これで雑貨屋の用事はおわり。次はお目当ての魔法石屋へ向かう。

裏通りを少し歩くと、なにやら怪しげな店が建ち並ぶ場所に出る。

冒険者や魔術師が好きそうな道具屋や、特殊な武器を扱う店などだ。危なそうな雰囲気はあるけれど、昼間ならまだ治安はいいらしい。

「あそこですよ！」

そう言ってハニアが指差したのは、店の入り口から外にまで色とりどりの石を飾ってい

る煌びやかな一軒の店だった。

「ほう……確かにいいものだ」

石をひとつ手に取ってディキが呟くと、ハニアが「でしょう⁉」と得意顔をした。

魔力の入れ物になる魔法石は、透き通っていて不純物がなければないほど上質だ。この店の石はかなり透明度が高かった。

グリタがやってくるまで、私たちは各々好きにお店の中を見て回る。

置いてある石は大小さまざまだ。形も自然なものから整えられているもの、アクセサリーとしてすでに細工に嵌め込まれているもの等色々ある。

ふと、ディキは何を見てるのかなと振り返ると、彼はハニアと何やら話していた。

フードに隠れてボソボソと小声で話すので、ふたりの距離が近い。ハニアにもディキにも他意がないのはわかっているのに、それを見るだけでまたモヤモヤが蘇ってしまう。

視界に入れないように、俯いて目の前の石を弄った。

「アロア、欲しいのあった？」

「カイゼさん……」

私の横に、体の大きなカイゼさんが少し屈み気味に並んだ。

「ハニアがさっき言ってたんだけど、魔術付与は術者の持っている色の石を使うとより強力になりやすいんだって。アロアなら、ほら、これとか」

「わぁ、きれい……私の目と同じ色だ」

赤みがかったブラウンの宝石を差し出してくれる。光に透けるとキラキラと黄色く輝いた。私が笑って顔を上げると、カイゼさんは緑の瞳を和らげて微笑む。彼が横に立っているおかげで、ディキたちの姿は見えない。それが気遣いであることは、すぐに気付いた。

明るくて、優しくて、男らしくて、なによりディキと正反対。

憧れとディキへの反発をごちゃまぜにして、かつて私は彼のことが好きだと勘違いしていた。そんな風に頼ってしまったのは、やっぱり包容力のある兄貴分だからだ。

甘えていた。そして甘え方を間違えてもいたんだ。

「……カイゼさん。私、今すっごくモヤモヤしてるんです。これってわがままなのかな?」

小声で尋ねると、彼はちょっと驚いた顔をしてからゆっくりと首を振る。

「俺が初めて恋をした時、やっぱり同じように思ったよ。彼女をずっと自分のそばに置いておきたくて、すべての時間を独り占めしたくて、とにかく不安だったんだ」

「わかります……」

不安で、焦れったくて、痛くて、どうしていいかわからない。

「相手が魅力的だからこそ、何か確かなものが欲しくて、繋ぎ止める方法を考えた」

「何かしたんですか?」

告白とかかな。そう思ってカイゼさんを見つめると、彼は思い出し笑いを堪えるような、照れたような顔でちょっと唇を歪めた。

「結婚してくれって言った」

「えっ！」

プロポーズしちゃったんですか！

ってことは、あれ？　カイゼさんってもしかして既婚者……？

恐る恐る尋ねると、彼は「いや、まだ独身だよ」と笑う。

「一度はフラれた。だけど、またチャレンジしてるとこ」

パチンとウィンクをして、彼は自分の瞳の色と同じ、深緑色の宝石が嵌まった指輪を手に取った。

そんなに人がいるんだ……。しかも長年の想い人とくれば、私の入り込む余地なんて最初からなかった。

そんなことも知らずに——ううん、知ろうともせずに、私はこの人のことを好きだと言い張っていたの？

思わず笑みがこぼれた。あまりの子供っぽさに。呆れて、そして思うんだ。

私が見ているのはディキだ。こっちを見て欲しくて強がって、独り占めしたくて、やきもち妬いたり不安になったりする相手は、ディキだけなんだ。

「これ、買います」

私の瞳の色をした魔法石の嵌まったピアスを手に取る。

ディキにあげるんだ。私の気持ちを渡すんだ。カイゼさんも、その指輪を彼女にあげるんだろう。

私たちが顔を見合わせ、くすりと笑いあったその時。

「──おいっ」

聞き慣れた声が背後から聞こえて、私の腕が引っ張られる。

驚いて振り向くと、フードの中で瞳をギラリと光らせるディキがいた。

「イチャつくな」

「……話してただけなんだけど」

「カイゼと話すな」

「無茶いわないでよ」

反論しながら、横で肩をすくめるカイゼさんをチラリと見る。

「……やれやれ。君たちは同じだね」

まったくその通りだ。申し訳なくて苦笑すると、さらに後ろへと強引に引っ張られ、ディキのローブの中へ隠すように仕舞い込まれてしまう。

その上からぎゅっと押さえつけられたので、布の中でモゴモゴもがいていると、

「あー、いたいた！」

その時、店の外から聞き慣れた能天気な声が聞こえた。

やっとローブからひょっこりと顔を覗かせると、グリタが店の外で手を振っている。

「工房、空けてもらえましたよ！　魔法石はちゃんと買いましたか？」

はやく、はやく！　と笑顔で急かす。自分の得意分野で役に立てるのが嬉しそう。

私たちはお会計を済ませて店を出ると、工房へと向かった。

工房は魔法石屋と近いらしい。

「人払いもしておきました。さあさあ、ディキさんのお手並み拝見！」

「……後悔するなよ？」

「えっ……いや、魔術付与するだけっすよね……？」

自分で煽ったくせに不安がるグリタを弄りながら、倉庫のような場所に到着した。両開きの扉は施錠されている。グリタが鍵を開け、素材が乱雑に積まれた室内へと案内された。

「この奥です」

そこから地下への階段を下っていくと、ぽっかりと何もない部屋に着く。

部屋の中央には台座が置かれており、その台座には文字と紋様がびっしりと刻まれていた。中央にひとつの大きな紋様と、それを囲むように均等に五つの紋様が配置された形だ。

「中央に魔法石を。五つの小さな紋章の上に素材を置いて」

台座は魔具《マグ》の一種だ。効果を付けたい素材と呪文の組み合わせで、お守り程度の力を発揮する装飾具《タリスマン》が作れる。

「最新の研究ではこうです。五つの素材はすでに効果を掛け合わせた合成物でもよく、条件は魔素の数値を合わせること……」

グリタがディキに何やら説明している間、私たちはどんな効果を付けるか考える。

繰り返すけれど、効果はお守り程度だ。魔術師が作る装飾具は魔力を上げたり精霊の声を聴いたりと実用的なものだが、私たちには必要ない。

金運アップ、恋愛運アップ……うーん、でもディキにはそれこそ必要なさそう。

カイゼさんは幸運を付与すると決め、ハニアは……

「宝石商と結婚できますように！　宝石商と結婚できますように！」

魔法石屋で買ったペンダントを握りしめ、欲望を呟いていた。つまり恋愛運か。

あぁ、ますますどうしよう。ディキが喜んでくれるものって何かなぁ。

そうこうしているうちに、グリタのご高説を聞き終えたディキがフードを取って台座へ向かう。

「んじゃ、素材代は俺が払うから、今から言うものを持って来い」

ディキは作るものを決めていたようで、グリタにテキパキと命令する。

私たちの欲しい素材も聞かれ、そこでようやく私は意志を固めた。

植物や粉やらの素材を抱えたグリタが戻ってきたところで、ディキがそれを合成するため台座へと置く。そこでふと手を止め、彼は唸った。

「……この台座、本物なのかよ」

「さすが。ご明察ですね」

グリタがしたり顔で頷く。魔術付与の台座は、古代魔法帝国《ルーナディア》の遺跡から発掘されたものを模して作られた製品が出回っている。ただの工房に『本物』があるのは珍しいのだ。

「ディキさんの実力なら、こっちの方がいいと思いまして。地下には結界も張ってあります。どうぞ御随意に」

「……グリタ、お前」

やけに丁寧な物言いに、ディキが訝るように眉を顰める。けれどグリタは笑って、他意はないと小首を傾げた。

ディキは、フン、と鼻で息を吐き台座に向き直った。素材に何事か囁きながら指でなぞると、それらが結晶化してひと塊になっていく。

「ディキさん、魔素の数値を揃えないと、崩壊する……」

「ばーか。黙ってろ」

どうやら掛け合わせてはいけない素材もあったようだが、意に介さずディキはいくつもの合成物を作っていく。

「ハニア、魔法石を」

「はい！　宝石商と結婚でお願いします！」

「そんなピンポイントな効果はない」

ハニアのペンダントを受け取ると、ディキが台座に設置して丁寧に呪文を唱える。

彼が丁寧に唱えるときは、間違えないよう万物にきちんと言い聞かせる時。その優しくも厳しい静かな声音に、こっそりと聞き入った。看病してくれた時の歌声に近い、私の好きな声。

台座の上で素材が溶けるように光の粒になり、ペンダントに吸い込まれていく。その光が定着しやがて治まると、装飾具《タリスマン》の出来上がりだ。

「ほらよ。次、誰だ？　カイゼか？」

「あー、じゃあ、やってもらおうかな。どうせなら強力な方が良いよね」

へらりと笑って、カイゼさんは指輪を差し出した。

「次は？　アロア、お前は？」

「私……私は、自分でする」

じゃないと、ディキが作ったものをディキにプレゼントすることになってしまう。

彼は少し眉を上げ、静かに台座の前から退いた。

「幸運を。幸せになりますように、って」

「……わかった」

ディキが使っていたのとは違う、合成前の素材を置いてくれる。そうじゃないと私には扱えないからだろう。

効果は低い。わかってる、それでも、幸せになりますように。

「後ろで俺が唱えるから、復唱しろ」

「うん」

背後に立ったディキは、私を囲うようにして台座に手を付き、耳の後ろに唇をつけてそっと囁く。丁寧な詠唱を真似て、私も心を込めて唱えた。すごく言いづらくて舌を噛みそうだったけれど、なんとかやりきる。

「ありがとう！」

出来上がったピアスを握りしめてお礼を言うと、ディキはパッと離れて頷いた。

「あんなに密着する必要はなかったですけどねー？」

「うっせーハゲ」

グリタに茶化されて怒鳴りながら、ディキは自分の買った魔法石をセットした。

彼が選んだとは思えない、可愛いブローチだ。瞳と同じ紫色の魔法石に、その周囲を花びらが囲ってひとつひとつの大きな花を形作っている。

台座に置いた五つの合成物も特大で、それを無詠唱で一瞬にして溶かし、装飾具《タリスマン》を作ってしまった。

「え、今、何をしたんです？　詠唱は？」

目を白黒させるグリタに、ディキは「うるさい」と言いながら手を差し出す。

「ほら、最後はお前の番だぞ」

「……やっていただけるんですか」

その途端、彼は心底意外そうに呟いた。

そしてポケットから手持ちの魔法石を出す。それは加工前の原石のようで、宝石とは別の石がいくつもくっついている。不純物だらけだ。

「自然な姿が一番美しい。天然ものなんすよ」

差し出されたディキの手の上に、彼はそっと原石を置いた。

「では、魔法防御をお願いします」

「……いいだろう」

その会話に、私たちは驚く。

魔法防御なんて、戦闘するわけでもない、ましてや魔術師でもない私たち一般人にはまったくもって必要ないのだ。

カイゼさんが一歩踏み出そうとする。けれどディキがそれを目で制して、台座に素材と魔法石を置いた。再び、無詠唱で装飾具《タリスマン》を作る。

「ほらよ。俺の魔法でもいっぱつは防ぐ」

「……充分です」

ディキから恭しく石を受け取り、グリタはにっこりと笑った。

私とハニアは顔を見合わせる。三人は今のやり取りを説明する気はないらしい。

「片付けてさっさと帰るぞ」

有無を言わせぬ口調でディキが号令をかければ、それに従うしかなかった。

再びフードを被って大人しくなったディキと私たちは、街の門をくぐり森の中の街道へと戻ってきた。陽は傾きかけている。オレンジ色の眩しい光が木々の間から差し込んでいた。

「じゃ、稽古があるからここで。またね」

しばらく歩いて、まずはカイゼさんと別れた。

「今日は楽しかったです」

「それでは、また明日！」

職員寮が近付き、ハニアとグリタも手を振る。

「ええっと……」

帰るなら、私もここなんだけど……。

しかしふたりは早足で去って行く。そしてそっと隣を見れば、ディキが私の服の裾を掴んでいた。

「……歩こっか」

促すと、ディキはこくんと頷く。まだ静かなモードは続いているのだ。

北棟へ向かいながら、私はディキに気になったことを尋ねてみることにした。

グリタ――彼の、工房での不審な言動について。

「あれはなんだったの？　彼はなにか……悪い奴？」

魔法防御を付与してくれと言った瞬間、ものすごく不穏な空気が流れた。そしてカイゼさんの緊張が一気に膨れ上がり、彼が忍ばせていた上着の下の得物に手を伸ばしたのを見たのだ。

その話をすると、ディキは溜息を吐き首を振る。

「俺はたまに、命を狙われるんだ。カイゼはそういう時のための護衛でもある」

「命を……⁉」

なぜ？　魔力が強いから？　生意気だから？

そんなことでディキを殺そうとする人がいるの？

私が相当ショックを受けた顔をしたのだろう。ディキは宥めるように少しだけ笑う。

「陰で魔王だとか呼ぶ奴らもいるしな。まぁ、気にすんな。グリタに関しても、あいつは俺の力が〝本物〟かどうかを確かめたかっただけで、悪意は感じなかったよ」

魔王なんて呼び名、私の中ではディキと繋がらない。

わからない。ただ魔力が強いだけで、そこまでされる理由が。

「それより、さ」

ふと、ディキが急に立ち止まり、ゆっくりとフードを取った。

ひとつ括りの銀の髪がサラリと揺れる。気付けばもう、北棟の前まで到着していた。

「これ、やる」

ぐいと手を突き出してきたので、反射的に手のひらを差し出す。

そこに落とされたのは、先ほど目にした可愛い花の形のブローチだった。

「えっ！　私に⁉」

「他に誰にやるんだよ……こんなもん」

ムッとしたように呟かれ、無理やり手のひらに握らされる。

私に、こんな可愛いのを。しかも、なんかめちゃくちゃ強力そうな魔法かけてたやつを。

呆然《ぼうぜん》として手の上のブローチを眺める。

「お前は誰にやるんだ？　自分のじゃないだろ、ピアス」

私の耳にピアス穴は空いていない。見透かされたようで、思わずカッと赤くなる。

するとディキはフンと鼻を鳴らした。

「カイゼか」

「へ？」

「好きな奴にあげるのかって言ってんだよ」

チッ、と舌打ちしてディキが俯く。

——私たちは同じ。不安で、確かなものが少しでも欲しくて。

私は勇気を出して俯いたディキに近付き、視界に入るようにして彼を見上げた。

「そうだよ。好きな人にあげる」

「なっ……」

驚いて仰け反ったディキの顔面に、先ほどやられたのと同じように拳を差し出す。

「はい。手、出して。はやく」

自分の体がどんどん熱くなっていくのがわかる。

はやく受け取ってよ。数秒の間が、永遠みたいに感じられる。

ディキはやっと恐る恐る手を出した。その上へ、黄色く輝く茶色の石のピアスを落とす。

「お前の目の色だな……」

「そう」

「俺にくれんのかよ」

「そう言ってるでしょ」

「なんで？」

「なっ……なんでって……」

好きだから。でも変な理由だ。好きだからピアスあげるって。

ぐっと喉を詰まらせてディキを見上げると、彼は微笑みながらそっと顔を寄せてきた。

華奢で長い指が、そろりと熱を持った頰を撫でる。ゾクゾクと肌が粟立つのは、それだけで恍惚としてしまうのは、呪い？　それとも、恋をしているから？

「……んっ」

唇が触れるだけの淡い口づけ。その柔らかな接触にも、肌がピリピリしてしまう。

「俺の部屋に来い」

唇をつけたまま、ディキが吐息をこぼしながら囁く。

「これは呪いじゃない。強制もしない。お前の意志で……」

うっすらと目を開けると、ディキの強い瞳が私を射貫いている。

「抱かれに来い、アロア」

ゾク、と背筋に電流が奔る。

衝動に突き動かされるまま、私はこくりと頷いた。

呪われてから、ディキと何度も体を重ねた。情欲に思考を奪われ、わけがわからず気持ちよくなって、されるがままに流されて。

だけど本当に嫌だったことは一度だってないんだ。

ずっとずっと憧れていた。彼に逢うために猛勉強し、魔術研究所へやってきた。冷たくされても、視界に入れなくても、彼のそばにいたくて北棟にしがみついた。弟たちのこともあったけど、たぶん本心ではディキと一緒に居たかったんだ。

たとえ切っ掛けがなんであっても。自分の選んだことじゃなかったとしても。

変わっていくディキを見て、また恋に落ちたのは本当だから――

「アロア……」

熱い吐息をこぼしながら、唇が首筋を這う。

私はディキに導かれるまま夕闇の北棟へ足を踏み入れていた。分厚いカーテンの掛かった研究室には淡い魔法灯が灯り、ポチは身動きひとつせず静かだった。

そして扉が閉まった瞬間、背後から抱き竦められている。

薄暗闇の中、うなじを辿る口づけは情熱的だ。今まで抑えていたものが一気に溢れ出したかのような丁寧で執拗な様子に、自然と息が荒くなった。

ディキも私が好き。そう感じるたび、ドキドキしすぎて体が小刻みに震える。

怯えていると思ったのか、彼は一度落ち着いて優しく頭を撫で、耳朶の裏にキスをした。たったそれだけなのに喘ぐほど気持ちいい。

ディキは私のポンチョの包みボタンを外し、背中にあるワンピースの留め具を解いていく。露わになった肩口をぬるりと舌がなぞった。

「……ひぁっ」

くすぐったくて、思わず声をあげてしまう。力が抜けた私を、ディキが片腕ですかさず抱きかかえた。

「地下まで我慢できるか？」

「……我慢させる気、あるの？」

私の問いに、耳元でふっと笑う気配がする。

「悪い。可愛くて、つい」

その言葉に、ドキリと心臓が跳ねる。本日二回目の可愛いは、やっぱり聞き間違いじゃない。

「可愛い……？　ほんとに？」

「なんですぐ疑うんだよ」

ディキはものすごく不満そうに答える。

だってこんなに褒めるなんて変。いつもチビで貧乳の赤毛猿だって言うくせに。

「お前は可愛い。めちゃくちゃかわいい」

そう言って、ぎゅうっと抱き締められた。ちょっと苦しいくらいに締められて、腕の中で頬が熱くなる。

そのまま背後から頬ずりされると、耳の辺りにコツンと何かが当たる。それがさっそく嵌められたピアスだと気付いて、嬉しくてたまらなくなった。

「ディキ……！」

少し浮かれながらねだるように名前を呼ぶと、頬をくっつけていたディキがこちらへ顔を向ける。

「ディキ、ブローチありがとう。大切にする」

ポケットに仕舞ったブローチに触れながら言うと、ディキはこくんと頷く。

「俺も……」

額をくっつけて見つめあい、ゆっくりと唇を重ねた。

何度も啄んで、また重ねて。目が合うと微笑んで、また重なりあう。

体が火照ってきて、ひんやりした研究室との温度差に頬がじんじんした。頭がぼうっとして、惚けながら薄目を開けて眼前のディキを眺める。

輝く銀の髪、伏せられた瞳を縁取る長いまつ毛。綺麗だなと思って、髪に手を伸ばす。

ひとつ括りにまとめられた毛束が揺れる。

耳元のピアスに触れると、ディキが目を開けてこちらを見て笑った。

「なに？」

「そっちこそ。この手はなに？」

ディキの手はワンピースの開けた背から侵入して胸を弄り、もう片方の手が下から太ももを撫でている。既に指先が下着に掛かっていた。

「ここでするの？」

「……だめか？」

指先がするりと滑って下着の中へ入ってくる。胸元の手が少ない胸の肉を鷲摑みにして揉みしだく。小さく喘ぐと、ディキが首元に顔を埋めて興奮したように短く息を吐いた。

「我慢できない」

切羽詰まった呟きと指先の動きに、ごくりと生唾を飲み込む。

いつも私ばっかり求めて、ディキはそれに応じるだけだった。それなのに今、立場はいつもと逆転している。

「アロア……」

「んっ……ひゃ、ぁ……っ」

首筋に吸い付かれ、チクッと針で刺したような痛みが走ってじわりと熱くなる。肩や背中にも同じように吸い付きながら、ディキは胸の先端を弄り、下着の中の秘められた箇所に指を這わせた。

濡れているのを確かめるように割れ目をゆっくりなぞると、ちゅくちゅくと卑猥な水音が響く。指先で蜜をすくっては小さな突起に塗り付け、くるくると円を描くように撫でた。

「はっ……や、だめっ」

体がガクガクと震える。ディキは私を押さえつけるように抱き、乳首をつまみ肉芽を擦った。さらに感じて体が痙攣すると、つぷりと指が膣内へ入ってくる。

「あっ、あっ、まって……！」

しかも圧迫具合から一本ではない。自分の体を見下ろすと、服の下でディキの手が蠢いているのがわかる。直接は見えないのにひどく卑猥で慌てて目を逸らす。

「ひゃ……っ、ん！　ふ……うぅっ」

「イきそう？」

「んっ……あぁ……イく、イっちゃう……」

激しさを増した愛撫に耐えられず、ディキに寄りかかって喘ぐ。

「イったら挿れていい？」

こくこくと頷いた瞬間、ディキの指でナカをじゅぷじゅぷと掻き回され、あっけなく達してしまった。

かくんと力の抜けた体を抱え、ディキは私を近くのテーブルへと連れて行く。

服と濡れた下着を剝ぎ取られ、テーブルに両手をつかされた。力が抜けて上体を突っ伏すと、ディキがローブを脱ぎながら笑う。

「誘ってるだろ？」

「……え？」

ズボンの前をくつろがせて硬くなった男性器を取り出し、ディキが私のお尻をソレでツンと突つく。

「あッ……」

くちゅ、と音を立てて先端が蜜口を滑った。

ハッとして自分の姿を見ると、テーブルにつかまって四つん這いになり、お尻を突き出している格好だ。ディキからは秘所が丸見えで、確かにこのポーズは誘っている。

「ち、ちが……！」

「うわ……ぬるっぬる」

「あっ、だめ、はいっちゃ……っ」

反り返った肉棒で何度も入り口をなぞられて、体が勝手に反応してしまう。

お尻を高くあげて、つま先立ちになって足を開いた。熱い塊からディキの興奮と猛りが伝わってくると、理性なんて溶けてなくなってしまう。

「だめじゃなくて、はやく挿れて、の間違いだろ」

「ん……っぁん、いれ、て……！」

「……うん」

私のおねだりに、ディキはいつもすぐに応える。腰を押さえつけて、角度を変えた肉棒がぐっと泥濘に沈み込んだ。

ゆっくりと前後する動きに、ズンと重い衝撃を感じる。指よりもずっと太くて硬い槍のような肉の杭が、少しずつ媚肉を押し広げて貫いていく。ナカへ進むたび内壁をいっぱいに擦りあげ、私はたまらず嬌声をあげた。

「かわい……アロア、気持ちいい？」

ディキは背後から覆い被さって、弓なりに反った胸を両手で掴む。ぷっくりと硬くなって膨らんだ乳首をきゅっとつねりながら、奥までじわじわと犯していく。

「あぁ……きもち……ぃ……っ」

奥の奥に当たる感触に、ぶるりと震える。お腹の中をディキでいっぱいに埋めて、彼は動きを止めると私を抱き締め、髪や耳裏にキスを落とした。

「アソコがヒクヒクしてる……」

「はぁ……ん……っ」

「キスだけでこんなに感じんの？」

ふっ、と息を吐くように笑って、肩や首に口づけする。

キスだけじゃないよ。ディキの仕草やとろけた口調、熱い肌の感触も。ナカを貫くものも硬くて大きくて、時々びくびくしてて気持ちいいんだよ。

ディキのぜんぶが、ただくっついているだけで刺激になる。彼の何もかもが私を昂らせる。でも、それだけじゃ足りなくて。

「ディキ……もっと欲しいの……ねぇ……」

「ん……っ」

覆い被さるディキを肩越しに振り返ってお願いする。

彼は顔を赤くして小さく呻き、抱き締めていた腕を解いた。そしてテーブルについた私の手に手を重ねると、肩にキスをしてから腰を引き、一気に強く突き上げる。

「ひゃっ……あぅ！　……あぁッ！」

身を反らして衝撃を受け止めたのも束の間、すぐに何度も何度も穿たれる。

体の芯が痺れて力が抜け、テーブルにくたりと突っ伏す。ビリビリする電流のような刺激が強すぎて、目の奥がチカチカする。それなのに、もっと欲しくてお尻を突き出した。

「あっ、あんっ……おく、おくっ……いっぱい、突いてっ」

わけがわからないほど気持ちよくて、背中を辿るディキの唇とか、肩に触れる髪とか、腰に落ちる汗だとか、そんなものにも体が反応してしまう。

「ディキ……っ」

名前を呼ぶと、「アロア」と呼び返してくれる。耳元で何度も囁かれ、それと同時に突き上げられて、耐えきれず昇りつめていく。切羽詰まった声が、荒い吐息が、その情動のすべてが私に向けられたものだと感じて、歓喜に震える。

「アロア……！」

「んっ、あぁぁ……っ」

体をしならせてビクンと痙攣すると、ディキがぎゅっと手を強く握ってくる。それから

二、三度素早く動くと、奥に押し付けながら彼も果てた。
「は……っ、アロア……」

ディキは震えながら、詰めていた息を長く吐いた。

私の背に覆い被さって、手は未だ繋がれたまま。

呼吸を整えるディキを振り仰ぐと、彼は肩で息をしながら唇の端を吊り上げ、鼻先にキスをした。

こういう時のディキの瞳は優しい。ゆっくりと細くなって、きらきらと光って。ほっぺたがちょっと赤くなり、にっこりと笑う。

この顔が好き。私にだけ向けられる、なんの隔たりもないその笑顔が。

「……すき」

思わずそう言ってしまった途端、あまりに恥ずかしくてテーブルに顔を伏せた。

最初に呪われて体を重ねた時は、あんなにするりと出てきた言葉なのに。今は口にするだけで精一杯だ。

「お、俺も……」

するとディキは、突っ伏した私の首筋に鼻先を埋めて囁いた。

「アロアが、す、す…………すき」

蚊の鳴くような声で言った後、背中に密着した肌が燃えるように熱くなった。

照れてる。そう思うとおんなじでおかしくて、くすくすと笑いが込み上げる。

「くっそ……なに笑ってんだよ」

「だって」

「余裕ぶるな！」

ディキは怒ったように言って、私の首にがぶりと嚙み付く。

「あっ……ん」

「感じる？」

がぶがぶと甘嚙みされたあと、握っていた手が解けて胸元へと這った。ツンと尖った胸の突起を弄りながら、嚙んだところを優しく舐められる。ピリピリした甘い電流が下腹部へと伝って、また私を湿らせる。

「アロア、もっかい……しよ？」

だめだなんて言わせないくせに。ディキにおねだりされたら断れない。

こくんと頷くと、嬉しそうなキスが頰に降ってきた。

第六章　懺悔と答え合わせ

気が付くと、いつの間にか地下の部屋でベッドの上だった。ディキは私を抱き締めたまま、隣で眠りこけている。

記憶は曖昧だが、シーツの感じからベッドでも何回か致したらしい。ふたりとも結んでいた髪は解け全裸だった。

少し体が痛くてもぞもぞと動くと、音もなく動き回るポチが目に入る。どうやら研究室とこの部屋の片付けをしてくれているようで申し訳ない。ベッドサイドのツルをそっと撫でて謝意を伝えると、先端をピコピコ揺らして返事をしてきた。可愛い奴。

「ん……起きたか……」

と、ふいにディキの掠れた声がした。私とポチの気配で起こしてしまったようだ。腕の中で顔を上げて答えようとすると、その瞬間に唇を塞がれる。

「んうっ」

「おはよ、アロア……よく寝た？」

「うん……」

キスしながら体勢を変えてディキが覆い被さってくる。甘えたような短いキスを何度も重ねて、時おり頬ずりをして。求められているというより、じゃれついているみたい。なんだか可愛らしくて、思わず頭を抱いてよしよしと撫でた。

「ふふ……甘えんぼだなぁ」

「っ……あま……⁉」

笑いながら呟くと、ディキが目を見開いて固まる。

心底驚いた顔してるけど、え、自覚なかった？

私の胸元や首にスリスリしながら頭撫でられてるこの状況、甘えん坊以外のなんなんだ。

「呪いのせいじゃないかな？　ディキだって完全に解けたわけじゃないんでしょ？」

フォローのつもりで何気なくそう言うと、ディキの表情がサッと曇った。

「呪い……」

あれ。何かまずかっただろうか。

きょとんとしていると、ディキは少しだけ思い詰めた表情をして俯く。

「ごめん、アロア。俺、謝らなきゃ」

「なにを？」

パチパチと目を瞬かせる私に、ためらうように喉の奥で唸るディキ。

「……怒るなよ？」

「無理。怒るときは怒るし」

「だよなぁ」

私の答えに、彼は「お前ってそういう奴だよな」と笑って、顔をあげた。

「じゃあ、叱ってくれ」

そう言って、屈託のない瞳でこちらを見つめる。

叱ったり、怒ったり、それで関係が終わらないとディキが信じているのが伝わってきた。

いつの間に、こんなに信頼されていたんだろう。好きだと気付いたのもあるけれど、私は彼のこういう素直なところに報いたいんだ。

まっすぐな瞳に頷くと、ディキは話し合うためにベッドを出て服を着るよう促す。

支度をしてテーブルに着くと、ポチが二人分のコーヒーを出してくれて、それをひと口飲んでから彼は言った。

「――呪いは解けない」

静かに言い放った言葉に、私はやはりと思った。

なんとなくだけれど、そんな気はしていた。ディキほどの魔術師が呪いなんてものを放置しているのはおかしいし、私に情報を隠そうとする態度も変だった。

だけど、今となってはもう関係ないのかも。

――俺とヤり続けるだけだし問題ないだろ。

以前に彼の言った言葉が思い出される。愛し合っていれば何の問題もない。ただちょっと、行為がすっごく盛り上がってしまうだけで。

「やっぱりそうだったんだね。古代魔法帝国《ルーナディア》の魔法って、ディキが敵わないほど強力なんだ……」

叱るほどではない告白にそう返すと、ディキは首を振った。

「いや、そもそも、元より解く方法はないいんだ……その、あの呪いは……」

気まずそうに言い淀み、チラリと私を見て、ちょっと視線を逸らして唸る。

なんだろう、そんなに言いにくいこと？　ドキドキしながら見つめ返すと、ディキはごくりと息を飲み、意を決したように目を上げて口を開いた。

「あの呪いは、そもそも――好きな気持ちがないと、は、発動、しない……」

「は？」

私がポカンと口を開けてディキを見つめると、彼は焦ったように「だから！」と叫んだ。

「精神の壁を取払い、心の奥底の願望を呼び覚ます。……つまり、好きな相手との間でしか発動しない。恋人との性欲と愛情を増幅させる魔具《マグ》なんだ！」

はっ……？

一瞬、理解が追いつかなくて固まってしまう。

恋人との間で、性欲と愛情を増幅させる？　誰とでもじゃなくて？

「えっと、それは、呪い……？」

「俺たちにとっては呪いだ」

「いや聞いてない。正確には？」

ディキの抗議じみた叫びを無視して促すと、彼はグッと言葉を詰まらせながら白状した。

「………所謂……大人のオモチャ……だ」

「!!」

はぁぁぁ!?　大人のオモチャ!?　今、大人のオモチャって言った!?

あまりにもビックリしすぎて目も口も思いきり開いたままディキを見る。まって、頭の中が整理できない。

古代人の大人のオモチャ？

性欲と愛情を『増幅』させる？

心の奥底の『願望』を『呼び覚ます』？

つまり、つまり、私たちはお互いに、最初から『増幅』されるような『願望』が無意識下にあったってこと――好きあって、そういうことしたいって思ってたってこと――

「も、もももも、もっと早く言ってくれたらいいのにっ！」

顔にカーッと血が昇るのを感じながら、ディキを責める。

私のディキを好きな気持ちが、最初から彼にはわかっていたってことだ。まだ私が自覚する前から、ずっと！

怒りと羞恥で興奮する私に、しかしディキの方は唇を尖らせて拗ねた。

「言ったらどうなってたんだよ？」

ふん、と鼻息を吐いてコーヒーをひと口飲むと、不機嫌に呟く。

「カイゼより俺のことが好きなんだって、まともな時のお前が受け入れたか？　俺に抱かれてイきまくってた自分を認めて、すぐに恋人になれた？」

「……それは」

「俺だって受け入れられなかった。自分があんなこと言うなんて」

「あ……」

――可愛い。何もかも小さい、俺の天使。

――アロア、好きだ。

最初の夜の甘ったるい言葉が蘇る。

ますます恥ずかしくなって黙ると、ディキが眉を顰めて片手で顔を覆った。

「たのむから、お、思い出すな……」

指の隙間から見える頬が真っ赤だ。

もしかしたら私より、彼の方が受け入れるのに時間がかかったんじゃないだろうか。隠していた願望が出てしまうっていうのは、なかなかに恐ろしい。

それにしたって、ディキに好かれていたなんて。ケンカばっかりしていた過去を思うと疑問しかない。嬉しいけど、いったいいつからなんだろう。

驚きっぱなしでいる私に、ディキはコーヒーを見つめながら懺悔のように語りだす。

「お前はカイゼが好きなんだと思ってた。だから影像が発動して魔力が流れ込んできたとき、本当に驚いたんだ」

呪いの彫像は、カイゼさんが持ってきたときからすでに壊れていて、魔力が少しずつ漏れ出ていたんだそう。その魔力の内容に気付いたのは、ひと晩調べた後だった。

「謝らなきゃいけないのは、ここからだ」

ディキは静かにそう言って、私を見る。

「便宜上『呪い』と呼ぶが……それが発動しかけたとき、俺の魔力なら弾くこともできた。だけど、俺はわざと、そうしなかったんだ」

なんでだと思う？

そう問われて首を振ると、ディキは後悔するように眉根を寄せて続けた。

「ずっと気になってた女の子が、俺のことを想ってるって知ったら、拒めなかったんだ。アロアともっと深く繋がってみたい。嫌われてもいいから、もっともっと深く、って」

その時は自分の欲望優先で、満たされたいという気持ちしかなくて。一度寝たあとも、その関係を継続させるために嘘を重ねていく道を選んだ。

でも、すぐに後悔することになった。

一時の感情で処女を散らされた私が、傷ついたり倒れたりしたからだ。

「ごめん」

ディキは私に向き直り、椅子に背を正して座るとそう言って頭を下げた。

「ごめん、アロア。ひどいことして」

サラリと銀の髪が流れる。私は彼のつむじを見つめながら唸った。

ずるい。このタイミングで白状されたら、許すしかない。

だって、自分勝手な告白からわかることは、私のことが呪いに抗えないほど好きだったってことで。少し前までなら、勝手な！　って怒ったと思う。だけど、今はもう怒れない。というか、ちょっと嬉しくすらあるもん。

「……わかってたでしょ？」

今なら私が許しちゃうの、わかってたんでしょう。

睨みつけながら尋ねると、ディキが苦い顔をして目を逸らす。

「それも、ごめん」

計算高くてあざとい自分を恥じるように、ディキは唇を噛んだ。殊勝な態度に、私は溜息を吐く。

「もういいよ。怒ってないわけじゃないけど、ディキががんばってたの、ずっと見てたから。あれは反省して、私のことを思って変わってくれたってこと、だよね？」

微笑むと、ディキはやっと顔をあげた。

ホッとした表情で、小さく頷く。そして少しだけ恥ずかしそうに、思い出を辿りだした。

「最初にヤった後は、どうせ俺に嫌気がさして、すぐに消えると思ってたんだよ。居て欲しいけど、それはきっと叶わないだろうって。でもお前ときたら、フツーに出勤するし、なぜか強気だし、変わらず笑顔で、しかも俺を求めてくるし。……めちゃくちゃ舞い上がった」

コーヒーカップの縁を、そっと指先で撫でる。

その瞳が大切なものを見つめているかのように、とても優しい。

「舞い上がって、浮かれて。だけど、その気持ちとは裏腹に、どんどん不安になってくるんだ。なんでただ好きってだけで、それだけで、一緒にいてくれるんだろう。なんで他の奴でなく、なんで嫌われ者の俺？　わかんなくて、自信もなくて、すげぇ幸せなのに怖かった」

指先が震えて、ディキは誤魔化すように拳を握った。彼は両思いだって知っていた。それなのに怖かったんだ。

本当は好きだったとしても、呪いのせいで仕方なく体を重ねているだけじゃ、いつか終わりがくる。私が心を開いて、自らディキを選ばなければ。

「ここ最近は、どうしたら俺に繋ぎ止めておけるかってことばかり考えてた。どうしたらお前が、一緒にいたい奴になれるのか」

優しくしたり、甘えてみたり。時には嫉妬して、感情をぶつけて。

そうやって、手探りのディキは、確かに私の心をつかんだ。

怒濤のカミングアウトにクラクラしながら、握った拳にそっと手を乗せる。

私だって不安になったり、どうしていいかわからなくなったりした。ディキのそばにいられる人間かどうか、自信なんてないよ。

「ディキこそ……なんで、私なんかを」

口煩くて、チビで、魅力的とは言えない私なんかを。

一番の疑問をぶつけると、彼は小首を傾げて笑う。

「だって笑ってくれるし、触れてくれただろ」

当たり前のように放たれた言葉に、今度は私が首を傾げた。

「たったそれだけ？」

「悪いかよ」

たった、たったそれだけ。笑っただけ、ケンカして、おしゃべりして、触れただけ。

「今のディキなら、他の人だっていくらでも」

「バカだな。お前はほんとに、この、アロア・ポンチめ」

言葉を続ける私を遮り、ディキは顔を覗き込んでくる。

「最初にそうしてくれたのは、お前だけなんだよ。永遠に、お前が俺の一番なんだ」

眼前で、きらきらと紫の瞳が揺れた。

ゆっくりと細められたその瞳に、私が映っている。私だけが――。

「騙して悪かった……。泣くなよ。頼むから叱って……人の気持ちがわからなくてごめん。泣かないで」

ディキの指先が、私の目元を拭う。いつの間にか涙が流れているのに気付いて慌てた。

なんでかな。嬉しいのかな。胸がいっぱいだ。

人の気持ちがわからないなんて言わないで。ディキはすごく優しくて、愛情深い。本当だよ。ただそれを自分で知らないだけ。与える相手がいなかっただけ。

手を伸ばして彼を抱き締めると、耳元でホッとしたように息を吐く。

こんなに臆病な愛情に絆されないなんて、私には無理だ。


ひとしきり泣いて落ち着いた私は、少し早いけれど身支度をして一旦寮へ戻ることにした。ディキはまだ眠そうにしていたから、ひとりで地下から研究室へとあがって、隠し扉を開ける。

なんだか、すっごい疲れたな……。

呪いの概念がひっくり返ってしまって、正直、脱力気味だ。

ディキもぐちゃぐちゃしてたのかなぁ、なんてぼーっと考えながら隠し扉をくぐると、
ガツン！　と足元に散らばった本に躓《つまず》いた。

「うわっ……と！」

よろけた拍子に、近くにあった机に思いきりぶつかる。その上に積みあがった本や書類がバサバサと音を立てて崩れ、床にぶちまけられた。

「あーあ……」

やっちゃった。なにやってんだ私。

ていうか整頓しなさいよね。本と植物だらけの部屋を見渡してプリプリ怒りながら片付けはじめ――ふと、見覚えのある紙が本の間から覗いているのに気が付いた。

「あれ？　これって……」

手に取ろうとした瞬間、シュルリとポチのツルが素早く伸びて、その紙切れを奪おうとする。しかし一瞬早く、私はそれを摑んで引き寄せた。

「なに？　見せたくないもの？」

ポチが焦ったようににょろにょろと怪しい動きをする。私は構わず手元の紙に目を落とし、折り畳まれたそれを広げた。水に強い植物で作られたボコボコした表面のこの紙は、古代魔法帝国の特殊なインクを写す、文書の洗いに使われるものだ。

「これは……」

そこに描かれていたのは、古代フィメル語の文字と、あの影像の図解だった。

文書の写しはウィルに返したはず。ならば、この紙切れは……。

「おい、大丈夫か？」

「あっ！　うん！」

そのとき、ふいにディキの声が隠し扉越しに聞こえた。

私は慌てて、その紙切れをポケットに隠してしまった。

◇　　　◇　　　◇

寮に戻ってひと息つく。あの紙切れはまだポケットの中だ。

あの後、私はポチに黙っていてくれるよう目配せして、本を適当に戻し研究室を出た。

これは直感だけれど、ディキの本当の秘密はこっちなんじゃないだろうか。教えてくれるなら、謝った時に言ったはず。

ウィルに文書は返したと聞いたけど、本当は返していないのかな。どちらかが贋作という可能性もある。

自分のベッドに腰を下ろして考える。

贋作だとしても、古代魔法帝国のインクは特殊で、現代では手に入らない。だけどその理由は、絶滅した植物の種子から取れる成分の入ったインクだからだ。

植物……ディキなら、もしかして。

「なにを隠しているんだろう……」

きっと直接尋ねても、はぐらかされるだろう。でも、モヤモヤしたまま見なかったフリは難しい。

「古代フィメル語、かぁ……」

私も時々接するから部屋に辞書の類いはある。引っ張りだして広げ、文書の文字と照らし合わせてみた。

「……あれ？」

文字が、解読できない……？　確かにフィメル語なのに、意味をなさない。これは……たぶん、暗号？　よく見ると文字の形も少し違うような気がする。

そう言えば、フィメル語には高位文字があるらしい。

うーん、それはサッパリわからないぞ。どうしよう。知りたいならウィルにバラしたらディキに殺されるだろうし。知りたいなら、誰にも頼らず自分で解くしかないんだ。だけど、秘密を勝手に探るってどうなんだろう。

世の中には知らなくていい事もある。でも、知りたい。

この好奇心は、学者の端くれとしてじゃない。ディキのことだから、もっと知りたい。彼の生まれ、生い立ち、過ごしてきた時間。

悩んだけれど答えは出ず、出勤時間が迫る。

私は慌てて着替えると、姿見の前に立って外見を整え……

「って、なんじゃこりゃ⁉」

首の辺りに、いくつもの真っ赤なうっ血痕がある。薄い歯形も見えてびっくりした。そんなに強く噛まれたのか。ちゅーちゅー吸われたらキスの痕が残るなんて、知らなかったよ……。

夢中で交わった痕跡に動揺してしまう。服を捲り上げれば、胸や内股の柔らかい場所にもたくさんついていた。彼の唇が際どいところを辿って強く吸い付く様を思い出す。すぐには消えないシルシは、所有権を主張する証のようだ。

そっか、両思いで、恋人になったんだ。

そう実感すると、赤い痕に指で触れるだけで妙な気分になってくる。

「って、だめだめ！　今はただでさえ変になっちゃうんだから！」

ぶんぶんと頭を振って邪念を振り切り、慌てて首元まで隠れる服に着替える。

髪も下ろして、サイドだけ後ろに流し髪留めで整えると、私は部屋をあとにした。

仕事が終わったら、紙切れのことを少しだけ調べよう。本棟の図書室なら高位文字についての本もあるだろうし、何について書かれているのかだけ読んで、判断はそれからでも遅くない。

そう決めて、スカートの深めのポケットに紙切れを隠し持ち、仕事場へと向かった

◇　◇　◇

図書室は、本棟の三階の端にある。時々利用するけれど、北棟からはちょっと遠くて、閉まる前に調べものを終えたい私は自然と急ぎ足になった。

階段近くの廊下の角を曲がった時だ。

「わっ⁉」

曲がった瞬間、誰かに思いきりぶつかった。相手も走っていたようで、貧弱な私の体は軽く吹っ飛ぶ。

「ご、ごめんなさ――アロアちゃん！　大丈夫かい？」

その声は、ハルベルタ先輩。床に倒れた私がイテテと身を起こすと、彼は先に立ち上

がって私に手を差し伸べてくれる。

「ごめんなさい、先輩。ちょっと急いでて」

「いや、こっちこそ。トイレにいきたくて走ってたんだ……」

「あー……」

そうだった、ハルベルタ先輩はお腹が弱いのだ。ディキが関わっていなくてもそれは変わらないみたい。

「大丈夫ですか？」

「へーきへーき……イテテテ」

ぜんぜん平気そうじゃないんですが。お腹を押さえる先輩に早くおトイレへ行くよう促すと、彼は青い顔で頷く。

「じゃあ、失礼するね。……あ、そうだ。もうすぐ、楽しいことがあるよ」

「楽しいこと？」

私が首を傾げると、彼はズレた銀縁眼鏡を直しながらにっこりと微笑む。

「アロアちゃんにも関係あることだから、楽しみにしててね」

「わぁ！　なんだろう」

彼は「ヒミツ」というように唇に人差し指を当てて笑うと、背を向けて去って行った。

うーん、なんだろ。楽しいこと？

思い当たるのは、ロベイア王国の建国記念祭が近いということくらいか。

お祭りは大きめの街ならどこでも行われていて、この街でも当日は花火があがったり出店が出たりする。真夜中まで人がいっぱいで明るくて、田舎から出てきた私は最初、すごくビックリしたっけ。故郷では、ちょっとご馳走を食べて国歌を歌うくらいだった。

ハルベルタ先輩の「楽しいこと」はわからないけど、ディキをお祭りに誘ってみようかな。嫌がるかなぁ……人混みだもんね。

だけど、ふたりきりでどこか高いところから夜景を見下ろして、花火を観たりするのはどうだろう。食べ物を持ち寄って、毛布に包まって、おしゃべりをしながら過ごすんだ。

きっと楽しいと思う。想像するだけで頬が緩んで、私はニヤニヤしながら本棟の階段を駆け上がった。

三階へ来れば、図書室はすぐだ。ここには主に魔術に関する実用的な書物が置かれている。貴重な本なんかは街の大図書館や博物館にあるので、出入りは比較的自由だ。

とはいえ、司書は常駐しているし貸し出しの管理もされている。私はなるべく人目につかない場所の机に陣取って、古代フィメル語の高位文字について調べた。

いくつかある高位文字は、それぞれ役割が違う。時代によって廃れたりと移り変わりも激しい。しかも、ぜんぶ似通っている。

「うーん……」

いくつかの辞書と、文字の見分け表みたいな本を発見したので活用する。考えながら紙切れの文字と辞書を照らし合わせると、一番似ているのは、この、ミルミラント語……？

だけど早見表の解説によると、一番解読が難解だそうだ。困ったな。

「おや、高位魔術文字にご興味が？」

「うっわあ——！」

突然、背後から声をかけられ、慌てて手元の紙切れをポケットに隠した。

私がバタバタしていると、背後の人物が苦笑しながら前に回り込む。

「シーッ、図書室ではお静かに」

「ごめんなさい……ウィル」

机を隔てた反対側の席に座ったのは、明るいふわふわの茶髪と若草色の優しそうな目をした青年、ウィル・フィレットだった。

遭遇率の高い場所なのはわかっていたけど、会いたくなかったなぁ。

どう誤摩化そうか一瞬考えて、少しだけ嘘をつくことにする。

「ええっと、ちょっと気になって。その、彫像の文書のことなんだけど」

「あぁ、あれ。確かにミルミラント語でしたよね」

ウィルは頷いて、私の手元の辞書を覗き込んだ。当たり！

私は喜びを隠してすっとぼけて尋ねた。

「どんな文字だったのかなって思って見てたの。もう返却されたんだよね？　なんて書いてあった？」

あくまで好奇心、一個人の興味。そういう雰囲気を醸し出しながら訊く。

ウィルは微笑んで、たいした内容ではなかったと答えてくれた。ということは、返却はされていて、内容も解読済みというわけだ。

「あの彫像はどうやら、婚姻の際の贈り物だったようです」

「へ、へぇ、婚姻……」

呪いとか大人のオモチャとか言ってたけど、婚姻って、つまり初夜で使う品だったってことか。つまり子作りのための道具、ひたすら孕むまで体を重ねるための……。

ディキはわざとボカしたんだろうな。気付いてしまうと少しだけ頬が熱くなる。

ウィルが言うには、あの彫像には豊穣を祈る意味があるらしい。豊穣、つまり子沢山。

文書には祝言と彫像の意味と、仲良くなるまじないを施してあることが綴られていた。

どうやら、仲良く、の内容は記されていないらしいから、ディキはそこを削除したのかも。

だとしても、もうひとつ文書を作った意味がまだわからない。それに、

「こんな内容を、わざわざ高位文字で？」

お祝いの言葉くらい公用語のフィメル語でいいじゃん、と思う。

私の質問に、ウィルは苦笑いした。

「そんなものだから、でしょうね。彼らはとてもプライドが高かったそうですから、秘密にしたかったんでしょう。初夜は苦労したのではないかな、というのは僕の想像ですが」

なんかわかる。魔術師って頭が固い変人が多いし、古代魔法帝国の人もきっとそうだっ

たんだろうな。プライド高い者同士の初夜って面倒くささそう。

そのために道具を使ってたなんて知られたら、恥ずかしくて死ぬかもしれない。

「とはいえ、これは単に時代のせいでしょう」

「時代？」

「ええ。彼らの元々の公用語はフィメル語でしたが、魔術師たちは内緒話のために様々な高位魔術文字を使っていました。やがてルーナディアに一般人がいなくなると、公用語は高位魔術文字語《ミルミラント》に取って代わられるようになるんです」

「ちょ、ちょ、ちょっとまって！」

さらりと放たれたウィルの言葉に、私は驚いてストップをかける。

「ルーナディアって、元々は一般人もいたの？」

古代魔法帝国人って、全員が魔術師だと思っていたんだけど違うの？

「おや、そこからですか？」

ウィルがまじまじと私の顔を覗き込む。

ごめんなさい。歴史は試験に必要なかったんで、表面的にしか知らないんです。

私が恥じ入って縮こまると、ウィルは思案するようにパチパチと瞬きした後、ニヤリと楽しそうに笑って言った。

「補修授業が必要みたいですね、アロア・ポーチさん」

「……お願いします、ウィル・フィレット先生」

素直に頭を下げれば、ウィルは大きく頷いて地図を広げだした。

古代魔法帝国ルーナディアは、かつてグリダナ大陸全土を支配していた。だけど魔法実験の暴走で滅びてしまって、生き残った人々がなんとか集まって国を作り、今は四つの王国に分かれている。そのひとつが、私たちの住むロベイア王国だ。同じ土地に住んでいるから、当然、魔法帝国人《ルーナディアン》は私たちの祖先だと考えられていた。だけど違う。私たちの祖先は、ルーナディアに暮らしていた一部の一般人、魔法の使えない普通の人々なのだという。

「もちろん、彼らもルーナディアンです。けれど差別され、大陸の端に追いやられた。そのお陰で魔法の暴走から生き残り、数を増やし、今日に至るわけです」

ウィルは歴史書のいくつかのページを示しながら教えてくれる。

帝国史の後期。主要都市には魔術師しかいなくなり、彼らはより使い勝手の良い高位魔術文字《ミルミラント語》を主に使うようになった。その言語を自由に操れるのは、ルーナディアンの魔術師だけだ。

「ここからは追いやられた人々の書いたものを参考にした推測なので、諸説あるのですが」

そう前置いて、ウィルは語る。ミルミラント語は、文字にすれば解読が必要。そして、『人間』には発音ができないのだと。

「人間には……？」

「アロアさんは、ルーナディアンをどういった姿で思い浮かべていますか？」

「姿……」

物語として語り継がれたりする姿は、髪が長く色素の薄い、華奢で美しい魔術師たちだ。同じような物語だと、そう、耳長族《エルフ》みたいな。

そう答えると、ウィルは首を振った。

「まず、彼らは人間ではありません。彼らが普通の人々を呼ぶ時に使っていた呼称が『人間』に当たります」

「え……」

「ルーナディアンの魔術師たちは、虹色に輝き、魔物や植物と心を通わせ、人間には発音することのできない声帯で歌うようにしゃべった。人の形はしていますが、彼らは精霊に近い」

人間ではない。発音することのできない言語。だけど、それより、

「魔物と……心を……」

そこに引っかかりを覚えて、心臓がドクドクとうるさくなる。

「そうです。魔物は、ミルミラント語を話せる」

ウィルの確信を持った言葉に、私は椅子に座ったままじりじりと背を反らした。

脳裏にポチの姿が浮かぶ。ポチは、ディキの友達で、研究対象で、魔物――――。

「だから遙か昔は魔物と古代人で仲良くやっていたそうですよ。今は彼らと話せる者はい

ませんが、もし居たとしたらどうなるのでしょうね」

呑気な声でそう言って、ウィルはパタリと歴史書を閉じた。

私の脳裏に、様々な言葉や事実が浮かんでは消える。

――俺はたまに、命を狙われるんだ。

――陰で魔王だとか呼ぶ奴らもいるしな。

ポチが特別なんだと思っていた。もしそうじゃないとしたら？　彼らが『言葉』を交わせていたとしたら？

見てないけど、聞いてないけど、どう考えても意思疎通はできていた。

魔物としゃべれる、それを知る者、もしくはそう疑う者に、ディキはどう映るんだろうか。

「……ありがとう、ウィル。すごく勉強になった」

「いえ、お役に立てて何よりです」

微笑んでひと段落つけようとするウィルに、しかし私は言葉を続ける。

「あの彫像、『人間』も使っていたの？」

その質問に、彼は首を傾げた。

「さぁ……どうかな。効果範囲は記されていませんでしたが、彼らはケチですからね。きっと他種族の豊穣など願わないでしょう」

「そっか……」

たぶん、そこも削除したんだね。効果範囲はルーナディアンの婚姻。私は普通の人間だから、ディキがその範囲なんだ。

なんで私にも効果があったのかわからないけど、彼がいたから発動したのだろう。彫像を動かしたのは私たちがふたりで握った時だった。

ディキが自分のことについて、全然気付かないなんてわけはない。

でも、自分が『人間じゃない』なんて、きっと思ってなかったはずだ。私だったら可能性を感じていても、信じられない。

だけど証拠が出てしまって、実証してしまって、彼は……。

初めて体を重ねた夜の次の日、夕陽に照らされた研究室で、ひとり寂しそうに佇むディキを思い出した。あの時の、泣きそうな、怒ったような、複雑な表情が脳裏をよぎる。

「そろそろ寮に戻らなきゃ。もう行くね」

私は本を手にして椅子から立ち上がった。

「ええ。ではまた北棟研究室で」

「うん、また」

紙切れは見なかったことにして返そう。ディキがどこの誰だったとしても、私は構わない。もし打ち明けられたとしても、絶対にそばを離れてなどやるもんか。

◇　◇　◇

翌日、早めに出勤してポチへ紙切れを返却した。ポチは安堵したようにぴょこぴょこ跳ね、素早くそれを仕舞い込む。

ごめんね。私のために、ディキを裏切って黙っていてくれたんだよね。

なでなですると、嬉しそうにクネクネと体に巻き付いてきた。

「おーよしよし、あとで肥料をあげよう」

ツルにぐるぐる巻きにされながらキャッキャしていると、研究室にやってきたディキが奇妙なものを見るような目で遠巻きに眺めてくる。

「お前らなにやってんだ……？」

「べつに、ただジャレてるだけ！」

「ふぅん」

慌てて言い繕うと、ポチも誤魔化そうと思ったのか私のお尻を撫でてくる。

ぎゃぁ！　久々の痴漢！

ペシンと叩くと、ポチはシュルリと素早く引っ込んでどこかへ行ってしまった。

「……ポチと浮気するなよ」

「するわけないでしょ」

ディキの戯言に呆れ声で反応すれば、彼はわざとらしく肩をすくめる。

「実は触手プレイが好きっていうなら考えるけど？」

余計なこと考えないでよ。まったく、さすが変態植物の飼い主だ。

じっとりと半目で睨みつけると、彼は楽しそうにニヤニヤする。

「今夜は？」

「うう……この流れでオッケーすると、ものすごく身の危険を感じるんだけど」

「お望みなら参戦させる」

「お望みなわけないでしょーが！」

強めに拒否すると、ディキはくすくす笑ってこちらへ近付いてきた。私は腰に手を当てて睨みあげる。すると目の前まで来たディキは私の胸元を見て、ブローチを指差した。

「それ、似合うな」

紫色の石がキラキラと輝く。ディキにプレゼントしてもらった品だ。お花モチーフでデザインは凝っているけれど、派手すぎなくて普段着にも合うから使いやすい。

「かわいい」

彼は満足そうに微笑むと、指先でちょんっとブローチに触れ、そのままツッと指を首筋に滑らせる。顎のラインを辿られると、自然と顔が上向いた。ディキと視線が絡む。

「誰か来る前に、抱き締めていいか？」

「うん……」

了解を得るや否や、ふわりと柔らかく抱かれて、ディキのローブの中に押し込められた。昨日ぶりの彼の匂いを吸い込みながら、背中に腕を回す。

「キスもしていい？」

「……なんでいちいち聞くの」

「聞いた方が嬉しいだろうなと思って」

うそ。絶対恥ずかしがらせようとしてるでしょ。

なんだか言わされてるみたいで照れながら、胸に唇を押し付けて答える。

「……して」

くぐもった声でお願いすると、すぐさま片手で上を向かされ唇を塞がれた。

ぎゅっと強く抱き締められて、優しく押し当てるだけの口づけ。角度を変えながら数度くり返し、ゆっくりと離れる。

はぁ、と溜息がこぼれ、互いの熱い吐息が混じりあう。特に舌を絡めたりしていないのに、体がとろけてくる。それはディキも同じみたいで、惚けたような瞳で私を見つめていた。

なんで見つめるだけで、好きだって気持ちがわかってしまうんだろう。

特別な輝きを宿した視線が絡み合い、引き寄せられるようにまた口づけを交わした。唇に触れる熱が、気持ちを加速させていく。

「ディキ……」

好きだよ、そう囁こうとした瞬間――ゴホン！　とわざとらしい咳払いが響いた。

私たちは驚いて飛び上がり、研究室の入り口を振り返る。

「あのー……おはようございます」

そこには、真っ赤になって俯くハニアと苦笑いのグリタがいた。

「うわぁぁっ⁉」

「おう、おはよ」

大慌てで体を離した私とは対照的に、ディキは平然としてる。と思ったら、ちょっと動揺しているのか耳の先が赤かった。

始業時間が迫っていたので、ポチは入り口をガードしてくれてなかったのだろう。そんな時間にイチャついていた私たちが悪い。……ああ、穴があったら入りたい！

「わ、私、お茶いれてきますね～」

ハニアが真っ赤な顔のまま給湯室へ向かう。

「いやぁ、仲が良いのはいいっすけどね。空気入れ替えましょっか！」

グリタが笑って換気用の小窓を開けた。


お茶を飲んで換気して仕切り直すと、私たちは工程表を見ながら予定を確かめていく。それぞれ作業の進み具合はだいぶ良くて、今の依頼は早く終わりそうだ。すぐに次の依頼に取りかかれるだろう。

「あ、そういえば今日はまだ文書課に行ってないや」

急ぎの依頼書が届いているかもしれない。私は研究室を出て本棟へ向かった。

「おはようございまーす。北棟研究室です」

文書課の窓口を覗き込んで挨拶すると、近場に居た男性が対応してくれる。彼は少しだけ困ったような顔をして周囲を見回してから、私に向き直った。

「ああ……北棟ね。ちょっと待ってて」

今日はいつも笑顔で出迎えてくれるハルベルタ先輩が居ない。

そういう日も普通にあるんだけど、なんだかちょっと違和感がある。さっきの男性が書類の束を持って来たので先輩について尋ねると、今日はまだ出勤していないのだという。

「あれ、具合でも？」

そういえば昨日、お腹痛そうだったもんなぁ。

「いや、寮にも居ないらしくてね。探してるんだ」

「え!?」

「たまにフラッと居なくなるんだよ。ストレスに弱いからさ、あいつ」

そうなんだ。私が来るといつも居たから、居なくなる事があるなんて知らなかった。

先輩、確かにストレスに弱そうだな。優しげな顔は少しゲッソリしていて、病弱っぽいというか繊細そうなんだよね。

「まぁ、たぶんそのうち戻ってくると思うよ」

彼は呑気に答える。私は心配しつつ、書類を受け取って文書課をあとにした。

研究室へ戻って黙々と仕事をこなしていると、あっという間に昼になる。

今日はそれぞれがお弁当を持って来ていたようで、ハニアと私が人数分のコーヒーを淹れてテーブルへ持っていく。

「街で買ったカップ、はやく使いたいですね〜」

生ハムとチーズを挟んだバゲットを頬張りながら、ハニアが呟く。新しく買った六個セットの黒猫カップは、まだ戸棚に仕舞われたままだ。

最初に使うのは、六人揃った時にしようと決めていた。カイゼさんとウィルはいつも居るわけじゃないけど、この研究室の一員だし。

「何を淹れましょうか。コーヒーもいいけど、紅茶もいいな。紅茶なら、花びらが入ったものを街で見たことがありますよ」

「わあ！　かわいい！」

私とハニアで盛り上がると、ディキとグリタが眉をひそめる。

「俺らもそれを飲むのかよ」

「ちょーっと乙女趣味すぎません？」

「えー、黒猫のカップ使うのに？」

「それ選んだのディキさんだし！」

グリタがディキに矛先を逸らす。

一斉に見つめられたディキは、嫌そうな顔で私たちを睨んだ。

「あぁ？　揃いがソレしかなかったんだよ！」

「またまたぁ。小さくて可愛いもの、好きなんじゃないですか？」

「はあ？」

「アロアさんとか、小さくて可愛いですもんね？」

「んぐっ」

ニヤニヤ笑いながら言われ、今朝のことが蘇ってきて私は真っ赤になった。

だけどディキは違ったようで、地を這うような声でグリタに凄む。

「おい、今なんつった……」

「ハゲの分際でアロアに気安く可愛いって言うんじゃねぇよ」

「えー……そっち？」

ディキのよくわからない怒りポイントに、グリタが戯けてお手上げのポーズをとる。

ハニアがくすくすと笑ったので、私は恥ずかしくなりながら苦笑いした。

ディキだけが納得いかない様子で、ぶんむくれながらパンを齧る。それが可愛くて微笑ましくて、自然と目尻が下がってしまった。

「ディキ、だいぶ打ち解けたよね」

「……そうかぁ？」

私の言葉に、彼は不満げだ。

確かに口も性格も良くなったわけじゃない。だけど、リラックスして素直な感情を出しているのがわかる。孤独を感じさせるような、壁を作るような冷たさは、今はもうない。

このまま楽しい時間がずっと続けばいい。

心の底からそう願っていた。なのに――――。


突如、ゴォン、ゴォン！　という鐘の音が鳴り響いた。

「きゃっ⁉」

「なに⁉」

騒然として、私たちは一斉に立ち上がる。耳を塞ぎたくなるほどの大音量だ。反響する様子から、複数の箇所で同時に鳴らされていることがわかる。

焦ったような激しい鳴らし方に、嫌な予感がした。私はこの雰囲気、知っている気がする。

隣のディキを見上げると、彼はものすごく険しい表情で窓の外を見つめた。

「魔物の襲来をしらせる鐘だ……」

ポツリと呟いた言葉に、全身の毛がゾワリと粟立つ。

大きな街に魔物がやってくることなんて滅多にない。人間の巣なのだ。そこへ乗り込んでくる奴らは、よっぽど強いか、数が多いか。

「ど、どうしよう」

血の気が引いて手足が冷たくなっていく。街の人たちが、私たちが、生きたまま食いちぎられる姿が浮かぶ。

「屋上へ行きましょう。街の様子が見えるかも」

グリタの一声で、私たちは屋上へ向かった。

鐘はまだうるさいくらいに鳴っている。その音がお腹の底に重く響き、心臓を逸《はや》らせた。

階段を駆け上がり、屋上の扉を開ける。瞬間、ブワッと強い風が吹く。思わず顔を覆い、そして自分たちが何かの影に入っていることに気付いて、上を見上げる。

「あれ……！」

巨大な鳥が、すごい勢いで真上を旋回していた。大きく広げた翼には羽根が生え、体に不釣り合いな長く太い尻尾がある。逆光でよくは見えないけれど、ドラゴンではない。あれは……

「コカトリスだな。なんであいつらが……」

コカトリス。鶏の体に、蛇の尻尾のついた怪物だ。

だけど近年は数がとても少なく、ほとんど目撃情報もない。滅多に人間を襲ったりもせず、保護するかどうかが国の議題にあがるほどだ。

「わざわざ人里へ降りてくるような奴らじゃないのに……」

ディキが不思議そうに呟く。上空には、数体のコカトリスが旋回している。未だ襲ってくる様子はないが、街の方は騒然とした様子だ。

「街へ行きますか？」

グリタが硬い声で尋ねる。本棟を見れば、研究所からたくさんの魔術師が街へ向かっている。その中にはカイゼさんの率いる騎士団の団員の姿も見えた。

「や、やめましょうよ……」

ハニアが怯えた様子で止めてくる。確かに、ディキ以外は役に立たないし、ここにいるのが迷惑もかけず安全だ。それに……。

チラとディキを見遣る。

私が行ったら、ディキはきっとついてくる。そうしたら、何かのはずみでディキがルーナディアンだとバレてしまうのではないか。

だけど、もしポチと話すようにあのコカトリスと話せるとしたら——救えるのもまた、ディキだけなのかもしれない。

私は迷った。

救うためなら、私にできることなら、なんだってしたい。魔物避けの薬を作った時に言った言葉はうそじゃない。自分が頼んでどうにかなるのなら、なんだってする。

だけど、そのあと、ディキはどうなるの？

「……助けてって、言わないんだな」

黙って俯いた私に、ふいにディキが声をかけてきた。ハッとして顔をあげる。

——助けて。

そのひと言を発すれば、彼は動くんだとわかった。彼は尽くすんだ、私にだけは。

だけど、嫌だよ。傷ついて欲しくない。多くの人の命と、ディキの心を天秤にかけるなんて間違っているかもしれない。だけどこのままここから逃げたい。選べない。

たぶん私は、ひどく泣きそうな顔をしていたんだと思う。

「行こう、アロア。俺ならなんとかできるかも……だろ？」

何も言えない私の頭に、ポン、と一瞬だけ手を置いて、ディキはローブを翻す。

私は己の浅はかさと無力さを恥じ、唇を噛んだ。そしてその背中を追うために、鉛のように重たくなった足を必死に動かした。

◇　◇　◇

街道を抜けて街へ近付いた時、上空を旋回していたコカトリスの一体が街の中央へ降りていくのが見えた。

鐘の音は止んでいた。人々は近くの森や地下壕へと逃げ込んでいる。それらの集団に付き添う兵や魔術師がいるので、ディキはフードを目深に被った。

私たちは人の波に逆らい、街の中央へ向かう。たぶん、噴水のある広場だ。あそこは市場やお祭りに使われるため、かなり開けている。

「大丈夫か？」

人混みに揉まれる私を、ディキが手を握って引っ張った。逃げ惑う人々は必死だ。気を抜けば流されてしまう。

「平気！」

「よし。あと少しだ」

その言葉通り、やがてすれ違う人は疎らになり、代わりに街を護っていた兵士たちの姿を目にするようになった。慌てた様子で走る彼らの後を追う。

ディキが魔術師然としているせいか咎められることもなく、私たち四人はほどなくして噴水の広場へと辿り着く。

「いた……！」

開けた空間の中心には、一体のコカトリスの姿が見えた。

大人の男二、三人分ほどの背丈の雄鶏に、長い長い蛇の尻尾がぬらぬらと光りながら揺れている。その怪物が両翼を広げながらギャアギャアと鳴くのを、兵士と魔術師たちが囲んで牽制していた。その中に、指揮を執る見慣れた騎士の姿が見える。

「カイゼさん……！」

「苦戦してるみたいですね……」

辺りには弾かれて折れた矢が散乱し、コカトリスの尻尾になぎ倒された家々が瓦礫となっていた。

「たった一体に……」

ハニアの不安そうな声に、しかしディキは首を振る。

「いや、研究所の高位魔術師やカイゼみたいな隊長クラスの奴なら、戦えないこともない。ただ……」

ディキは空を見上げた。その視線を追って私たちも上空を見る。

旋回する仲間のコカトリスは、いつでも降りていくぞと言わんばかりにギャアと甲高く鳴いた。目的がわからない以上、彼らを深く傷つけず追い返したいところだが……。

「………探してるのか……」

「ディキ……？」

見上げたまま考え込むディキに呼びかけ、繋いだままの手を引っ張る。彼が私に視線を向けた時だった。

「皆さん何してるんです⁉　逃げてください！」

背後から聞き慣れた声がした。振り返ると、ウィルが険しい顔で立っている。

「ウィル！　なんでいるの？」

「それはこちらのセリフです！　危ないですから、下がって」

ウィルはハニアとグリタの袖を思いきり引っ張って、力ずくで路地裏へと引きずり込む。

「わっ、ちょっ⁉」

「早く、アロアさんも！」

「で、でも」

躊躇う私の手を取ろうとして、ウィルは私とディキが手を繋いでいるのに気付く。そして微動だにしないディキを見て、訝しげに眉をひそめた。

「ディキさん、まさか街中で巨大な鳥の丸焼きを作るおつもりですか?」

「……いや」

ウィルの嫌味に首を振り、ディキは広場の中央に目線を移す。その瞳は、迷いなくまっすぐにコカトリスを見つめた。

「俺がアレと話す。ウィル、アロアを頼む」

「待ってください、話すって……!?」

ウィルの質問を無視して、ディキは歩き出そうとする。繋いでいた手が離れかけ、慌てて思いきり引っ張って引き止めた。

「アロア……」

驚いて振り返った彼が、不安そうな私を見て双眸を見開く。

この期に及んで引き止める自分が情けない。だけど、こんな大勢の前で『話し』たら、ディキは……。

「……どうせ同じ。元に戻るだけだ」

静かな声で諭すように囁く。

元に、嫌われて避けられていた、ひとりぼっちに戻るだけ――。

その言葉に、私は反射的に首を振って叫ぶ。

「戻らないよ!」

戻らない、同じになんてならない。

「だって私がいる！　私はどこにもいかない」

今さら魔物としゃべれたからって驚かない。皆が恐がったり嫌がったりしても。

カイゼさんやウィル、グリタやハニアだって。

ディキの秘密を知っていることを言うわけにはいかなくて、代わりにぎゅうっと力一杯手を握る。大丈夫だよ。伝われ、伝われ！

「――なら、問題ねぇだろ」

必死で彼の手を握りしめる私を見て、ディキはぷっと噴き出した。喉の奥でくっくっと笑い、一度だけ、ぎゅっと手を強く握り返してくれる。

「すぐ帰る」

そう言って柔らかく笑った顔があまりにも優しくて、脱力するように手の力を緩めた。

指先がするりと滑って、温もりが離れていく。

ディキはフードを上げると、銀の髪を風になびかせながら、ゆっくりとコカトリスの元へ歩いて行った。

彼が兵士の中を分け入っていくと、その存在に気付いた者たちが「あっ」と声を漏らして退いた。

ディキはわざと魔力を発している。ローブがはためき、髪が揺れ周囲を砂埃が舞った。

「ディキ・メルシス……！」

「銀の悪魔だ……」

助けに来たとは思わないのだろう。兵士たちは青ざめ、魔力による痛みに苦渋の表情を浮かべながら距離をとる。

強い魔力の突き刺すような痛み。その威力に気圧されるように退く。

人の波が割れ、コカトリスまでの道が開けた。カイゼさんだけが、「来てくれたのか！」と嬉しそうな声をあげたが、ディキ本人がそれを制して進む。

「いったい何を……!?」

コカトリスと対峙したディキを見て、彼らは剣を構えた。

しかしディキは意に介さず、怪鳥を見上げる。


——刹那、クワン、と耳鳴りがした。


脳が揺れたように感じ、だがすぐにそれが高音域の音だと気付く。空気が震えているのに、その音はうまく拾えない。クワン、クワンと揺れる感覚だけが、辛うじてその存在を伝える。

「これは……？」

その場に居る全員が、聞こえない音の波紋に戸惑っていた。

発生源はディキだ。彼はコカトリスを見上げたまま動かない。巨大なコカトリスもまた、ディキを見下ろしたまま固まっている。見つめあい、まるで会話をするように、二種類の音の波紋が響く。

「これは……これは、ミルミラント語だ！」

ふいに、ウィルが興奮したように呟いた。若草色の瞳がきらきらと輝く。

「み、ミルミラント語って、古代語の……？」

ハニアが恐る恐る尋ねると、ウィルはうんうんと頷いた。

「空気が揺れるような、聞こえないほどの高音域。魔物の様子。間違いない……」

ウィルは状況を忘れてぶつぶつと呟く。

ハニアは「古代語を話せるって、ディキさんって一体？」と首を傾げる。

そんな彼女とは対照的に、横のグリタは渋い顔で黙りこくった。

彼はきっと気付いたのだ。ウィルも苦い表情になる。その心の内を読み取ることはできなくて、私は二人からそっと目を逸らした。

——陰で魔王だとか呼ぶ奴らもいるしな。

ルーナディアンであることが、魔物と意思疎通できることが、必ずしも肯定的に受けとめられるわけじゃない。魔物と会話するディキに、周囲は戸惑っている。

その緊張感の中で、弓兵が屋根の上で弓弦を引き絞り、ディキに狙いを定めているのを見た。剣の切っ先は、彼の方へ向けられている。

がった。

突風が吹き抜ける。強い風に瞬きする間に、怪鳥は地面を蹴り上げ遥か上空へと舞い上

トリスは、ギャァと一声鳴いて羽ばたく。

やがて会話を終えたディキは人々の方へ向き直った。背後でバサリと両翼を広げたコカ

「ディキ……」

「帰っていく……⁉」

わっ、とわずかな歓声が起こる。ディキ・メルシスが追い払ってくれたのか、そう期待に満ちた安堵の雰囲気が辺りを包んだ。


「ディキ！」

まだ強く魔力を放つディキに、カイゼさんが駆け寄る。

けれど、ディキは厳しい表情のまま彼に言った。


「あいつらは一週間後、またやって来る」


「……なんだって」

広場に、ディキの少し張り上げた声とカイゼさんの驚きが響く。


「あの鳥の卵を割り、盗んだ者たちがいる。彼はその人間と盗まれた卵を探しに来た。大人しく差し出せば許すが、出来なければ街を襲う、そう言った」

あんな巨大な鳥の卵を、どうして、どうやって、いったい誰が。

ディキの言葉に、周囲からざわめきが起こる。

「……ディキはそれを、了承したのか？」

カイゼさんが恐る恐る尋ねると、ディキは頷く。

「仕方ない。彼らだって失っているんだ」

「ばかな……もし犯人が見つからなかったらどうする」

「罪人でも差し出しておけばいい。でないと腹の虫がおさまらないだろ」

「ディキ……！」

絶望したような声を出し、カイゼさんが青ざめる。

「生け贄を出せっていうのか⁉」

その時、誰かが叫んだ。それは怒りのこもった、糾弾するような鋭さを持っていた。

ディキが激しく戸惑う。

「生け贄？　悪いのは、盗んだ奴らだろ……？」

それは正論で、公正で。

だけど、その卵泥棒のせいで街全体が報復を受けるのも、それを防ぐために餌となる誰かを差し出すのも、人間にとっては真っ当な選択ではない。

魔物避けを作った時にも思ったけれど、彼は魔物をまったく憎んでいない。

だけど多くの人間は魔物に悪い感情を持っていて、討伐するのが当然で。だから彼らの事情や心情を汲むなんてことはしないのだ。

その溝を、ディキは理解できていなかった。

「犯人を差し出せば、街は救われる。そいつが死にたくなければ戦えばいい、それは街とは関係ない」

「無茶苦茶だ！」

「どこが無茶苦茶なんだ⁉」

まずい、まずい。最初から魔物を憎んでいる人たちに、ディキの理論は好意的には聞こえない。彼らからしたら、ディキは敵か味方かもわからない。そんな奴が、同族を売り渡す約束をしたことになっているのだ。

「なぜ魔物の言葉がわかる？　奴らの肩を持つ⁉」

「……肩なんて持ってない」

「お前があいつらの仲間ではないという証拠はあるのか」

「はぁ⁉　俺は、お前らのために……っ」

大勢からの不信の目に晒され、さすがのディキも固まってしまう。

「まて、まてまて、仲間だという証拠もないだろう！」

カイゼさんが叫ぶが、疑惑は拭えない。紛糾する人々に、ディキは悔しそうに俯く。

「――では、この街は滅びるしかない」

冷たく言い放った瞬間、ヒュン、と風きり音がした。

矢の音だ、そう気付いた私は叫んでいた。

「ディキっ！」

思わず飛び出そうとすると、私の腕をウィルがきつく掴んで止める。

どこからか放たれた矢はまっすぐにディキへ飛び、しかし一瞬にして何かに弾かれ地面に突き刺さった。

「くそが……っ」

ディキは二撃、三撃目の矢も弾き返すと、周囲を睨んで唇を引き結ぶ。

弾かれることなどわかっているのだろう。ただの威嚇と、抗議だ。ディキの髪が怒りでぶわりと逆立つ。

「やめろ、ディキ！」

カイゼさんが叫んで、ディキを背後へ守るように剣を構えた。

周囲のほとんどは、街が所有する兵士と配属された騎士。研究所所属であるカイゼさんは、彼らとディキの間に立つ。

「あーあ、仕方ないですね……」

ふいにウィルが舌打ちして呟くと、掴んだままの私の腕をグイと引っ張った。

「ディキ・メルシス！　大人しくしてください」

「ウィル……!?」

路地裏から飛び出した彼は、私を引きずりながら叫ぶ。

ディキの視線が私を捉えた。その瞳が動揺したように揺れる。

「まって、ウィル！　ディキは悪くない、悪くないよ！」

人質にされていると気付いて、腕を振り払おうともがきながらウィルに呼びかける。

「カイゼさん、ウィル！　皆、知ってるでしょ。ディキはただの性格の悪い男の子だよ。ひねくれてるのは、意外と優しくて臆病だからだよ。そうでしょ⁉」

「……僕もそう思います」

彼は私にだけ聞こえる声でそう囁くと、ディキへ向かって声を張り上げた。

「争っていても仕方ない。一度頭を冷やしましょうか」

その言葉に、ディキはチラとこちらを見て溜息を吐くと、魔力を抑えて手を挙げて大人しくなってしまう。

それを捕えようとした兵士を制して、カイゼさんがすかさずディキの腕をとる。

「ディキ・メルシスは研究所の人間だ。私が責任を持って連れて行く」

何重もの魔法封じを施されたディキは、カイゼさんに連れて行かれてしまった。

第七章　瓶詰めの精霊は、君に歌う

——いつからだろう。

何もかもどうでもいいと思うようになったのは。

カイゼの後を歩きながら、俺はぼんやりと暮れゆく空を見上げた。茜色の夕陽を覆い隠すように、濃紺の闇が迫っている。

周囲には俺を囲うようにして、カイゼの部下三人と、街の兵をまとめているというフィルゴという男が着いてくる。彼らは警戒するようにこちらを油断なく睨みつけていた。

意外なことに、連行先は魔術研究所の敷地内にある騎士団の詰め所らしい。

街から出されたことで察する。これ以上俺に魔力を放たれて、不愉快な痛みで人々を〝刺〟して欲しくないわけだ。

皆、この魔力が恐い。人と違うから。異質なものだから。

「魔法封じは解かないでくれよ」

カイゼの耳打ちに、俺は素直に頷いた。

ローブの下に隠れた自らの腕を〝視る〟。先ほど魔力封じを施されたそこに、魔力の粒が呪文を描きながら幾重にも重なって纏わり付いていた。

術者の限界まで重ね掛けされた封印の鎖だが、俺ならば一瞬で解くことができる。

はじめて魔法封じを掛けられたのは十年以上前だったか。子供の頃は難儀したが、今では雑作もなく外せる簡単なパズルだ。

けれどアロアとカイゼの信用のために、この鎖は解かずにいる。

自分が誰かのために我慢するなんて。

そう思うとくすぐったくて、唇の端が自然とゆるんだ。

——ディキは悪くない！

アロアの叫んだたったひと言を、さっきから何度も反芻している。一緒に悪口を言われた気もするが、それも含めて、思い出せば柔らかい気持ちになった。

あいつの目に、俺はひとりの人間として映っているんだ。

天才魔術師でも銀の悪魔でもない。魔物と話しても、俺を見る目に変わりはなかった。

少しずつ世界に色がついていくみたいに、自分の中の何かが変わっていく。

胸につかえていた何かが、息を吐くたびに溶けだしていく。

俺はずっと、他人なんてどうでもよかった。

自暴自棄で、何もかもどうでもいいと、本当にそう思ってたんだ。

——いつからだろう。

そんなふうに思わなくなったのは。

たぶん、視界の端にチラつくあのふわっとした赤毛が、俺の心を捉えてからだ。

◆　◆　◆

赤毛――アロア・ポーチの存在に気付いたのは、今から一年ほど前。

本当はさらにその一年前から居たのだと知って、俺は驚いた。

「小せぇから気付かなかった」

そう言うと、顔を真っ赤にして頰をぷくっと膨らませ睨んでくる。

なんだこいつ、ガキかよ。

それがおかしくて笑うと、あいつはキラキラした瞳で俺のことを不思議そうに見つめた。

そんな小さなやりとりが何度か続き、あいつが底なしの無礼者になるまでそう時間はかからなかった。

「仕事を選んで楽なものだけやるなんて、ディキのためにならないよ！」

「誰かの役に立てる力があるんだよ！」

「ちゃんと仕事して！」

あーはいはい、うるせえうるせえ。

いくら耳を塞いでも、キャンキャン吠えて付きまとってくる。睨んでも怒鳴っても、頭を摑んでこわがらせても、アロアは涙目になりながら反発してきた。

——なんでお前は平気なんだ？　こわくないのか？

そう尋ねるのがこわかった。我慢してるって言われるのが嫌だった。

一度だけ、普段抑えている魔力を解放してみたことがある。

アロアは気付かなかった。その状態で触っても、なんですか！　と睨んでくるだけで。

理由なんてわからない。だけどこいつ、俺が嫌じゃないんだ。

そう思ったら胸がぎゅうぎゅう押し潰されたみたいになって、鼻の奥がツンと痛くなった。無邪気で含みのない瞳に驚いて、チビ！　と罵って逃げた。

本当は、その丸っこい頭を撫でてみたかった。ふわふわの赤毛を指で梳いて、頰をくっつけて匂いを嗅いでみたい。髪を引っ張って泣かせて、その涙を舐めたらどんな顔をするんだろう？

そこまで考えて、自分が変なことに気が付いた。

触れたい、触れたい、話したい……泣かせたい。

誤摩化すように弄って罵ってケンカして、ちょっかいのついでに少しだけ触れる。

割って入ってくるカイゼ・ベスタルクが心底疎ましかった。奴を見ると、アロアが一段高い声で名前を呼ぶのも。

俺にはそんな声出さないくせに。そんな顔で笑わないくせに。

「——負けるもんですか」

そう言って、俺には挑むような目を向けてくる。

でもその負けん気が、俺たちを繋いでいるんだ。厳しくしても当たり散らしても、アロアは食らいついてくる。まるで自分を認識してとでも言うように、突っかかって、俺を苛つかせて心に食い込んでくる。

「勝手にしろ」

ケンカしてひたすら構ったあとに背を向ければ、アロアは少しだけ満足そうに微笑む。

お前な、こんなガラスだらけの研究室で、そんな顔すんなよ。

フラスコに映った無防備な表情が見えた時、身体の芯に電流が奔ったようにビリビリと震えた。生まれて初めて味わうその感情は、甘美で、どうしようもなく苦しくて。

それが恋慕だと気付いたのは、彫像の呪いを受けてからだ。

悩んで悩んで、もっと深く踏み込むことに決めた。

幸せな気持ちも、よくわからない胸の痛みも、ぜんぶ俺ひとりが覚えていればいい。どうせアロアだって、すぐに目の前からいなくなってしまうから。

その想いは初めて交わった後、文書を解読してより強くなった。古代魔法帝国人《ルーナディアン》を介してのみ発動するというその彫像の説明に、自分の出自を確信する。俺が嫌われるのは、きっと先祖が人間を迫害した報いに違いない。

傾きかけた陽が研究室を赤く染めていくのを、ぼんやりと眺めていた。

血みたいなその色を見ると、俺はつい赤毛を思い出してしまう。

初めて触れた温もりを手放すのは寂しい。

無理やり寝たんだ、アロアは俺を軽蔑して、嫌って、もう来ない。

ぜんぶ自分のせい。仕方ない――

「遅刻してすみません！」

諦めかけた時、研究室の扉が開いて、息を切らせたアロアが飛び込んできた。

予想外だった。

勢いよくやってきた彼女を呆然と見つめながら、俺は自分が泣いてしまうのではないかと、内心ひどく焦っていた――


夕陽みたいな茜色。アロアの柔らかい赤毛。

その手触りも、あたたかい唇の感触も、くれた言葉も、何度も何度も反芻して、失いたくないと願う。

過去、そう願ったのは二人だけ。

俺が殺しかけてしまった、名前も知らない小さな赤毛の女の子。

そしてもう1人、真っ赤な長い髪をなびかせた、中性的な外見をした長身の魔術師。

アイレス・マルタ・ペトラ。

王立魔術研究所、元南棟の棟長で、まだ幼かった俺の世話係をしていた人物だ。

俺が〝発見〟されたのは、今から十四年前のことだ。

山間の森の古代魔法帝国《ルーナディア》の遺跡で、子供だった俺はひとりで暮らしていた。

話し相手は死んだ母で、彼女は最初から苔生した遺跡の床で骨になっていた。

彼女は魔法を使ってミルミラント語で声を閉じ込め、俺に言葉を教えた。雨が降れば屋根のあるところへ行けと囁き、人間が来れば隠れろと言う。

屋根のある場所なんてもうなかったけれど、俺は言われた通りに木の下で雨をやり過ごした。人間が来れば、やはり森の中へ隠れる。

晴れた日には彼女は歌を歌った。壊れたように、何度も、何度も。

それに合わせて、俺も歌った。歌えば森の中から魔物がやってきて食事を分けてくれたり遊んでくれたりする。

そうやって生きて、物心がついた頃にふと気付いた。

魔物は同じ姿のもの同士愛し合って、番《つが》って、子を成している。彼らは俺と違う姿をしているから、たぶん自分が番うのは、あの人間とかいう奴らなのだろうと。

今ならわかる。ルーナディアンは精霊に近く、肉体は人間のように見えても遺伝子から違う。生殖できる確率は低い。過去に差別され大陸の端へ追いやられた『人間』たちよりも、今の『人間』はルーナディアンの遺伝子からは、もっともっと遠いのだ。

たぶん俺は、山奥でひっそりと暮らしていた純粋なルーナディアンの生き残りの、最後のひとりなんだ。だけどそんな事、当時は知りようもなく。

寂しさに堪え兼ねた。

ある日、山へ来た旅人の前に姿を現してみると、彼らは驚き慌てて俺を保護した。捨て子かなにかが生き残っていたとでも思われたのだろう。麓の村へ連れて行かれ、孤児院で暮らすことになる。

王国語は少しずつ教えられた。教会には本がたくさんあった。

だけど俺は、基本的なことがなにもわかっていなかったのだ。

人間は、魔物とは話さない。強い魔法を日常的に使うことはない。特に当時の俺のような、十歳未満の子供は。

魔術の才があることは最初からバレていた。なにせ、魔力を隠すことを知らない。常に他人に刺すような魔力を向けていたからだ。

隠す術を知らなかったし、目で見るより魔力を発動するほうが、ずっと明確に物事が視える。俺にとって魔力を抑えることは、視力を失うようなものだ。

俺の存在はすぐに知れ渡って、魔術研究所から魔術師が調査にやってきた。

俺は暴れた。魔物を呼んで、孤児院の壁をぶちこわした。

それでも大人の魔術師たちの方が一枚も二枚も上手で、捕まって魔法封じを掛けられた。

不愉快な魔法のパズルを必死で解く。解こうとするたび、集中を削ぐために殴られた。

——人間からは逃げなさい。見つからないように隠れなさい。

母の言葉の意味がわかった。人間は敵だった。

ようやく魔法封じを解いて、山へ逃げ出す。だけどすぐに捕まって連れ戻された。

また逃げて、今度は増援部隊が来て捕まる。魔法封じの重ね掛け回数が増えて、魔力の負担に気分が悪くなりながら、また解いて逃げる。

何度くり返しただろう。与えられた服がボロボロになった頃、森の中でうずくまる俺の目の前に、ひとりの魔術師がやってきた。

長い赤毛がふわりと風に舞った。彼は柔らかく笑って、俺に手を差し伸べる。

「ねえ、お腹空かない？」

「………すいた」

なぜだろう。その気の抜けた質問に、俺の警戒心は一気に削がれた。

彼、アイレスの手をすんなり取った俺は、そのまま一緒に下山した。

彼は歩きながら歌を歌った。繋いだままの手をぶんぶん振って。

初めて繋いだアイレスの手は、強すぎる魔力への拒否反応か、長時間接していると少しずつ赤く腫れていく。だが離そうとするたび、強く引き戻された。

「きみ、名前は？」

「ディキ……」

「ディキ——星《ほし》か！　良い名だ」

「星？」

　俺の名に、アイレスは目を輝かせた。

「そうだよ、古代フィメル語の語源になった言語さ。他にも、愛《ラナ》、幸福《ファム》、希望《ルド》、とかね」

「……おまえ、言葉にくわしいの？」

「アイレス先生って呼びなさい。これでも学者だよ？」

「アイレス」

「先生どこいった？」

　目を細めて楽しそうに笑う。赤い髪がたおやかに揺れて、優しい低音の笑い声が森に響いた。

「……おれ、どうなるのかな」

「まず、私と一緒にロベイア王立魔術研究所へ行くよ。そこの所長が君を買っ……受け入れてくれたんだ。だから、そこが今日からディキのおうち」

「へぇ……」

　アイレスと一緒に。それを聞いて、少しだけ安心する。

　彼は色々と教えてくれた。魔術研究所には三つの棟があって、その棟の最高権力者で一番才能のある者に、棟長の地位が与えられる。

　アイレスは南の棟の棟長。そして俺は、新しく出来る北の棟の棟長になれるらしい。

「かっこいいだろ?」

「うん」

「だから、皆の前で暴れたりしないで。私と一緒にいよう」

「……うん」

俺が頷くと、繋いでいたアイレスの手が緩んだ。その隙に慌てて手を引く。彼の指が感覚を失っていることに気付いていた。どうしていいかわからない。だけど、手を離してはいけない気がして、ずっと繋いでいたんだ。

「抑える方法、はやく覚えなくちゃね。君は力の塊だから」

「皆はこうではない?」

「……そうだね。それだけディキに、才能があるということだよ」

これを才能というなら、そんなものいらないと思った。

この後、俺は研究所の北棟に封ぜられ、ディキ・遺産《メルシス》という名を与えられて今日に到る。

俺の名前や噂はすぐに広まった。遺跡から発掘された化物、魔王の卵、ルーナディアン。そう囁かれるたびに、アイレスはそれを否定した。

「ディキは人間だよ。私となにが違う? 姿だって人間だし、強い魔力があって、それも私と同じ。同じ言葉を話し、同じ食事をしてる。一緒に生きてる。そうでしょ?」

苦しい言い訳を聞いているみたいだと思った。それでも、成長して古代の歴史を知るたび、自分が生き残りだなどとは思えなくなってくる。そんなのは伝説の中だけの存在だと。

むしろ周囲の方がその出生を信じていて、俺に囁いた。

「あなたに相応しいのはここじゃない。魔王として新しい世界を作ろう」

「殺してやる！　魔物の手先め！」

「頼む、どうか力を貸してくれ！」

宗教家やら野心家やら殺し屋が、アイレスの目を盗んで次々とやってきた。

俺は積極的に誘拐された。ついて行って、話を聞いて、つまんなかったら魔法でアジトを壊滅させて帰った。

ボロボロの姿で北棟へ帰るたび、アイレスが困った顔をして出迎えてくれる。

たぶん俺は、それが嬉しかったのだと思う。

ずっと感じていた。この世界に俺の居場所はない。誘拐されても、研究所にいても、常に特別扱いだ。優しくはしてもらえる。怯えながら。

街に出て子供に混じって遊ぶこともあったが、彼らは感情を素直に出すから、俺に辛く当たった。突き飛ばされたり石を投げられて、思わず魔法を使ったり、魔物を呼んだりして迷惑をたくさんかけた。

そのうち、俺は街へ行くことをやめた。つまらなくなったのもあるし、泣いて親を呼ぶ子供を見て辛くなったのだ。俺には、泣いて叫んで思いきり呼んでいい存在はいない。

自分の存在があやふやになると、俺は誘拐された。長居をすると、アイレスは俺を迎えに来た。どんなに遠くても険しくても、彼は迎えに来てくれる。

その瞬間だけは、俺は居場所を感じることができたんだ。

◆　◆　◆

——それは、まだ雪が残る頃の出来事。

雪解け水が川を作って流れていた。宗教施設に誘拐されていた俺は、施設を壊滅させた後、散歩がてら川沿いに山を下っていた。

上流から、その川を下って、いくつもの影が流れていく。冬眠から目覚めたトカゲ型の魔物が、餌を求めて移動しているのだ。彼らの泳ぐスピードは速く、向かう先に村があるとは知らなかった。

その村に近付いた時には、もうひどい有様だった。

生きたまま食われる人々を見て、数年を人間の中で過ごした俺はいい気分がしなかった。それぐらいには愛着がわいていたのだ。

腹が立ったので焼いた。どうせ生きている人間などいない、食われかけの人間は助からない。焼き払って、ほとんどが炭になった頃。

地下から、子供の声が聞こえた。

「誰かいますか！」

女の子と、泣き喚く幼児の声。

崩れた家の瓦礫に埋まった入り口が、辛うじて見えた。覗き穴を覗いても、中は真っ暗でなにもわからない。

指を突っ込んで、灯りの魔法を唱えた。眩いばかりの閃光が暗い地下室を照らす。

「きゃあああああぁぁぁぁっ！」

瞬間、中の子供が悲鳴をあげた。

ああそうか、光が強すぎるんだ。どうしよう、耐えられないのか。死んでしまうのか。弱めるには、どうしたら、どうやって抑えたら。

のたうち回る子供たちを見て、俺はひどく動揺し、焦った。じりじりと後退った時、

「――なにをしてる！」


聞き覚えのある声が鋭く響き、次の瞬間、俺は盛大に突き飛ばされた。

「アイレス！」

「はやく、魔法を解いて！」

衝撃で集中は切れ、魔法は既に解かれている。地面に倒れたまま彼を見上げると、その時はじめて、彼は目を吊り上げて怒っていた。そして、その双眸からは涙が零れ落ちる。

「これは、君がやったのか」

地下室の扉の前には、トカゲに噛み付かれたまま炭になった人間がふたり転がっていた。

「殺したのか……どうして」

苦々しく呟かれた言葉に、俺は精一杯首を振って答える。

「アイレス、ちがう。村を、魔物が襲っていて……」

だけどまるで言い訳だ。俺は、生存者を確認しなかった。助かるかもしれない人も一緒に焼き払った。たまたま地下にいたこの子供たちも、もしかしたら……。

人は過ちを犯す。だけど取り返せない間違いを犯した時、どうすればいい？

挽回する術を、俺は知らない。

「ごめ……なさ……」

絞り出すような声で謝罪すると、アイレスはハッとする。

「ごめん、ディキ。君は悪くない、大丈夫だよ……」

そう言いながら、悲しそうに目を伏せた。

俺は悪くない、魔物から村を救おうとした。いくらそう思っても、嫌悪感が拭えないのだ。どうせ死ぬとわかっていても、ためらいなく生きている人間を焼き殺した俺を、心のどこかで許せないでいる。

重い沈黙が降りた。

その静寂を破ったのは、地下室から響く少女の声だった。

「――だれかいるの？」

てっきり気絶していたと思い込んでいた俺は、驚いて覗き穴に飛びつく。

彼女は手探りで覗き穴まで近付くと、そっとこちらを覗き込んだ。

「おまえ、いきてたのか！」

「まっくら……夜なの？」

その言葉に、ごくりと唾を飲む。真昼の太陽が、俺たちを照らしていた。

彼女はふわりとした赤毛を揺らし、きらきらと輝く榛色の瞳で俺を見た……のに、その視線は俺を捉えない。

「こいつ、目が……！」

「ディキ、下がって」

アイレスが静かな声で俺を遮って、そっと横にしゃがみ込む。

少女は視力を失っている。それが強い光による一時的なものなのかはわからない。

彼は少しだけ微笑んで、彼女に優しく声をかけた。

「今は夜だよ、お嬢さん。すぐに騎士団を呼んでくるから、ここでじっとしていてくれるかい？」

「まって、お願い、置いていかないで。弟たちだけでも」

「ごめん。私たちでは、今はうまく助けることが出来ないんだ」

地下室の扉を開けるには、瓦礫を退かさなければならない。体力のない俺たちでは無理だ。魔法で吹っ飛ばすにしても、地下室は小さく脆すぎる。下手をすれば子供たちごと吹っ飛んでしまう。

「朝まで待つんだ。いいね？」

有無を言わせぬ口調で少女に言うと、アイレスは立ち上がった。

「行こう、ディキ」

「でも、アイレス……」

俺たちが去る気配を感じて、彼女の目が絶望に見開かれる。

「まって、まって！　お願い！　お願い！」

必死で大声を出し、泣き出した。置いていかれる、真っ暗な中に閉じ込められたまま。俺たちが戻ってくる保証もない、どれだけ過ごせば良いのかもわからない。水だって食料だってない。その恐怖はどれほどのものか、想像するだけで肌が粟立った。

「いや、いやだあああ！　いかないでっ！　いやぁあああっ！」

泣き叫んで、地下室の扉をガンガン叩いた。

俺は身動きができなかった。自分より年下であろう少女を、死体の山の中へ置き去りにする勇気がなかった。

「アイレス……！」

懇願するように彼を振り仰ぐと、強引に腕を引かれる。けれど俺は耐えきれず、その手を振り解いて覗き穴へ戻った。覗き穴から必死に伸ばす少女の指に触れる。

「――ディキ！」

咎めるようなアイレスの声が、やけに遠くに聞こえた。

びくん、と少女の指が震える。冷たくて、でもあったかくて、爪に土が詰まって汚れていた。小さな指先が、俺の指をぎゅっとつかむ。強くつかんで、離れまいとする。

「いかないで……」

涙に濡れた声が、弱々しくくぐもって響いた。指先が白くなるほど握られて、爪が食い込む。痛い。

だけど今度は、傷つけないよう必死に自分を抑える。

「おれがここにいる。いいでしょ？」

指先をぎゅっと握り返して、振り向く。

アイレスは無表情で俺を見て、そっと首を振った。その瞬間、彼女の指の力が抜けて、扉の向こう側でドサリと倒れる音がする。

「────！」

慌てて覗き込めば、少女は倒れていた。気絶したのか死んだのか、ここからではわからない。

「な、なんで……！」

「ディキ、この短時間にこんなに魔力を浴び続けたら、子供の体は耐えられない」

自分が、触れることで他人に与える影響を忘れていたわけではない。

だけど、彼女は必死で縋り付いてきたんだ。もしかしたら大丈夫かもしれないと、ここに居た方が喜ぶだろうと、そう思ってしまっただけなのに。

「死んだの……？」

　震える声で訊くと、アイレスはまた首を振る。

「この子はどうやら魔力への耐性が強いみたいだ。気を失っているうちに、一刻も早く騎士団のところへ行こう」

「……わかった」

　もはやそれが最善で唯一の方法だ。俺は居ない方がいい。今は走って、彼女が目を覚ます前に騎士団をここへ連れてくる。

　魔力の耐性が強い――。

　俺は走りながら、少しだけ興奮していた。

　そんな人間がいるんだったら、もしかしたら友達になれるんじゃないのかな。彼女が助かったら、村のことを謝ろう。もし許してくれたら、手を繋いで一緒に歌をうたったり、皆で一緒にご飯を食べたりするんだ。北棟に誘って、一緒に暮らしてもいい。

　淡い希望を抱いて、アイレスと一緒に近くの町へ駆け込んで騎士団へ行った。彼らはアイレスの要請を受けてすぐに隊を編成し、村へ向かう準備をはじめる。

「では、帰ろう」

　説明を終えたアイレスは、俺を促す。

「え……一緒にいかないの？」

「なぜ？」

きょとんとして問われ、俺はたちまち真っ赤になった。

なぜ。なぜ？　そんな理由はないのに、なぜ。

それはただ、幼い願望が露呈しただけだった。けれど、アイレスには深く思うところがあったらしい。

「そうか……人はきっと愛を注ぐ先を必要とするんだね」

そう呟いて俺に笑いかけると、ゆっくりと歩き出す。

俺はもう恥ずかしくてそれ以上なにも言えず、俯いて彼の背を追った。


「クビだってさ」

魔術研究所へ帰って来て数日。

北棟へやってきたアイレスは、開口一番そう言った。どこか清々しくもある笑顔で。

南棟の棟長。才能もあり、地位も名誉もある。そんな人間がクビ？　ありえない。

「今までありがとう、ディキ・メルシス。楽しかった」

俺のせいだ。間違いなく。

何も言えずにいると、彼は自分の行く先を語りだした。アイレスはここを出て、あの少女の元へ行くらしい。

俺の魔力を浴びた後遺症で、彼女は一時的に記憶が混乱し、まだ視力も戻っていないようだ。体質も変化してしまったそうで、魔術師として経過を見届けたいのだという。

死んでない。その事実だけが俺の胸を打った。

「ねえ、ディキ！　最後に髪を切らないか？」

「髪……？」

「ずいぶん切ってないでしょう？」

アイレスは楽しそうに言うと、俺の肩に手を伸ばす。

サラリと指を滑らせると、手入れもしていないのに縺れもしない銀の髪が揺れた。床に着きそうなほど長くなった銀髪は、陽の光を反射して虹色に輝く。

あまり使っていないけれど、ここにも鏡くらいある。アイレスはそれを引っ張りだして机に置くと、その前に俺を座らせた。

「ずいぶん伸びたよねぇ」

「……」

髪にも魔力があるのか、強い虹色の煌めきにアイレスはわずかに顔を歪めていた。

伸び放題なのはそのためで、俺が落ち着いていて彼の体調が特別良い時にだけ、散髪をしてもらう。

自分でやればよかったな。ぜんぶ自分でして、大人しく閉じこもって良い子にしていればよかった。何も考えず、ただアイレスのそばに。そうしたら、彼は何も失わずに済んだ。

「ごめん……」

「なにが？　ディキは優しくて良い生徒だった。先生は嬉しいです」

「アイレス先生」

「今さらかい？　……私は、君になんにもしてやれなかったな」

俺こそ、アイレスになんにもしてあげられなかった。

もらうばっかりで、与えようとしなかった。なにも返さずに、なにかが返ってくることなんてあるはずはないのに。

アイレス・マルタ・ペトラ。

父でもない、母でもない。家族でも保護者でも、友達でもない。俺と一緒にいる理由はもうなくて、引き止める権利もない。

俺のことどう思ってた？

こわかった？　本当は嫌いだった？　ただの仕事だった？

少しは、愛情を感じてくれていたのかな。

胸が痛い。小さな子供みたいに泣いて、喚いて、アイレスの名前を叫びたい。

だけど俺はもう十二歳になっていて、色んなことがわかってる。アイレスは親じゃない。俺が思うほど、彼は俺のこと好きじゃない。これ以上、迷惑をかけたくない。

――いかないで。

そのひと言を涙とともにぐっと飲み込み、俺は膝の上で拳を握って耐えた。髪にハサミを入れる音だけが、静寂の中に響く。

床に落ちた長い銀の髪は、やがて虹の色彩を失い色褪せた白に変わる。

鏡の中の自分を見た。紫の瞳がギラギラと獣のように鋭く光っている。光を受けて七色に輝く髪がサラリと揺れた。それがだんだんと切り落とされた毛束と同じように、白に近い銀に変化していく。

アイレスが小さく声をあげ、俺の頭をそっと撫でる。痛みが無くなったのだ。

「魔力を抑えるの、上手になったね……」

しかし俺は、勝手に起こった自分の変化に得心していた。

ああ、そうか。俺は諦めたんだ。今までずっと探していた。俺の居場所、俺の呼ぶべき人を。周りに強く魔力を放ち続けたのは、手を伸ばして探っていたんだ。魔力は俺にとって、目で見るよりずっとよく〝視える〟から。

その必要が、もうなくなった。

「世話になったな、アイレス」

俺は笑って、できるかぎり優しく笑って、鏡の中の彼を見た。

女みたいな顔立ちの、長ったらしい赤毛の魔術師が、傷ついた顔で俺を見つめていた。こっちから切ってやらなきゃ、いつまでも引きずりそうだ。俺にはもう、お前は必要ない。

「元気で」

そう言って、彼が頷く前に目を閉じる。

前髪に入れたハサミが、パチンと虚しく音を立てた。

アイレスはただの一度も便りをよこさなかった。

噂にきくところによると、あの少女と、その三人の弟は回復したらしい。じゃあ、アイレスは？　まだそこにいるんだろうか。

俺はそれから、ほとんど外に出なくなった。魔力も抑えられているし、棟の中にいれば安全だ。外は俺にとっても危険でしかない。

なにもかも、どうでもよかった。朽ち果てるまでじっとしていたい。気を紛らわすように仕事をして、馬鹿にされないように虚勢を張って、ただなんとなく日々を過ごしていた。

しばらくして、子供の頃にあちこちで拾った、木の実や石を詰め込んだがらくた入れを発見した。

いくつか植物の種があり、屋上に土を入れた鉢植えを持って来て植えてみた。

芽が出たので調べる。植物図鑑には載っていない品種があって、すわ新種かと色めき立ったが、すぐにその答えはわかった。

その苗木は、小さな声で歌っていた。

ミルミラント語。つまりこいつは、植物ではなく魔物なのだ。

指先で青々とした双葉を撫でる。気持ち良さそうにすり寄る様は、こいつも、例えば猫のような動物も、きっと人間だって同じ。俺にはその違いがどうしてもわからない。

やっぱり俺は寂しかったのだろう。自己紹介をして、友達になろうと言った。

名前が欲しいかと問えば欲しいというので、少し考えて、偉そうな名前を思いつく。

「ポチ。ポチラルド・オーボンヌドワ、なんてどうだ？」

俺のつまんないジョークに、葉を震わせてポチは笑った。

人を襲わなかったら、こうやって寄り添いあえたら。俺たちみたいな異質な者でも、受け入れてもらえるんだろうか。居場所はあるんだろうか。


その時からの長い長い問答が、俺の中でひとつの結論を出す。

アロアの馬鹿みたいに必死な声が、脳裏に蘇った。

――皆、知ってるでしょ。ディキはただの性格の悪い男の子だよ。ひねくれてるのは、意外と優しくて臆病だからだよ。

俺がただの男の子だって？　お前、どっかおかしいんじゃねぇの。

腹の底から、くすくすと笑いが込み上げる。

魔王の卵で、ルーナディアンで、銀の悪魔とかいう魔術師で。きっと俺を利用すれば、お前のためなら世界だってぶっ壊してやれるのに。

だけど、あいつにとって、俺はただのひねくれた男の子なんだと。

泣きたい。今すぐ、泣いて、その名を叫びたい。

「…………アロア」

「どうした、ディキ？」

ふいに俯いて笑う俺に、カイゼが心配そうに声をかけた。少しだけ鼻を啜って首を振り、顔をあげる。

目の前には扉があった。研究所の詰め所に着いたのだ。

門を守るように左右に立っている騎士が扉を開ける。

「さあ、ようこそ。中へ」

カイゼに促され、俺たちは詰め所の扉をくぐった。

◆　◆　◆

「――ディキ、詳しく話してくれるか」

カイゼ・ベスタルクが机越しにこちらを見つめて言った。

俺は扉から一番遠い場所に座らされ、その周囲を囲うように二人の騎士が腰掛けている。カイゼの隣には街の代表である兵士長フィルゴが、椅子があるのにわざわざ腕を組んで立っていた。

「詳しくと言っても、さっき話したこと以上のものはないが……」

俺は腰掛けていた椅子に深くもたれながら答えた。

すっかり陽が落ちて暗くなった室内を、オレンジ色の魔法灯が照らす。浮かび上がる各々の顔を見渡しながら、俺はコカトリスからの伝言を繰り返した。

彼らは卵泥棒を探している。

割られた恨みは晴らしたい、そして生きている卵を返して欲しいと。

期限は一週間。それまでに犯人を差し出さない場合、この街ごと破壊する。

広場に降り立ったのは母鳥だった。今すぐ街を破壊するというのを宥めて一週間の猶予をもらえたのは、あの親鳥の温情に他ならない。

そう話し終えると、カイゼは一度ストップをかけた。

「疑問をひとつひとつ解決させてくれ。まず、ディキはなぜ魔物と話せるんだ？」

「それは俺が……失われた古代魔法帝国《ルーナディア》の生き残りだから？」

そう答えると周囲の騎士はざわつき、フィルゴはやはりなと呟く。意外なことに、カイゼは平然としていた。

「本当か」

「わからん……たぶん。そうなんだと思う」

証拠はありすぎるくらい揃っているのに、素直に肯定できない自分に笑ってしまう。

「別にルーナディアだからといって、どうしようってわけじゃない。俺は今まで通り、大人しく誰にも迷惑かけずに引きこもっているつもりだったんだ……」

ボソボソと言い訳みたいに続けると、聞いていたフィルゴがフンと鼻で笑った。嫌悪感むき出しの視線を向けてくる。

「お前がそのつもりでも、現に引き摺り出されただろう」

「引き摺り出された？」

「なんだ、わかっていないのか」

馬鹿にしたような口調だが、その推察はあながち間違っていないのかもしれない。

俺は誘われて、引き摺り出された。コカトリスがこの街を犯人の住処だと断定したのは、犯人が痕跡をわざと残したせいだ。

つまり、卵の存在。魔物同士の意思疎通は孵化する直前から可能だ。卵はその状態で、この街のどこかにある。

俺が出て行かなければどうなっていただろう。街は破壊され、多くの者が死んで、研究所も壊される。その段階で、やはり出て行ったのではないだろうか。

そして必ず、衆目を浴びる。

カイゼを見ると、彼も頷いて「俺もそう思う」と続けた。

「犯人の目的はディキを人目に晒すこと。多くの人に、その力を見せつけること……かな」

どう足掻いても賞賛されることはないだろうから、単純に恐怖を煽るつもりだったのだろうか。

「無駄な質問だが、犯人に心当たりは？」

「ありすぎてわからないな」

どこかの大きな組織の陰謀か、はたまた恨みからの犯行か。

だが解せない。こんな大掛かりなことをして、一体なんの利益があるのか。計画としてもガバガバだ。

「……だが、関係ないのか。俺を晒し者にさえすれば」

そう思うとうんざりした。俺を誘拐するような奴らは、利益なんて考えちゃいないんだった。願いを叶えてくれと言ったり、逆に叶えてやると言ってみたり。

頭を抱えるとフィルゴが溜息を吐いた。

「厄介なガキめ。お前の存在が不幸を増やす」

「……」

ふいに吐き捨てた言葉に、俺個人への明確な悪意を感じとる。

「フィルゴ……とかいったな」

その名に聞き覚えもなければ、顔に見覚えもない。

「この街の出身者か……？」

「代々この街の出身だ。お前とそう年の変わらぬ、俺の息子もな」

「息子――」

ハッとして記憶をさらう。

子供の頃、街に通っていた時期。近寄れば刺すような痛みを与える俺が敬遠されたのは言うまでもない。それでも、好奇心の強い子供たちに混ぜてもらえた日もある。

その時に喧嘩した相手の親だろうか。子供なりに怪我をさせないようには気を遣っていたが、何度か失敗したこともある。

街に行かなくなってからも、北棟まで喧嘩を売りに来た子供たちをポチが撃退し、怪我をさせたことがあった。その時は俺も泣く泣くポチを制裁したからよく覚えている。

だが、彼らが死んだり後遺症が残ったという話は聞いたことがない。

「俺が、迷惑をかけたんだろうな……」

それだけはわかる。項垂れると、フィルゴはまた溜息を吐いた。

「お前がぶっ壊した建物を、誰かが直した。怪我をさせた相手に誰かが謝り、金を払った。小さく弱い魔物だったとしても、お前が呼んだそいつらを、誰かが命がけで討伐したんだ」

そういうことが、なにもわかっちゃいねぇ。フィルゴはそう忌々しげに呟く。

「今まで通り引きこもっていたいだと？　お前は自分の暮らす場所に無関心なまま生きるのか？　居るだけで迷惑をかけるほど目立つのに？」

「だったら……どうしたらいい？」

真剣に問うてみる。

するとフィルゴは「あのなあ」と言って頭をガシガシと掻いた。

「俺の仕事はお前の断罪じゃねぇ、この街を守ることだ。そうやって生きている」

この街と共に。

その言葉に、俺は深く頷いた。

「俺も……ここで生きていくつもりなんだ。街を守りたい」

今までは、捨ててしまってもいいと思っていた。いつ無くなっても構わないと。だけど、俺はここで、アロアと共に人間として生きていきたい。しがみついて、大切にして、自分の過ちとも向き合って。そうやって、居場所を作っていきたい。

「アロア……俺の大切な人のために」

街の代表であるフィルゴを、真正面から見つめて言う。

彼は俺をまじまじと見つめて意外そうな顔をすると、ほう、と唸った。

「銀の悪魔がそんなに赤面するほど本気なら、嘘じゃねぇんだろう」

柄にもないことを言ったせいか、俺は恥ずかしさで耳まで熱くなっていた。けれど目を逸らしたら負けだと思って、口をへの字にして耐える。

「う、うるさい……」

唸るように抗議すると、フィルゴが面白そうにカカカと笑う。

今まで黙って聞いていたカイゼが「まあまあ」と笑いながら声をかけてきた。

「ディキが敵じゃないとわかってもらえてよかった。これで憂慮はなくなる」

その言葉にそれぞれが頷く。

敵じゃない。それを理解してもらうには、こういうことを何度も何度もくり返して、信頼を積み重ねていかなければならない。

「次にコカトリスが襲来したときは、ディキはこちら側として戦ってくれるんだろ？　話し合えるなら、通訳も頼める」

「もちろんだ」

そう答えながら、カイゼが何気なく口にした「通訳」という言葉に新鮮味を感じる。

橋渡しができるのか。そうか、そういう道もあるのか。俺の話を信じて、聞いてくれるなら。もっと色々な可能性が。

「あとは犯人と卵の行方だな」

「卵は街のどこかにあると思う」

おびき寄せた後に移動させれば、俺と親鳥が気付く。ならばまだここにいるはずだ。

隠し場所にいくつか目星をつけてもらい、俺が出向いて確認することにする。犯人はもう街にいないかもしれない。ここ数日間で姿を消したものがいないかを聞き込みするしかない。それらの指揮はフィルゴに任せた。

「他に俺が出来ることは？」

「ディキは……そうだな、目的がディキなら、接触してくる人物がいるかもしれない」

あえて隙を作って現れるのを待つか。だとしたら、しばらくアロアたちとは一緒に居ない方がいいだろう。

――そういえば、アロアは？

ふと気になって、ミルミラント語でそっとポチに呼びかける。

わずかに空気が震えるが、大声でなければ勘付かれはしない。ポチはすぐに反応して、ツルを敷地内へ巡らせる。

返事はすぐに返って来た。西棟にウィル・フィレットといる。なぜウィルと？

だが、ウィルはカイゼと同じだ。俺を裏切るとは思えない。ひとまず警戒範囲を拡大し、ポチに西棟の周囲を探らせる。

なんだか胸騒ぎがする。

俺はアロアを、俺なりに大事にしてきた。研究所で俺たちの関係は噂にもなっていた。

犯人が研究所内にいて、そのことを知っていたら？

だとしたら、アロアは、紛れもなく俺の弱点ではないだろうか？

西棟の周囲を探っていたポチが、警戒するように大きく鳴いた。言葉にならないその叫びは、緊急のものだ。

「アロア！」

「どうした⁉」

俺という駒を手に入れるにはどうすればいいか。簡単な話じゃないか。なのに、狙いは自分だとばかり思っていた。

その時、ドン、という爆発音が響いた。

ここからそう遠くない、西棟の方角だ。

「――――アロアッ！」

俺は立ち上がると一目散に扉へと走る。

だが、目の前にフィルゴが立ち塞がった。

「まて、どこへ行く！」

「……っ！」

曲がりなりにも囚われの身だ。俺は苛々しながら足先で地面を蹴った。

「行かせてくれ！」

ぐっと背を伸ばし、フィルゴの瞳を覗き込む。彼が面食らったように背を反らした。俺はさらに一歩踏み出す。

「俺が敵だというのなら、いくらでも違うと証明してみせる。証明し続けてみせる。だから、今はたのむ……！」

アロア・ポーチは、あいつだけは、絶対に失いたくない。もしあいつに何かあったら、人間の味方でいられる自信もなくなってしまう。

祈るようにフィルゴを見つめる。すると彼はふうと息を吐き、半身を逸らした。

「敵だとはもう思ってない。共に行く」

「ああ、俺たちも行くよ、ディキ」

そう言ってカイゼも立ち上がり、剣に手をかける。

俺は頷き、魔法封じを解いて走り出した。

第八章　星になれなかった者たち

——その時まで、私は自分が狙われているとは夢にも思わなかった。

ディキが連れて行かれた後、私はその場に呆然と立ち尽くしていた。寮か北棟に帰るべきだろう。けど……。

「ディキ……どうなっちゃうのかな」

そう呟くと、隣にいたウィルが安心させるように微笑む。

「カイゼさんもいますし、今のディキさんならきっと大丈夫ですよ」

「でも……」

離れているのが単純に不安だった。いくらディキといえど、あれだけ大勢に罵られて信じてもらえなかったら、傷つかないはずはない。

今までどれだけ、あんな目で見られてきたんだろう。そう思うと胸が苦しくなる。

「アロアさん。よかったら、僕の研究室へ来ませんか？」

「ウィルの……？」

「お茶も出せますし、少しおしゃべりしましょう」

私がよっぽど暗い顔をしていたのだろう。明るく誘ってくれる。

ウィルに研究室があるなんて初耳だ。私が興味をそそられたのを見て、彼は微笑んだ。


陽はすでに落ち、街にはすっかり夜の帳が降りている。薄暗くなった道を魔法灯が照らし、街の人々がちらほらと戻ってきている様子が窺えた。

グリタとハニアは一旦寮へ帰るという。こういう時は治安が悪くなる。自分の寮にある大事な研究書類や魔法石が盗難にあっていないか心配なのだ。私たちは危なくなったら避難することを約束して別れた。

「それで、研究室って？」

兵士のいる大通りを選んで歩きながら、ウィルに尋ねる。

独自の研究室なんて。彼は図書館と北棟勤務のはずだ。

「僕はかつて、西棟で魔術師をやっていたんです」

「ま、魔術師⁉」

じゃあ、魔法が使えるってこと？

だからコカトリスのいた広場に来たのかと合点がいく。彼は戦うつもりだったのだ。

「もう長らく魔法は使っていませんがね。西棟は魔術師がたくさん在籍しているので、棟長候補もたくさんいる……鈍臭い僕は、その争いで弾き出されてしまったんです」

権力に興味のないウィルは、研究に没頭している間に窓際へと追いやられた。そうなると自由に好きなことも出来ない。辞めようかと迷っていたところで、西棟に研究室を残す代わりに、図書館と北棟での仕事を研究所の所長に提案されたという。

「所長に頼まれたんです。ディキ・メルシスの友達になってくれないか、と」

「友達に……？」

驚いた私に、ウィルは頷く。

「僕と、そしてカイゼさんも。彼は元々王都勤務だったのですが、さる貴族の御子息の不興を買って騎士団を追放されるところだった。それを所長が仲裁して引き取ったんです」

カイゼさんにもそんな過去があったなんて。北棟所属ではないふたりが遊びに来るのには、理由があったんだ。

「今にして思えば、所長は防波堤を作りたかったんだ。僕らが挫折を味わった時、支えてくれたのは友と仕事でした。ディキさんにもそれが必要だと判断したのでしょう」

ディキが魔物側へ傾かないように、人間の敵にならないように。幾重にも張り巡らされた、小さな防波堤。

だけどきっとそれだけではない。カイゼさんもウィルも、それだけで友達でいようなんて思う人ではないはずだ。

「あなたも、そのひとりになった」

「私？」

「そう――」

ウィルは私を柔らかい瞳で見つめ、ふっと息を吐いた。

「アロアさん。あなた、ディキと交接《セックス》しましたね？」

「ぶぇっ⁉」

思わず変な声が出た。ウィルに気づかれてた⁉　いや、結構イチャイチャしてた気もするし、察しちゃったのだろうか。

「な、な、なにいって」

慌てて誤魔化そうとするけれど、頬がみるみる熱くなっていく。それをニヤリと笑いながら見つめられると、もう否定しても無駄なことがわかった。

「さ、最初は……本意じゃなかったんだよ」

「ほう、では無理やり？　ディキさんも思い切ったことしましたねぇ」

「ち、ちがっ、ちがうってば！」

必死に身振り手振りで否定して、私は言い訳のように彼に『彫像の呪い』を打ち明けた。

ウィルは文書の内容を知っているから、それが発動してしまったことを伝えると納得したような顔をする。

「ディキさんの想いは報われないと思っていたのに、急に成就したので驚いたんですよ」

「えっ、ディキの気持ち知ってたの？」

「……僕らは薄々わかってましたよ」

ウィルがちょっと呆れたように言う。あれ、もしかして私が鈍い？

「まぁ……なんというか、大変でしたね」

「うん……」

そうだね、大変も大変だった。人生が激変する濃ゆい時間だった。強制的に向き合わされた自分の気持ちは、すぐに認められるものではなかったけれど……でも。

「後悔してます？」

ウィルのその言葉に、私はきっぱりと首を振る。

「ううん」

色々あったけれど、思い出すのはディキの笑顔ばかりだ。研究室ではしゃいだり、ご飯を食べて笑ったり。私だけに見せる、蕩けた幸せそうな笑顔も。

今じゃないと、この関係じゃないと見られなかった表情の数々。

「後悔してない。これからも、絶対しない」

そう言うと、ウィルは嬉しそうに目を細めた。

「きっかけはなんであれ、すべて、あなたがたの中にあったものだ。それは間違いないですよ」

頷いた私の横で、彼は立ち止まる。いつの間にか魔術研究所の入り口に到着していた。

街から来るルートには、そういえば正門があったなぁ、なんて石造りの立派な門を見て思う。いつもひと気のない北棟にいるから忘れていた。

「どうします？　このまま帰りますか？」

私の顔色がだいぶ良くなったことに気付いたウィルが尋ねてくる。

うーん、どうしよう。もう一人でも大丈夫だけど、せっかく来たから研究室を見たい。

「お茶を一杯だけもらってから帰ろっかな」

「ええ。では、どうぞ」

好奇心を覗かせた私にくすりと笑って、ウィルは西棟の入り口へと促した。

西棟は本棟から独立した大きな棟で、抱えている研究室も多い。人もたくさんいるのだが、今はガランとして静まり返っている。

なんとなく小声で話しながら、私たちは離れにあるという研究室へ向かった。

「ウィルはディキが古代魔法帝国人《ルーナディアン》だって気付かなかったの？」

「噂は知っていましたが、僕は歴史に詳しいからこそ、信じられなかった。なにより本人が信じていなかったんだ。僕は彼を人間だと思っていましたよ」

彼の専攻は語学。言葉と歴史は切り離せない分野だ。様々な伝承を知っているからこそ、信じられないものもあるんだろう。

「知っておいて欲しいことは、ディキ・メルシスは普通ではないということです」

ふいに低くなったウィルの声に、私は真剣に頷く。

「精霊のようなものですから、子供だって望めないかもしれない」

「こ、こ、子供！」

「大事なことです」

つい驚いて声を上げると、たしなめるようにウィルが続ける。

「彼は山奥から拾われてきたと聞いています。家族や愛情に飢えている。それはつまり、この世界にまだ自分の根っこがないということです」

さらりと言った『拾われてきた』という言葉に、やはり、と唸る。

彼には両親がいない。ずっと独りだったのだ。

私だって、愛情への飢えを知らないわけじゃない。両親からの愛を常に欲していて、それを埋めてくれる存在、アイレス先生と弟たちがいたおかげでなんとか生きてきたけれど、寂しくなかったわけじゃない。

でも、ディキの飢えは私より、ずっとずっと深い。

「あなたが彼の愛に耐えられないかもしれない。しなくていい苦労だってするかもしれない。それでも、愛し続けられますか」

それを私ひとりが埋める。大きな防波堤になる。

だけどそうなったら、もう逃げられない。途中で降りることはできないってことだ。

「…………」

一生そばにいる覚悟があるか――

正直、そんなのわからない。……というか、その考えっておかしくないかな。

だって、私とディキって、上司と部下だけどきっと対等だった。これからだってそうありたい。私だけが覚悟して頑張るなんて変だ。

「……愛し続けられるかは、ディキ次第だよ」

努力はするけど、ディキも私を大切にしてくれなかったら無理。ずっと一緒にいるために、お互いが手を伸ばし続けなきゃ。私だけだなんて駄目だ。

こわいからって無理して大事にしたり、世界のために自分の気持ちに嘘をつくなんて、そんなこと、ディキに対して絶対したくない。

そう言うと、ウィルは少しだけ驚いた様子で目を瞬かせた。

「……なるほど。僕は彼を、特別扱いしているのかも」

私の意見に、うんうんと噛み締めるように何度か頷く。

「考えを改めます。僕がやるべきは、ディキさんがフラれないよう女性の扱い方をレクチャーすることとですね」

「ディキが素直に聞くかなあ」

私が笑って答えると、ウィルもつられたように笑う。

「とりあえずプレゼントの贈り方でも。女性ってサプライズが好きなんですよね？」

「……ウィル。失礼だけど、交際の経験は？」

「本ならたくさん読んでますよ」

「ウィル…………」

そうこうしているうちに、離れに並んだたくさんの扉のひとつで彼は立ち止まった。

「ここが研究室です。どうぞ、ゆっくりしていってください」

そう言って、扉の取っ手に手をかけた、次の瞬間。

「――――アロアさん、伏せてッ！」

「へっ」

ドン、という爆発音がして、私は勢いよく吹っ飛ばされた。


もうもうと土煙が舞う。衝撃で頭がぐわんと揺れる。

気がつけば、私は床に倒れていた。ウィルが庇うように覆いかぶさっていて、彼は額から血を流して呻いている。

「ウィル……！」

抱き起こすと、背中から瓦礫がパラパラと落ちた。足下に転がる拳大の破片にゾッとする。これが、直撃したのか。

通路を挟む石壁は左右とも崩れている。外からヒュウと冷たい夜風が吹き込み、研究室の中の書類が巻き上がった。その風にさらわれて、辺りを覆っていた土煙が流れる。

魔法が放たれたんだ。でも、どうして？

「とにかく逃げなきゃ……！」

前方の暗がりから、いくつかの人影が近づいてくる。彼らがやったに違いない。強い魔法ではないが、室内で放たれれば厄介だ。

「ウィル！　立って！」

「う……」

「――逃すか！」

ウィルに肩を貸してなんとか立ち上がった私に向かって、人影が手をかざした。

二撃目がくる！

覚悟した瞬間、シュルッ、と音がして、その人影の腕がツタで縛り上げられた。

「ポチ！」

壁に開いた穴から現れたポチが、体を鞭のようにしならせて彼らを薙ぎ倒す。そして魔法を使おうとしていた人物へ向かって、鋭い牙の生えたツルで腕に一撃を放った。

ぐあっ、と呻いて転がる。集中を途切れさせ、次を撃たせないようにポチは的確に敵を捌いていく。だが、その背後にさらに人影が増えた。

「いったい何人いるの⁉」

私が叫ぶと、肩に担いでいたウィルが呻きながら自分の足で立ち上がる。

「アロアさん、逃げて」

庇うように前方へ立ち塞がったウィルに、私は必死で首を振る。怪我をした彼を置いてはいけない。

けれど、ウィルは厳しい声で私に言った。

「行って。たぶん狙いはあなただ！」

「わた、し……」

「さっき言ったでしょう。ディキ・メルシスは普通じゃない、しなくていい苦労をすると。あとは僕に任せて」

ウィルが口の中で小さく何事か呟くと、彼の周囲にふわりと魔力の風が舞う。

「行ってください」

「……わかった」

私は一度ぎゅっと目を瞑り、拳を握る。

見捨てるんじゃない。私にできる最善は今、逃げること。

悔しさに歯軋りしながら、踵を返して走り出す。

背後からポチとウィルが戦う音が聞こえてくる。振り返りたくなるのをぐっと堪えて、暗がりの西棟を駆け抜けた。

連絡通路を使って本棟まで行けば人がいるはずだ。そのまま騎士団の詰所へ行けば、カイゼさんの部下もいる。その前に誰かが気付いて来てくれるかも。

とにかく走れ、走れ、走れ！

必死で足を動かす。ああ、もっと普段から運動していたら！

重くなる体を恨みながら、息を切らして走る。

もう少しで連絡通路だ。もう少し、あの角を曲がったら――

「やあ、アロアさん。さっきぶりですね」

ふいに聞き慣れた声がして、腹部に衝撃を受けた。

「ぐっ……⁉」

角から現れた人物に、お腹を蹴り上げられたのだ。

床に転がった私の腕を掴んで、その人物は申し訳なさそうな声を出す。

「暴れてケガすると困るんですみません。エスコート役は俺に任せて、寝ててくださいね」

そう言うと、彼は私の口に薬品の染み込んだ布を押し当てる。

黒目がちな人懐こい瞳が、優しくこちらを見下ろした。ツンツンした短い黒髪、よくしゃべる口。空気が読めない我が北棟のかわいい新人。

なんで……。

グリタ・アルドラ――なんで、あんたが。

その疑問が声になる前に、私は意識を失ってしまった。

◇　◇　◇

気が付くと、窓のない部屋にいた。薄暗い室内に灯りはひとつ。

目を凝らしてもここがどこだかわからないけれど、空気はひんやりとしていて、なんとなく地下だと感じる。

私、どうしたんだっけ……？

体を動かそうとして、両手を後ろで縛られていることに気付く。足は縛られていないから、たぶん近くに誰かいるか、ここからは出るのは難しいのだろう。

そう思って首を巡らせていると、暗がりで扉が開く音がした。

「誰……？」

灯りを持った人物がふたり、こちらへ歩いてくる。逆光になった彼らを睨みつけると、片方がおどけた声で言った。

「そんなに怖い顔しないでくださいよ、アロアさん」

「――――！」

その声を耳にした瞬間、私は自分が攫われた経緯を思い出した。

そうだ、私、こいつに蹴られたんだ！

「グリタ……っ！　この、裏切り者！　ハゲ！」

「まだハゲてないですからね⁉」

笑いながら、グリタは私の前にしゃがみこむ。余裕ぶった態度が気に食わない。

「……ハニアはどうしたの！」

「彼女は避難所へ行きました。俺とは無関係ですよ」

「じゃあ、ウィルは⁉」

ポチのことは尋ねられないけど、せめてウィルの安否が知りたい。

噛み付くように尋ねた私に、グリタは困った顔で答える。

「彼なら大丈夫です。もちろん、怪我はしているでしょうが……」

その時、彼の背後にいた人物が口を開いた。

「人が来たので撤退したんだ。ウィルは殺し損ねちゃったね」

私が彼の方へ視線を移すと、グリタが振り返って手持ちの明かりを掲げる。

照らされた柔らかい金髪と銀縁眼鏡が反射して、きらりと光った。

「あなたは……」

「おはよう、アロアちゃん。といっても、まだ夜だけどね」

眩しそうに目を細めて微笑んだのは、文書課のハルベルタ・ペルタだった。

私にとても良くしてくれる、優しくて、ちょっとお腹が弱い先輩。その優しいはずの先輩が、いつもと変わらぬ柔らかい口調で、恐ろしいことを口にしていた。

その言葉に血の気が引いていく。あのハルベルタ先輩が、ウィルを殺そうとして、私を攫って……そしてたぶん、コカトリスの件にも関わっている。

「先輩……なんで、こんなことを……」

「こんなことって？　君をここへ招待したことかな？」

私の呟きに、彼はとぼけるように小首を傾げた。

「確かに手荒な真似をしてすまなかったね。でもディキの手綱を握るには、アロアちゃんがどうしても必要だったんだ」

申し訳なさそうに、だけど当たり前のことのように先輩は言う。

つまり私は、また人質にされたのだ。ディキをいいように使うために、彼を縛るために。

奥歯を嚙み締めながらハルベルタを睨みあげると、彼は恍惚とした表情で語る。

「僕らはディキ・メルシスを、この世界の王にする」

「は……!? 王って、王様……?」

「そうだ。彼が支配し、人も、魔物も、みな等しく彼に傅《かしず》く。僕と君は、その手伝いをするんだよ」

なに言ってるんだろう、この人。あまりに突拍子もない言葉に呆然としていると、彼は私の前に片膝をついて屈み込んだ。唐突な接近に思わず仰け反る。

だが彼は動じず、私の眼前で前髪を搔き上げてみせた。

金髪の生え際が、銀色に鈍く光る。染めてるんだ——そう気付くと、彼はにやりと唇の端を吊り上げた。

「僕もルーナディアンだ。ディキほどの力はないが、先祖返りってやつだよ」

彼は私が驚いたことに満足して立ち上がり、乱れた髪を手ぐしで直しながら続ける。

「高貴な血が愚民どもに押さえつけられているのは、おかしいと思わないか。本来、僕らは人間と魔物の支配者だ」

眼鏡越しの瞳が狂気を孕んでいるのを感じ、私は息を飲んだ。ディキがあんなに隠したがったルーナディアンという事実を、この人は喜んでいる。選ばれた特別な存在だとでもいうように、彼は大仰な仕草で、まるで物語を紡ぐみたいに過去を語りだした。

——ハルベルタ・ペルタは、平凡な村に生まれた。

確かに銀の髪は珍しかったけれど、それ以外は普通の少年だった。

魔力はわずかにあったが、それを操る才能がない。魔力があっても使う術を知らないものは、魔術師とは成り得ないのだ。

ただ彼には少し変わった特技があった。他人には聞こえない声を出し、魔物を呼ぶことができる。

「誰も信じなかったけど、僕は自分がルーナディアンだとすぐに気付いた。僕なら魔物を統べる力がある。年に数回村を襲う魔物の被害も、防げるようになると」

最初は純粋に人々の力になりたいと願っていた。そのついでに、少しだけ特別に扱われ感謝してもらえたら。

だけど、彼の思惑は悲劇を生む。

「……僕は、帰れと命令した」

村を襲った魔物を追い返そうと、ミルミラント語で強く命令した。しかし魔物は逆上して仲間を呼び、村人の半数以上が殺された。そこへ追い討ちのように盗賊がやってきて略奪が行われ、村は壊滅した。

「人間も魔物もクソだよ。だけどそれは、抑止力がないからだ。僕らルーナディアンの恐ろしさを知らないからだ」

ハルベルタがどうやって生き残ったのかはわからない。けれど彼は、ひどく昏い目をしている。

「ディキだったら、間違いなくこの世界を変えられると思った。平和な世界を作れると」

彼はディキの噂を頼りに、魔術研究所を目指した。

「だけど彼はどうだ。力があるのに、救えるのに、何もしようとしない！」

その憧れ、その不満、怒りは、まるでかつての私みたいだ。

ディキに希望を見て、彼の力を欲して、それさえあればたくさんのものを救えると、失ったものを取り戻せるんだと思っていた。

「僕が導いてあげなきゃ。僕だったら、決して悪を赦しはしない。僕が彼だったら、もっとできることがあった。僕がディキ・メルシスだったら……！」

そう言って拳を握りこむハルベルタは、ディキを崇拝しているようにも、ひどく恨んでいるようにも見えた。

確かにハルベルタならば、人のために尽力して多くの命を助けたかもしれない。

「君だって故郷を魔物に奪われた。僕の元に集った仲間たちの多くもそうだ。僕がディキと手を取れば、もうそんなことは起こさない。真の、平和な世界だ」

強く瞳を光らせ、自信満々に言い放つ。

だけど私は、彼の言葉に頷けない。だって本物のディキは、ただの人間であろうとした。体を縮こまらせて、人の範囲からはみ出ないように、壊さないように、たったひとり棟の中に閉じこもって。

どうしてだろうと考えた時、浮かんだのは彼が断った魔物の駆除依頼だ。

彼がそうしようとすれば――この世の全ての鳥を焼き鳥にすることだってできる。

だけど、こわいんだ。ポチや魔物たちのいなくなった世界を、邪魔なものをそうやって排除した世界を、作れてしまうであろう自分が。

その先に、彼の欲しいものはない。ディキをただのディキとして迎えてくれる世界は。

「……そんな世界、ディキは望まないよ」

そう呟くと、ハルベルタは目を剝いて首を振った。

「いいや、望む！　君が望めば、彼は手伝ってくれる」

「私だって望まない！　ディキの犠牲の上に成り立つ世界なんて。ディキひとりを悲しませる世界なんて――」

「わかってないね！」

刹那、パンッ、と左頰を張られた。

痛みと熱がじわりと広がり、いきなりのことに驚いてハルベルタを見上げる。彼の横にしゃがんだまま控えていたグリタが、わずかに腰を浮かす。

ハルベルタは片手を挙げたまま私を睨みつけた。

「僕はお願いも説得もしていない。今のはただの説明だ。同僚のよしみで、真の仲間になる機会を与えたに過ぎない」

彼の纏う空気が一気に冷え、ピリリと張りつめる。

「君は選択を誤ったね。改心しない限り、二度とディキには会えないと思え」

「……私をどうするの」

「さあ、どうしようか。君は自分が人質ゆえに殺されはしないと油断しているみたいだけどね、生きてさえいればいいんだよ。生きていればそれだけで、利用価値があるんだ」

平静を装いつつも、どこか興奮した様子でハルベルタは言った。言葉の裏でぐつぐつと煮えたぎる感情を隠すように、彼は大きく息を吐いて微笑む。

「人には生まれ持った使命がある。ディキは世界の王に。そして君と僕は、彼を目覚めさせるんだ」

ハルベルタはそれを、心の底から信じているみたいだった。自分の行いは常に正しくて、同調しないものは敵でしかないというように。

彼はくるりと背を向け、「夜明け前に移動する」とだけ告げると、そのまま部屋を出て行ってしまった。残された私とグリタは、しばし呆然と閉じられた扉を眺める。

――生きてさえいればいい。

その言葉は私の心をかき乱した。

ディキの声を聞くことも、姿を見ることも、私はもうできないのかもしれない。

痛めつけられることはなくとも、自由もなく、ずっと閉じ込められたまま生かされ続ける。ディキを動かすためだけに。

そしてディキは、私がどこかで生きていると信じる限り、ずっとハルベルタの言いなりになるのだ。

……こわい。真っ暗な闇に堕ちていくような感覚に、手足が冷たくなる。

「アロアさん」

ぶるりと身震いすると、ふいにグリタが私の体に毛布をかけた。ハッと身を固くして彼を見上げると、困ったように眉を下げる。

そんな顔したって騙されないから。グリタだって、あいつの仲間なんだ。

「……見張り？」

「そうです。ま、一応？」

震える声を抑え、なんとか平気なフリをして嫌味ったらしく尋ねる。

私の強がりはバレているのだろう。グリタはこちらを見ずに隣へ腰を下ろした。

「あんたも、ルーナディアンなの？」

「まあ……えへへ」

苦笑して前髪を掻き上げると、一房の銀髪がのぞく。ほんの少しだ。

「魔法、つかえるの？」

「使えないですね。血族のうえ魔法まで使えたら、もっと偉いんじゃないかな、ここでは」

「……そんなふうに見えなかった。人間が嫌いって」

「俺は別に嫌ってないですからねぇ」

に泣くんだと思う？

先生の優しい笑顔を思い出し、ふいに涙が溢れそうになった。慌てて膝に顔を埋めて丸くなると、背中に掛けられた毛布がすっぽりと私を隠す。

「……アロアさんのそういうところ、好きですよ」

毛布越しに、グリタが妙に柔らかく声をかけてくる。

「うるさい、このハゲ。ぼけかす」

「あはは。言いますねぇ」

彼は笑って、それからわざとらしく欠伸をして黙った。

見張りなんだから寝るわけないのに。知らないフリが下手くそで、それにムカつきながら唇を噛み締めた。

◆　◆　◆

――アロア！　どこへ行った⁉

西棟へ到着してすぐ、俺はポチに呼びかけた。

ややあって返事を返したポチは息も絶え絶えだ。ここに寄越していた根はもうだめだ。焼かれて死にかけている。

それでも最後に、ウィルの負傷とアロアが連れ去られたことを教えてくれた。

アロアを誘拐したのは——グリタ・アルドラ。あいつを野放しにしていたのは俺のミスだ。ミンチにしてやる、あのクソハゲめ。

「カイゼ！　フィルゴ！」

俺についてきた二人に状況を説明する。西棟は詰所とは対角線上にあり一番遠く、それが仇となった。

「奴らは街の方へ向かったらしい」

二人は頷き、西棟の処理とウィルを部下に任せて俺の後に続く。ウィルの安否も気になるが、今はアロア奪還が先だ。

走りながら研究所の地下にいるすべてのポチへ呼びかける。

空気が強く震えた。ここまでの大声を出したのは初めてだ。森の鳥たちが警戒するように鳴きながら一斉に飛び立ち、背後でカイゼとフィルゴが驚いたような声を出す。

だがもう、そんなこと知るか。ありったけの声で叫び、走り続ける。

俺に追従するように、ポチがうねりながら地中を這う。ぼこぼこと地面が盛り上がり、街の石畳を割って、まるで大きなモグラが通ったみたいに軌跡を作っていく。

——アロア、アロア、アロア、アロア！

叫ぶたび、足が軽くなり疲労が消えていく。風になったように体が軽くなる。

夜の闇、それなのに不思議と視界は悪くない。それどころか家々の中まで手に取るようにわかる。見えないはずのものが視える。

いない、いない、どこにも！

さらに手を伸ばす。俺の魔力が街を覆っていくのがわかる。それら全てが視界に変わる。

他人なんてどうでもいい、怯えている兵士も、震える空気に慄く住民も。

どこにいる？　すぐにわかる、絶対に見つけてみせる！

「――――ディキ！　ディキ、落ち着け！」

ふいに名を呼ばれ、ハッと我に返った。振り向けば、はるか後方に息を切らせて走るカイゼがいる。どうやらフィルゴは振り切ってしまったらしい。

俺は足を止めて奴を待った。

おかしい。体力のない魔術師の俺が息ひとつ乱さず、騎士のカイゼを置いてけぼりにしている。

「なぜ……？」

その疑問を口にしかけた時、ふいに風が流れた。

視界の端に、さらりと魔力を放つ虹色の髪が揺れる。それは長く、肩までしかなかった本来の長さより、ずっと長く。

「ディキ……それ……」

追いついたカイゼが、驚いたように俺の髪を指差した。

たぶん子供の頃のように、闇の中でもピカピカとうるさく輝いているんだろう。魔力を放ち、風にたなびき彗星のように尾を引いて。

——誰か、俺を探して。俺を見つけて。

そう叫ぶみたいに、痛々しく無意味に方々へ手を伸ばしている。探しているのに、見つけて欲しがるなんて変だな。

抑えていた魔力が解放され、どんどん増幅していく。今なら出来ないことは何もないと思えて、その万能感に恐怖すら感じた。俺自身がそうなんだから、きっと。

「……俺がこわいか？」

いつもなら、いの一番に体が反応して後退るカイゼ。だが、真剣な顔で奴は一歩踏み出した。俺の方へ。

「こわくない。ただちょっと……あー、つらいかな。どうにかしてくれないか？」

奴はわざとらしく片目を眇めると、迷惑そうに言ってみせる。

大丈夫だ、ディキ、心配ない、気にするな——。

今までそう気遣われるのが、ずっとずっと心の底から嫌だった。そうやっていつも気を遣ってきたカイゼが、今は脂汗を浮かべつつ本音を漏らす。

なんだろうな、これ。腹の底がくすぐったくなって、笑みがこぼれた。

「我慢しろ、筋肉」

悪態を返すと、奴もからりと笑う。

「我慢ついでに少し待て。魔力を使って索敵する」

「そんなこともできるのか」

すげぇなあ、と感心しながらも集中する俺を守るように周囲に意識を向ける。

俺はポチに呼びかけ、街中に根を張り巡らせた。どこにいても捕まえてみせる。魔力を集中し、アロアの気配を丁寧に探していく。

だが、痕跡を捉えることができない。いない。いない？　この短時間で？

時間が経っているとはいえ、街を出るのを見逃すほど離れてはいないはずだ。こちらはずっと探しているのだから。

だとしたら、消えた？　俺の力の及ばない場所、身を隠せる場所に。

「――そうか！」

ふいに閃いてカイゼへ振り返る。

研究所の面子で街へ行った時、グリタに連れて行かれた地下室。古代魔法帝国《ルーナディア》の魔術付与装置である台座に、ご丁寧に結界まで張ってあった。あんな場所が、そういくつもあるわけがない。俺が魔術師から隠れるなら、あの場所を選ぶ。

奴は俺たちをわざわざ隠れ家へ連れて行ったのだ。でも、なぜ？

わからないが、罠だとしても行くしかない。そこにアロアがいるのなら。

「カイゼ！　先日行った魔術付与ギルドの工房だ！」

「なんだって？」

「古代魔法帝国《ルーナディア》の結界があったあそこなら、隠れられるかもしれない」

確信はないが、可能性はある。街の見張りはポチに任せればいい。向かってみようと提案すれば、カイゼは頷く。

「よし、行こう」

俺は魔力を弱めることはせず、あえて全力で放ちながら工房へ向かった。

炙り出してやる。

◇　◇　◇

――ディキ・メルシスが来る！

扉の向こうがざわつき、鋭く叫ぶ声が届いた。

私は顔をあげて腰を浮かせる。背にかけられた毛布がバサリと落ちた。

「ディキ……！」

ちくちくと背筋に毛虫が這うような痛みが奔る。グリタを見れば、彼は苦悶の表情を浮かべていた。

強い魔力の波動。ディキとどれくらい距離があるのかわからないけれど、かなり怒ってるのかも。

どうにかしてディキに、私はここにいるって伝えたい。でも、側にはずっとグリタがいる。部屋の外にはハルベルタとその仲間たち。

ここで迎え撃つのだろうかと思っていると、ふいに扉が開き、仲間の男が顔を覗かせ出口へ向かって顎をしゃくった。

「出るぞ！　女を連れてこい」

「わかりました。……彼はもう近くに？」

「ああ、急げ。だが、まぁ、こっちには切り札がある」

グリタにそう言って、男は私を一瞥する。

「ですね」

それに頷いてみせ、グリタも私を見つめた。

男からは見えないけれど、その瞳が笑っている。どういうこと？

きょとんとしてグリタを見つめ返していると、男は「しかし、よくここがわかったな」と首を傾げながら扉から出て行く。

「……見覚え、ありませんか？」

こっそりと囁かれた言葉に、はたと気付いた。

辺りを見回す。暗闇に慣れた目が、部屋の隅っこに積み上げられた木箱や壺をぼんやりと映す。その中に置かれた、びっしりと文様の入った石の台座も――

「ここって、もしかして！」

ハッとグリタを見れば、彼はぺろりと舌を出してみせた。

「あの時、連中はコカトリスの巣へと出払っていましたからね。まあ、元々俺の所属ギルドのモンだし、場所を斡旋したのは俺なんです。我らが棟長なら気付いてくれるかなって」

「グリタくん……っ！」

「あっれー？　ハゲのぼけかすだったんじゃ？」

「ご、ごめんって！」

慌てて謝りながらも笑みが浮かんでくる。

じゃあ、じゃあ、グリタは敵ではないってこと？

信じていいのかな。わからない。だけど、まるきり敵ならこんなことしないだろう。

グリタは明かりを腰にくくりつけると、移動のために私を立たせて扉へと導く。まだ縄を解くわけにはいかない。ハルベルタの仲間が大勢いる。ディキが助けに来るまでは、グリタもあいつらの仲間のフリを続けるのだ。

地下からの階段を上ると、素材の置かれた倉庫に出る。両開きの扉が開けられ、外に荷車が見えた。

「ちょーっと我慢してくださいね」

そう言うと、グリタは荷車の荷台へと私を抱き上げて乗せ、上から布を被せた。景色は見えないが、人の動き回る気配がする。刹那、ゴトリと大きく揺れて荷車が動き出した。

「ん？　なんかある……？」

荷台の傾きで背後に大荷物があるのを感じ、手探りで探ってみる。布越しに、何か硬くて大きなものが触れた。それはわずかに暖かく、私は思わず指を引っ込める。

「卵です」

「……！」

荷台の横にいるであろうグリタが囁く。

卵って、盗まれたコカトリスの卵か。では、本当に彼らが犯人なのだ。

「返さなきゃ……」

親鳥に返さないと。街が大変なことになってしまう。

私の呟きにグリタは答えず、彼は声をひそめて布越しに尋ねてきた。

「胸にブローチをしていましたね。それは、ここへ来た時に作った？」

「うん。ディキにもらったの」

胸元を飾る小さな花のブローチを見下ろす。ディキの瞳と同じ、紫の光が淡く揺れた。

効果は知らないが、強い魔法がかけられている。

「それを離さないでください。絶対に」

真剣な声で囁き、グリタは小さく溜息を吐いた。

「さて、俺は耐えられるかな。一発は防ぐみたいだけど」

ディキの放つ魔力はどんどん強くなり、額に汗が浮いてくるほどだ。それに追い立てられるように、私と卵を乗せた荷車は加速していく。

「走れ、走れッ！」

目立たぬよう荷車を囲んで歩いていたハルベルタの仲間たちが、今や足を縺れさせながらら走っていた。私は揺れる荷車にしがみつき、舌を噛まないよう唇を引き結んで耐える。

——ディキが近くにいる！

叫びたくなる衝動をなんとか抑え、体を低くして被された布の下から様子を伺う。

「チッ……こうなったら、呼ぶ！」

増大していくディキの魔力に、焦ったようにハルベルタが叫んだ。

呼ぶ？　なにを？

嫌な予感に身を固くすると、荷車の動きがわずかに緩やかになった。

次の瞬間——ギィィン、と空気が歯軋りするように軋んだ。外の様子は見えないが、人々が騒めくのがわかる。

「な、なに⁉」

「ミルミラント語です……」

グリタが抑えた声で苦しそうに答えた。

これがハルベルタの『声』——ディキのものとはずいぶん違う。

コカトリスと相対した時、ディキの『声』は澄んだ波紋が広がるように駆け抜けていったが、ハルベルタの『声』はとても不愉快だ。音は聞こえないのに、耳の中がザワザワして不安になる。

ハルベルタはまた荷車を走らせはじめた。そして、時折立ち止まっては、叫ぶことを繰り返す。

「なにをしてるの……!?」

ものすごく嫌な予感だ。ハルベルタがミルミラント語でできることといえば。

「魔物を呼んでる」

「やっぱり！」

しかしコカトリスのように予め用意していなければ、街の近くには害の少ない弱い魔物しかいないはずだ。ディキならすぐに止められる。

私がそう言うと、グリタも同意する。

「たぶん、出口に着く頃には魔物が集まってくるはず。その中を突っ切って、少しでも足止めをするつもりなんです」

だけど、と布越しのグリタの声が低くなる。

「ハルベルタさんはなにより……ディキさんに見せたいんだ。自分の力を」

その声に、憐憫が含まれているのを感じとった。

私から二人の表情は見えないけれど、どこか嬉々としたハルベルタと、それを複雑な顔で見つめるグリタを想像してしまう。

「よし、いいぞ……来い！」

ハルベルタが、またミルミラント語で喚いた。

耳が痛い。不快な振動と、どこかで魔物がギャアと鳴く声が聞こえる。

「アロアさん、街の出口が近いです」

グリタが囁き、仲間の目を盗んで被せ布を荷車に固定する紐を緩めた。バサリと空気を孕んだ布は、わずかに膨らんで持ち上がる。

布の間から最初に見えたのは、荷車と併走するグリタの緊張した面持ち。次いで、荷車より前方で叫びながら走るハルベルタの姿だった。

その先に、街の出入り口である大きな門が見える。

「どうもおかしい……」

そう呟いたグリタの言葉に、私は頷いた。

出入り口の門衛の数は、コカトリスの騒動と街の住民の誘導に割かれていつもより少ない。彼らが外の魔物に慄いている間に突っ切る、つもりらしいが。

その魔物の数が、あまりにも多い。真っ黒な影が蠢き、壁を作っている。あれを突っ切るなんて無理だ。

そしてなによりおかしいのは、

「こんなに……!? 呼んでいない!!」

呼んだはずのハルベルタ当人が焦っていることだ。普段大人しい植物や獣に近い小型の魔物がひしめき、昂ったように鳴いている。

「ディキの魔力が強いから、引き寄せられてる……？」

先ほどから感じる魔力は、益々強くなっている。

本気を出したらこんなに力があるんだ。それに驚いているのは、どうやら私だけではない。周囲が怖気付いているのがわかる。魔力のある者ほどその怯えは顕著だ。

「敵うわけない……化け物だ……！」

「だが、ここを突破できるのか……!?」

自業自得の挟み撃ちだ。魔物はハルベルタを発見し、門を乗り越えこちらへやってこようとする。門衛が必死に抑えているが、数が足りない。

「くそ、操ってみせる！」

そう叫ぶが、魔物はまったく言うことを聞く様子がなかった。ミルミラント語の不愉快な声が響き、脳が音に揺さぶられて気持ち悪い。

「なぜだ！　私はルーナディアンだぞ、主人の言うことを聞けぇ！」

その時だった。

「――――ヘタクソめ！」

どこからかディキの声がして、柔らかな振動が空気を震わせる。ぶわりと一陣の風が吹き抜けるように、その『声』は広がっていく。

魔物たちが一斉に動きを止め、一瞬にして大人しくなった。しおしおと怒気が萎み、門の外へと後退していく。

「わんわん喚いて居場所を知らせてくれてありがとよ」

声のする方を見れば、どうやって登ったのか、門の上からディキがこちらを見下ろしていた。

その髪が、なんと足下まで伸びて虹色に輝いている。

偉そうな態度は変わらない。だけど、放つ魔力の質も純度も、今までとは段違いに感じた。

「首謀者はお前か、クソベルタ」

「ディキ……メルシス、か⁉」

姿は少し違うけれど、本物に間違いない。

虹色の髪に騒めく周囲に構わず、私は布の下から顔だけをなんとか覗かせて声を張り上げた。

「ディキ！」

「アロア！　無事か！」

間髪入れず、ディキが叫び返してくる。私は何度もこくこくと頷いてみせた。

「待っていたよ、我が王！」

だが、私たちの間に割って入るようにハルベルタが立ち塞がる。愛想笑いすら浮かべながら、彼は歓迎するように両手を広げた。

「素晴らしい！　君はやはり選ばれた存在だ。僕の願いを叶えてくれる王だ！」

同じ血族なんだ！　とハルベルタは嬉しそうに叫んだ。

自分もルーナディアンであること、王として導いて欲しいこと。私に話した内容を、さらに誇張して語る。

しかしディキは、わざとらしいくらいに大きな溜息を吐いた。

「反吐が出る」

「……なんだと」

あっさりと吐き捨てられ、ハルベルタの顔色がサッと変わった。

「お前と同じ主張を俺にした奴が、今までに二十八人いた。お前らの話はいつも同じだ。特別な血だの、報われない世界はおかしいだの」

「だが、僕は、」

「確かにミルミラント語が話せるのは珍しい。だが、それがなんだってんだ?」

「…………くっ」

唯一の自慢を否定され、彼は悔しそうに唇を噛んだ。

ディキは穏やかに、諭すように説得する。

「いいか、ハルベルタ。どんな奴でも、自分の居場所は自分で作るしかない。他人から奪った先に、お前の望む場所なんてない」

「わかったふうな口を……！」

ハルベルタには侮辱としか感じられなかったのだろう。キッとディキを睨みあげる。

「では、その二十八人より、もっと面白い話をしようか」

そう言って勢いよく振り返ると、被せ布を退けて私に小さなナイフを突きつける。

「アロア！」

「動くな！」

だが彼が叫んだ瞬間、どこからかシュルリとポチが現れ、ナイフをはたき落とす。

「……動くな、だと？　それは俺に言ったのか？」

地を這うような低い声で、ディキが静かに口を開いた。

ハルベルタと仲間たちは、ヒィ、と悲鳴のような声をあげてすくみあがる。こちらに手をかざすディキが次に何をするのか、考えなくてもわかった。

「では、一歩も動かず息の根を止めてやる。アロア、目をつぶれ！」

ディキは私の胸元を一瞥してブローチをみとめると、魔力を指先に込めながら叫ぶ。

「――ぶっ殺してやる！」

刹那、私たちの周囲を真紅の炎が取り囲んだ。

「ぐわあああああ！」

大勢の悲鳴が響き渡る。取り囲んだ炎が巻き上がるように私たちの上を通過していった。

ブローチが光っている。その光に包まれて、私の周囲は無傷だ。

グリタは苦しそうにしているものの、やはり光に守られて怪我はしていない。

ディキは門の上から飛び降り、私の元へ駆けつける。ポチが私の縄を解き、荷車から降ろしてくれた。

「ディキ！」

「アロア……！　無事でよかった」

ぎゅっと抱き寄せられ、ローブの中に仕舞い込まれる。

いつものディキの匂い。胸元に一度だけ頬ずりして、私は顔をあげた。

まだ終わってない。ディキも彼らを睨みつけたままだ。

炎は一瞬にして去ったが、その衝撃はすさまじかった。火傷を負った男たちは蹲り膝をつく。

だがその状態でなお、ハルベルタだけはディキを睨み続けていた。

「お前の居場所が、人の中にあるものか！　お前は人間とは違う、絶対に違う！」

放たれる願望のような叫びは、刃となってディキを深く傷つける。ハルベルタの望む特別は、ただディキを苦しませるだけなのだ。

「……死ぬ覚悟ができたようだな」

ディキのかざした左手に、ボッと青い炎が灯った。その色から先ほどより温度が高いことがうかがえる。

連動するように、ハルベルタたちの周囲に炎が現れた。青い炎は一瞬のうちに地面を焼き、土を溶かす。あっという間に草木が蒸発し、パラパラと塵になって崩れ落ちた。

だめだこんなの、殺してしまう。グリタも二発目は耐えられない。

今度こそ助からないと、彼らが悲鳴をあげる。炎が揺らめき、襲いかかろうとした瞬間。

「――――だめ！」

私はディキの腕の中から両手を伸ばし、炎を纏うその左手に飛びついた。

呑気な口調で答えたグリタを訝る。

「じゃあ、なんでここにいるの」

「まあ、俺はどっちかっていうと……アロアさんが好きだから、ですかね？」

「はえ!?　ちょ、ちょっと冗談でしょ」

「あ、女性としてって意味ではないっす」

「このやろう……」

こんな状況で面白くもない冗談いいやがって。

なのに少しだけ気持ちが浮上するのを感じて、私は悔しくなった。いつも通りに振舞われることで、つい気を許してしまう。きっと、わざとだ。

それに抗うように、私はハルベルタとのやり取りを反芻した。彼の考え、想い。

「平和な世界ってなんだろう……」

そんなものがあるのなら、私だって見たい。だけど淘汰される多くのものをディキとハルベルタが決めるのは、ものすごく不自然だ。彼らは聖人でも神でもない。

「ねぇ、ディキは特別なんかじゃないよ。私たちと同じ。同じ姿で、同じものを食べて、一緒に生きてる。同じだよ……そうでしょ？」

独り言のように呟く。それはアイレス先生がよく言っていた言葉だ。私がディキへの憧れを口にするたび、先生は私を窘めた。

――彼だって同じだよ。ねぇ、アロアの憧れの人は、どんなふうに笑って、どんなこと

「なにを……っ！」

ディキが慌てて炎を消す。青い炎はハルベルタたちを溶かす寸前、彼らの鼻先で消える。皆、安堵と同時にへたりとその場で腰を抜かした。

指先が熱い。高純度の魔力の塊に触れた衝撃で、体の中が焼け爛れたように一気に熱くなった。意識が朦朧としてふらついた私を、ディキが背後から抱きとめる。

「バカが……！」

「……殺さないで。あとで泣くのはディキだよ」

ゆっくりと振り返って、ディキを見つめた。紫の瞳が、私を心配そうに見返す。

その瞳の奥に臆病な優しさを見つけるたび、私の心はいつもぎゅっと締め付けられる。

あの呪いの彫像は、気持ちを増幅させるんだって言ってたっけ。ウィルも、気持ちは元々私たちの中にあったものだって言ってた。

だとしたら、ディキの心の中には、愛も、優しさもある。私はそれを知ってる。誰よりもいちばん。

友達を二人も殺して、ディキが平気でいられるわけがない。

「卵はあの荷車にあるよ。私たちがしなくちゃならないのは、犯人を捕まえて街を守ること、でしょ？」

「そうだな……」

頷いてくれたので、ホッと安堵の息を吐く。

ディキはポチを使って、戦意喪失したハルベルタたちを縛り上げた。遠巻きに様子を見ていた門衛と、彼らが呼んだ兵士たちが集まってくる。いつの間にかカイゼさんも来ていて、テキパキとその場を仕切っていた。

「ごめん」

騒動の中心で私を抱きしめたまま、ディキが小さく呟く。

ブローチの効果か、少し目眩がするだけで、もう痛くも痒くもない。私は頷いて、両手でつかんだままのディキの左手の指先を、ぎゅっと握った。

こうすると、なんだかすごく安心する。そしてなぜだか、すごく懐かしい気持ちになった。

——アロア。君の計器は振り切れて、ついに壊れてしまったんだね……。

ふいにまた、アイレス先生のあの言葉が蘇る。

そうだ。これは私が再び目が見えるようになった頃、先生の魔法に対してまったく動じない様子に驚いてかけられた言葉だった。

助けにきてくれた魔術師が私に大量の魔力を浴びせたらしく、魔法に鈍感になり自分の許容量を感知する能力が失われてしまったらしい。

——だとしたらこれは運命だろうか。私ができなかったことを、君がしてくれるのかもしれない。

先生が誰に対してそう言ったのかはわからない。だけど、例えば孤独な魔術師に、私だけがしてあげられることがあるかもしれない。

きっと、それは隣で彼を信じること。ディキがこうありたいと望む自分になれるって、そう信じることだ。

◇　◇　◇

「よくもやってくれたな」

カイゼさんに両手足を縛り上げられ膝をつくハルベルタとグリタへ、ディキが不機嫌そうに言い放った。

他の仲間たちはフィルゴという人が率いる街の兵士たちが縛って連行する。総勢十名以上だが、残党もいるはずだ。後始末はまだ終わらない。

「毛根からじっくりこんがり根絶してやるからな、ハゲども」

虹色の髪を魔力でぶわりと逆立てて怒ってみせると、二人はビクリと身を震わせる。ものすごい迫力だけど、やめてあげて欲しい。特にグリタは助けてくれるつもりだったんだし。

私がそう告げると、フンと鼻を鳴らしてディキが何かを言いかける。けれど、それより先にグリタが口を開いた。

「いや、俺は裏切り者です。罰してください」

強い覚悟を感じて、私たちは顔を見合わせる。グリタの言動から察するに、自分がどうなるかわかっていてハルベルタに加担していたようだ。

「なぜさっさと通報しなかった？」

「俺の目的はこの展開だったんで、望むところです」

「死んでたかもしれないんだぞ」

「……だとしても」

そこまでして、なぜハルベルタに？

その問いに、グリタはこちらを真っ直ぐに見上げて答えた。

「彼がよく居なくなる理由をご存知ですか？」

私たちが首を振ると、彼は続ける。

「手紙を書いてるんです。大量の手紙を。家を失った子供達や俺たちみたいな奴に」

グリタの話では、ハルベルタは文書課の権限や情報を使って、個人的な〝善行〟を積んでいた。自分の給料を寄付し、手紙で励まし、使えそうな人物やルーナディアの血を濃く引く人間を、この街や魔術研究所へ誘った。

「そこに下心があったとしても……俺はそれに助けられてここへ来た」

ハルベルタの紹介でグリタは多くの人に出会い、勉強する機会を得て研究所へ入った。

その後は彼のためにわざと問題行動を繰り返し、まんまと北棟へ配属される。

「だけど居心地が良くなっちゃったんです。元々、恨んでいたわけでもなかったし。俺にはどちらも選べない」

　グリタにとって、ハルベルタは悪人ではない。彼が目を覚ましてくれることを願ったが、それはついぞ叶わなかった。

　そして事が起こった今も、見捨てることができない。

「自分を気にかけてくれる人が、この世界にたったひとりでも存在する。それがどんなに大きなことか。あなたならわかるでしょ、ディキさん」

「……ふん」

　そこまで言われたら、私たちは何も言えなかった。

　皆の視線が、自然と話題の中心であるハルベルタへ向く。すると項垂れていた彼は、ふと顔を上げ虚な目で言った。

「……僕は星になりたい」

「はぁ？」

「輝いて皆を照らす一等星だ。手を伸ばせば届くと思った。だけど、伸ばせば伸ばすほど、その距離の遠さを思い知る。それが憎くてたまらない。ぜんぶ、僕が手にするべきものだったはずなのに。僕がディキ・メルシスだったら……」

　まだ言うか。全員が苦虫を嚙み潰したような顔になる。

　ディキがたまらず、「お前は、お前であることに価値はないのかよ」と呟くと、ハルベルタはキッと強く睨んだ。

「――っないよ！　そんなもん、あるわけない！　僕が僕である限り、報われない、誰も助けられない！」

瞳に涙を溜め、彼はディキを見上げて叫ぶ。縛られていなかったら、きっと掴みかかっていた。

「ディキ・メルシス、僕の手を取れ！　頼む、世界のためなんだ！」

たぶんそれは、誰よりハルベルタのため。大義名分を掲げながら、彼はずっと自分のことだけしか考えていない。

痛々しい声に、ディキが大きな溜息を吐いた。

「世界のため、平和のため……か」

うんざりしたように独りごちる。

「今まで俺の力の使い道について語る奴はいたが、俺に『どうしたいか』と尋ねてくる奴は一人もいなかった。俺の力なのに、いつも蚊帳の外だ」

そう呟くと、ディキはグリタたちの背後に立つカイゼさんをチラと見た。

「カイゼが、この力で魔物との通訳もできるって言った。それで気付いたんだ。――俺は、俺自身を必要とされたい。守りたいもののために、自分の意志で力を使いたいんだってことに」

滅ぼすためじゃなく、破壊のためじゃなく。

私とカイゼさんが頷くと、ディキは唇の端で少し笑った。ふわりと虹色の髪が揺れる。

それからディキはハルベルタへ向き直り、真正面から見つめ返して答えた。

「ハルベルタ。俺は、誰の手も取らない。自分の心に従う」

◇　◇　◇

ハルベルタは裁判を経て牢獄行きになった。

グリタについては私とディキが経緯を証言し、所長が手を回してくれたことで情状酌量の余地ありとみなされ、しばしの反省期間を置いて北棟へと戻れることになる——。

あの後、経緯を知ったハニアには大泣きされた。

ウィルの怪我は幸い安静にしていれば大丈夫だそうで、一安心。

だけど街はぐちゃぐちゃで、これから復興のために大忙しだ。

ディキの虹色の髪は、街の外の魔物を帰して落ち着くと、元の白っぽい銀髪に戻った。

どういう構造なのかな。研究者として調べたい、なんて言ったら怒られるだろうか。

長さは変わらなかったので、今のところ三つ編みを結って放置している。長い髪は鬱陶しそうで本人は切りたいと言っているけれど、なんだか新鮮。

そう、それから、卵！

荷車の卵は無事だったのだけれど、ディキの魔法の衝撃で孵化が早まってしまった。あの後パキリと音がして殻からクチバシが飛び出たところで、ディキが慌てて布を被せて話しかけた。

なんせコカトリスは鳥の魔獣。最初に見たものを親だと思ってしまう習性がある。

そんなわけで親鳥が迎えにくる約束の日までの間、北棟の屋上へ連れて行って藁を敷き、布を被せたままディキが渋々面倒を見ていた。

街の子供達が掘ってくれたミミズをバケツに入れて運び、布の中の雛の口へと手摑みで運んで餌やりをする。

「うわっ、俺の手まで食うなよ！」

なんて言って戯れ合う姿はちょっと微笑ましい。

「餌やりも板についてきたね、パパ」

「うるせ。そういう冗談はやめろ」

嫌そうに顔を顰めるけれど、情が湧いているのは間違いない。ディキはどんなに忙しくても餌やりの時間には必ずやってくる。

「しばらくは忙しいの？」

「まぁな」

少しクマが出来ているのに気付いて尋ねれば、曖昧な返事が返ってくる。

あの日以来、ディキは街の偉い人や他の棟長と会議を重ねていた。コカトリスがやってきた時に彼が通訳として話す。その内容についての会議だ。

街の復興にも積極的に関わっていて、壊れかけの建物を魔法で綺麗に破壊したり、雑草を焼き払ったりと雑用にも駆り出されている。

――ずいぶん変わった。

ハルベルタに言っていた、自分のしたいことを見つけたんだ。

それはとても嬉しいことだけど、夜も遅くて部屋に帰ったらすぐに寝てしまうから、ちょっと寂しい。仕事も今は私とハニアだけで進めていて、北棟は静かだ。

「……物欲しそうな顔すんなよ」

「えっ」

いつの間にか、じっと見つめてしまっていたらしい。ディキは少し照れたように唇を尖らせて、明後日の方を向きながら言う。

「お前が俺のこと大好きで色々したくてたまらないのはわかるけど」

「ちょっと。なにその自惚れ」

苦笑する私を無視して、ディキは続ける。

「もうちょっとしたら落ち着くから、少し待て」

「……もうちょっとって、どれくらい？」

「そうだな。卵を返したら、その日はそのまま帰る。だから」

だから……と、もごもご口籠った後、恥ずかしそうに呟く。

「ふ、ふたりきりで、ゆっくりしよう」

「うんっ！」

うれしい。私が大きく頷くと、布の中で雛もピャァと思い切り鳴く。ディキが黙れと言わんばかりにミミズを雛の口の中へ突っ込んだ。

ムードもへったくれもない。だけど、頬が緩んでしまう。

その日はポチと一緒にパウンドケーキを焼こう。オレンジをいっぱい入れて、甘酸っぱくて疲れが吹っ飛ぶようなやつ。それから、それから……！

「楽しみにしてるね！」

「ん」

私の言葉にこくりと頷いたディキは、穏やかに微笑んだ。

コカトリスとの約束の日。

街の中央広場には椅子が並べられ、立場のある人たちが集まって会議をしたらしい。

その中心には、もちろんディキの姿があった。

後で聞いたところによると、彼の通訳によって意思疎通をした双方は、お互いを害さないことを約束した。盟約はコカトリスの羽根に刻まれ、街の代表者へ渡されたのだという。

そして北棟で預かっていた雛は、親鳥と共に無事巣へと帰っていった。ちょっと寂しいけれど、飛べるようになったら会いに来たいと言っていたらしいから、いつか遊びに来るかもしれない。

ディキの特別な役割も、これで終わり。明日からは少しずつ日常に戻っていく。

「一件落着のお祝いをしなくちゃね」

その日は朝からソワソワして仕事にならなかった。ハニアに断って早めに北棟を閉め、ポチと一緒にオレンジピールをたっぷりと生地に混ぜ込んだパウンドケーキを作る。

オーブンへ突っ込んでしばらくして。ケーキの焼けるいい匂いがしてきた頃、ポチが扉を気にしだした。

地下への階段を下りる足音が聞こえる。ギギギッと音を立てて扉が開いた瞬間、私は思わず駆け出していた。

「ただいま……っうわ！」

「おかえり！」

首元へ飛びついて、ぎゅうっと抱きしめる。私を受け止めて抱きしめ返したディキごと、ポチが私たちをぐるぐる巻きにした。ポチなりのハグだ。

「お前ら……」

スリスリ頬ずりする私と、ツルの先端をピコピコさせるポチに、やや呆れるディキ。過剰な大歓迎ぶりに苦笑しつつ、「なんかすげーいい匂いするけど？」と話題を振ってきた。

「そうだった！　オーブン！」

ハッとして声をあげると、ポチがシュルリとハグを解いて台所へ向かう。私も後を追おうと離れかけたところで、彼に手を摑まれて体ごと引き戻された。

「ポチに任せとけ」

「でも……」

「行くな」

今度はディキの方から抱き締められる。背中に腕を回されて、耳元に吐息がかかった。

「……で、でも、せっかくのパウンドケーキが」

「焼き菓子なら出来立てより少し時間が経った方が美味い。だろ？」

「ん……っ」

わざと低音の甘ったるい声で囁かれ、背筋がぞくぞくした。

この感じ、なんだか久しぶりだ。どくん、と心臓が跳ねる。体が疼く感覚。途端にディキが欲しくて欲しくて堪らなくなる。

私の変化に気付くと、ディキは背中をくすぐるように撫でてくる。それだけで息があがって、体の力が抜けていく。

「あっ……ディキ……」

つい切ない声を出してしまうと、応えるように耳朶へ唇が押し当てられる。そして小さなキスを落としながら頬を辿い、やがて唇を奪われた。

「っ……はぁ……」

最初は柔く重ねられていた唇は、すぐに吐息混じりの荒々しいものに変わる。角度を変えて何度も重ねあい、舌を貪る。ねだるように首に腕を回すと、そのまま抱え上げられた。

「待たせて悪かった」

「ううん……」

額をくっつけて言葉を交わし、またキスをしながらベッドへと運ばれた。整えられたシーツの上に降ろされると、ディキは上半身の服を脱ぎ捨てて私に覆いかぶさる。

長い髪が乱れて、するりと彼の肩を滑り落ちた。銀糸のようにきらきらと輝いて綺麗だ。

「アロア……」

見惚れていると、切なげに名前を呼ばれた。それだけで胸がきゅっとなる。

熱く射抜くように私を見つめながら、彼の唇がそっと「好きだ」と囁く。

頷いて、私も、と囁き返した。

「大好きだよ……ディキ」

その答えに、彼の唇は弧を描き、紫の瞳が柔らかく細められる。

これから起こることを期待して、私はそっと目を閉じた。瞼の裏で、部屋を照らす灯りが消えていくのを感じる。

やがて熱く柔らかい感触が唇を覆い、熱を持った大きな手が私の服を剝ぎ取っていく。

啄むようなキスをしながら、私たちは裸になった。言葉を挟む余裕もなく、ディキは私の肌のあちこちを舐め、シルシを残すように強く口づける。

首筋に、鎖骨に。胸にも吸い付いて、もう一方の乳首を指でつままれる。

恥ずかしくて息を殺していると、ディキはまたあちこちに吸い付きながら下りていく。

「あっ、だめ……あぁ」

腰を撫でた手は、有無を言わさず両足を開く。ディキは内股にキスしながらその中心へと辿り、潤んだ秘所を暴くように指で広げて舐めあげた。

「ひゃっ……う！」

思わず跳ねた体を押さえつけ、ぬるりとした舌が荒々しく這いまわる。割れ目をなぞり、花芽を擦る。声を堪えきれず喘げば、愛撫はさらに激しさを増した。

「だっ……め、イっちゃう……！」

ぎゅっとシーツを握りしめ、体を弓なりに反らした。びくびくと震える私を、ディキが熱い視線で眺めている。見られていることが恥ずかしいのに、力が入らない。

足を広げたまま息をついていると、ディキが起き上がってのし掛かってきた。大きく張り詰めたものを、無言で泥濘に押し付ける。

先端が、ちゅっとキスをするように触れた。それだけで、中が期待にきゅうっとうねる。

「あぁぁっ……あっ、んん……」

触れているだけなのに声が止まらなくて、思わず手で口を塞いだ。

「気持ち、いいか？」

「んっ……んん、んっ」

じわり、じわりと味わうように、膣を押し広げながらディキが入り込んでくる。まだ先端すら飲み込んでいないのに、もう一度達してしまいそうになる。

「お前が感じてるとこ、すげぇ好きだ」

うっとりと囁いて、ディキはわざと浅いところをくすぐるように出し入れした。

ぐじゅぐじゅと水音を立て、愛液が飛び散る。

「あっ、……もっと……もっと、おくぅ……っ」

めいっぱい奥まで挿れて欲しい。そうねだると、ディキが唇の端で笑う。

「相変わらず淫乱だな」

私がこんな風になってしまうのは、呪いのせいかな。それとも、もう呪いは解けているのだろうか。

ふいにそんなことを考えて、どっちでもいい、そう思った。

だって全部、本当の気持ちだから。

「ディキ……すき……ちょうだい」

「ん……」

両手を広げると、覆いかぶさって抱きしめてくれる。

ぎゅっと全身で抱きしめ返して、ディキの首筋に顔を埋めた。さらりとした銀の髪を撫でると、あたたかい手が私の赤毛を撫で返す。

「お前の赤毛も、胸が小さいのも、全部かわいい」

「ひ……あぁっ……」

ぐ、と腰に力が入り、熱い塊が肉壁を割ってじわじわと侵入してくる。

「腕の中に収まる背丈も、口うるさいのも、怯まないところも」

「やぁ、ん……っ、あ、あ、あぁ！」

イったばかりの敏感な膣内を抉られて、腕の中で身をよじる。そのまま最奥まで到達し、あまりの気持ちよさに目の奥で星が飛んだ。

「アロア……アロア、大好きだ」

ディキはそのまま、ゆるゆるとした動きで腰を揺らす。激しさはないのに、体の奥が痺れたように甘く疼く。ディキもすごく気持ちいいみたいで、堪えるように吐息をこぼした。

薄目を開けて、見つめあって、何度も「好きだ」と囁く。幾度となく追い詰められ、身も心もとろけていく。

「ディキ……っ」

キスをしながら突かれると、私はまた達しそうになる。それに合わせるように、ディキも腰の動きを早める。

「アロア……っ、く……ぅっ」

喉の奥で呻いて、ディキがぶるりと震えた。お腹の奥に熱い飛沫が注がれると、多幸感に包まれる。

もう「好き」だけでは足りなくて、言葉にできない。はぁっ、と深く息を吐き、おでこをくっつければ自然と笑みが溢れた。

肩で息をつきながら見つめ合う。繋がれたことで、ようやく心から安堵できた気がした。

その後、私たちはお風呂に入ってポチの作った食事を摂った。

デザートには、時間を置いて味の染み込んだパウンドケーキ。焼き加減もちょうど良くて、さっくりとした食感とオレンジピールの爽やかな甘さがアクセントになっていてとても美味しかった。

それから寝巻きに着替え、私とディキはベッドへ入る。

連日の疲れもあるのだろう。ディキはあっという間に寝息を立てて、深い眠りへと落ちていった。

◇　◇　◇

——ふいに、呼ばれた気がして目が覚めた。

辺りは暗く、見慣れた小さな魔法の灯りがキラキラと輝いている。まだ真夜中だ。

しかしベッドの隣を探ると、もぬけの殻だった。

「ディキ、研究室かな？」

そう思って体を起こした瞬間、視界に真っ赤な花が飛びこんできた。

驚いて顔を上げると、天井近くをポチのツルがうねうねと這っていて、その体中から色とりどりの花が咲いている。

種類も大きさも違う。花の咲く季節も違うはずなのに、一斉に。

「わ……あ！」

よく見ると部屋中がお花畑だ。

すごく綺麗。だけど……だけど、なんだろう？　どうしたの？

なんとなく胸騒ぎがして、私はベッドを抜け出し部屋の外へ出た。階段を駆け上がると、研究室の扉を開く。そこもまた花だらけだ。

「ディキ？」

声をかけながら見回しても居ない。

植物園になっている屋上へ上がると、ようやくその姿を発見できた。

室内よりもさらに花をいっぱい咲かせたポチが、ディキの差し出した腕にツルを伸ばしている。夜の暗がりでふたりは何かを話しているようだ。

近寄り難くて尻込みしていると、私に気付いたディキが振り返って小さく苦笑いする。

「起きたのか……いや、起こしたな？」

ポチを軽く小突くと、ピョコピョコと葉を揺らした。

ふたりのそばまで行くと、ディキが「風邪引くぞ」と羽織っていた上着をかけてくれる。

今夜は風が強い。ざあ、と風の通る音が闇夜にさざめきのように広がる。

「アロア。……ポチとはお別れだ」

「えっ⁉」

いきなり予想もしないことを言われ、私は固まった。

お別れ？　それは、いったい、どういう……？

「人間を襲ったら枯らす。そういう約束なんだ」

「そんな……」

私を助けるため、ポチは人間を攻撃した。確かにそうだけど、あそこで助けてもらわなければ、私かウィルが死んでいたかもしれない。

ディキにそう訴えたが、彼は首を横に振る。

「初めて出会った時からの約束だ。ここで生かす代わりに、どんな理由であれ人を襲ってはいけない。これはポチの望みでもある」

私のせいだ。呆然と呟くと、シュルリと伸びてきたツルが私の頬を撫でた。

「そんなことない、って。無事でよかったって言ってる」

「ポチ……ごめんね。ごめん……」

ありがとう。そう囁くと、ポチは嬉しそうに葉を揺らす。

「お前は、すごく優しい奴だった。大好きだ」

ディキが寂しそうに、でも落ち着いた様子で呟いた。

そうか、ディキは初めてじゃない。ポチラルド・オーボンヌドワ3世。かつて、1世と2世もいたはずだ。きっと、どの子もディキにとってかけがえのない友達だった。

「また初めからだ。ポチは、種子からやり直す」

私の手を、ポチがツンツンと突つく。手を差し出すと、手のひらの上に小さな黒い塊を置いた。アーモンド型のそれは、ポチの種だ。

死ぬわけじゃないんだ。ポチは生まれ変わる、4世として。

私は安堵しつつ、種をぎゅっと大切に握りしめる。

さよならを告げて、ディキがポチに指先で優しく触れた。

すると触れた部分からたちまち萎れ、枯れていく。青々とした葉は水分が抜け、カサカサと音を立てた。色鮮やかだった花は首を垂れ、花弁を落とす。

「しばらくは、ポチの作ったお菓子も食べられないね……」

呆然と呟くと、ディキが堪えるようにぎゅっと眉根を寄せた。

「……菓子作りは……3世だけの趣味だ」

「――――！」

あぁ、なんてことだろう。私は、ポチがディキのペットだから、魔物だから、植物だから、趣味なんてなくてディキの好きなものを作ってくれてるんだと思ってた。

ポチの、3世の趣味。4世は、私とお菓子を作ってくれるとは限らないんだ。私のことを好きになってくれるかだって。

さっきまでわかっていたはずのことが、本当はわかっていなかった。私と一緒に過ごした3世は、もう、どこにもいないんだ。

「泣くなよ」

「ごめ、ごめんなさい」

屈み込んで泣き出した私を、ディキが膝をついて後ろから抱きしめた。

「植物は、一《イチ》が全《ゼン》で全が一だ」

慰めるように頭を撫でてくれながら、静かな声で囁く。

「一枚の葉は個だけれど、すべてと繋がってる。共有してるんだ。種だって同じ。現に、1世と2世の特性は、3世に受け継がれている部分もある。なくなるものもあるけど……ちゃんと繋がってる」

違うポチでも、ポチであることに変わりはないと。

「菓子作りは、お前が教えればいい。お前が繋げてくれ」

「うん」

腕の中で頷いて、カサカサになってしまったポチへ手を伸ばす。

「また一緒に作ろうね、ポチ」

そっと触れると、ポチはぱらりと儚く崩れ、砂になって風に散っていった。

3世と4世は違う。だけど、根っこは同じ。

ディキが大好きで、人間のそばにいたい。一緒に居たい人と居られるように、繰り返して生まれ変わって、学んで、なりたい姿になっていく。

魔物は魔物のまま、ディキもディキのまま。

歩み寄り、いつか共に歩める日が来るように。

小さな黄色い鉢植えに植えた種は、それから数日後に芽吹いた。新しいポチの双葉が、ちょこりと顔を出す。

「はじめまして、私はアロア。あなたはポチ。ポチラルド・オーボンヌドワ4世だよ」

私の言葉をディキが通訳すると、ポチは青々とした葉をわずかに震わせ、くすぐったそうに笑った。

最終章　ずっと一緒に

すっかり日常が戻り、新しいポチのツルが私の身長くらいに伸びた頃――ロベイア王国建国記念祭がやってきた。

建国記念祭はこの王国で新年の次に大きなイベントだ。街にはずらりと屋台が並び、朝から晩まであちこちで国歌を歌う声が聞こえる。

夜には魔術師たちが作った魔法の花火を打ち上げて、夜空を色とりどりの光で彩るのだ。

私たち北棟のメンバーも、花火作りに駆り出された。

私とハニアで、小さな薬玉に花火の元となる魔法の媒体を詰める。それをディキと、怪我が治って帰ってきたウィルが、魔法を込めて仕上げていく。

量がありなかなか大変な作業で、終わった時にはヘトヘトだった。

その流れで、建国記念祭の日は北棟へ集まってお疲れ会をすることになった。

――当日、北棟にはいつものメンバーが集まった。

ディキと私、ハニアとウィル。カイゼさんも見廻りの休憩時間を合わせて来てくれる。

そして、反省期間を終えたグリタ。

彼は私たちに改めて頭を下げた。短髪だった髪はディキの魔法で焦げたせいかさらに短めになり、どことなくさっぱりした印象だ。

「グリタ。お前、戻ってくるんだろ？」

誘われてやってきたものの遠慮がちな彼に、最初に声を掛けたのはディキだった。

グリタは少し戸惑って、困ったように頭を掻く。

「俺なんかが、戻っていいんですかね」

「は？　なんか問題あんのか」

「え、逆に、問題なく受け入れるんですか、皆さんは」

驚いて聞き返すグリタに、私が「もちろんだよ、ねぇ？」と皆の顔を見回す。

まずハニアが頷いて、「人手が足りなくて困ってますから、仕方ないです」とわざとらしく溜息を吐く。ウィルは「反省しているのなら労働という対価で返すべきですね」とこき使う宣言し、カイゼさんが楽しそうに「おかえり！」と笑った。

「な？」

「……皆さんが能天気揃いでよかったです」

さも問題ないだろと言わんばかりのディキに、グリタはやれやれと苦笑する。そしてさっさとテーブルにつくと、

「ほら、じゃあパーティを始めますよ！」

なんて仕切りだしたものだから、笑ってしまった。

大きめのテーブルを囲んで、全員が座る。その上には、お料理好きのハニアが持ってきた軽食が並んでいる。私もポチと一緒に焼いたフルーツタルトとクッキーを出した。

4世は3世よりも甘えん坊でまだまだ子供っぽいけれど、覚えが早く手先（？）が器用らしい。タルトの飾り付けはとても綺麗だ。

その特技で、ハサミを使ってディキの髪の毛も器用に切ってくれたので、今のディキの髪はまた元の長さに戻っている。

そしていよいよ、お揃いのマグカップの出番だ！

雑貨屋さんで買った、黒猫のしっぽが持ち手になったカップ。日の目を見れてよかった。

そこにハニアと一緒に選んだお花の香りのする紅茶を淹れ、乾杯する。

「お疲れ様でした！　かんぱーい！」

ロベイアよ永遠に、と建国祭ではお決まりの文句を口にして、杯の代わりにマグカップを掲げた。

それからは各々が好きに語り、食べ、また国歌を歌ってのんびりと過ごす。

カイゼさんは、コカトリスの件からずっと力仕事やら警備やらで駆り出されてゆっくり食事もできなかったらしく、ケーキをめちゃくちゃ味わって食べていた。

「ポチはすごいなぁ、天才だね」

なんて窓際の黄色い鉢植えに話しかける。

それをグリタが不思議そうに見て、そして辺りを見回して言った。

「そういえば、なんか葉っぱ減りましたね？」

北棟を覆っていたポチ3世のツタは、全部枯れてしまった。残るのは、ポチが予め鉢植えへ移したいくつかの植物だけだ。

「色々あったからな」

そう言って、ディキがポチを撫でる。甘えるように身を擦り寄せたツルを見て、グリタがあっと声をあげた。

彼は見たことがある。自分たちに襲いかかった、獰猛な植物を。

それを魔法か何かだと思っていたのだろう。私は驚くグリタに、手品のタネ明かしをする気分で教えた。

「グリタくんにも紹介するね。北棟の新しい仲間、植物の魔物、ポチラルド・オーボンヌドワ4世だよ」

私の紹介で、ポチが得意げにツルをぐるぐる回す。

そう、北棟の新しい仲間。つまり、ポチのことは皆に紹介済みなのだ。

唖然とするグリタにポチはツルを伸ばし、そのチクチクしていそうな短髪をわしゃわしゃと乱暴に撫でる。

「ようこそ新入り、だってさ。お前はポチの後輩らしい」

「えぇ!?　植物の下っすか！」

格下認定されたグリタは、わしゃわしゃされながら不満そうに唸っていた。

だけどさすがグリタ、順応性が高い。数分後にはもう仲良くなって、一緒に紐で遊んでいた。あやとり、という紐で様々な形を作る遊びをしているのだけど、ポチがどんどん高度な技を繰り出すものだから、グリタが悲鳴をあげている。

「こいつすげぇ！　才能がすげぇ！」

思わず叫べば、ポチがその頭をコツンと叩く。

「あいたっ」

「先輩と呼べ、だとよ」

「ポ、ポチ先輩……」

そのやりとりに私たちが笑うと、グリタはふと目元を和らげた。

「こいつ……ポチ先輩って、魔物でしょ？　ディキさんが魔物と仲良くしてるの、アロアさんはずっと知ってたんですよね？」

「うん、まぁ」

「……やっぱいいなぁ。ずっと羨ましかったんですよ、理解者のいるディキさんが。同じもの食べて一緒に生きてる、同じ人間だ――でしたっけ」

捕まっていた時、そういえば泣き言混じりでそんなこと言ったっけ。半分当て付けだったあの言葉が、グリタの心に残っていたみたいだ。

「あれは先生の受け売りなんだけどね。ちゃんとその人を見なさいっていう」

照れ笑いしながら言うと、今度はディキが反応してハッとしたように私を見た。

「アロア。お前、師がいると言っていたな」

「えっ……うん」

「名前は？」

尋ねるディキの声がわずかに上擦る。

不思議に思いながら、私は先生の名を告げた。

「アイレス先生。アイレス・マルタ・ペトラ」

「――――！」

するとディキは大きく目を見開き、それからくしゃりと顔を歪めた。途端に瞳が潤んで、泣いてしまう直前みたいな表情になる。

「知ってるの？」

「ああ……」

心配しつつ尋ねた私を、ディキはじっと見つめた。

「そうか、あの時の……」

噛み締めるように呟き、ふっ、と唇の端を吊り上げる。

「いつか話すよ」

それは決意に似た響きを持って、私の耳に響く。だけどそれとは裏腹に、ディキの表情はどことなく幼く、喜びを孕んでいた。

「じゃ、そろそろお暇しようか」

「どうぞ、ごゆっくり」

カイゼさんとウィルがそう言って席を立つと、グリタとハニアもニヤニヤしながら倣った。

「え、なに？　もうすぐ花火の時間だよ？」

てっきり皆で見ると思ったのに、彼らは手早く帰り支度を済ませて手を振って楽しそうに出て行ってしまう。

ぽかんとしていると、ディキが私の手を取った。

「屋上いくぞ」

そう言ってこちらを一切見ずにぐいぐい引っ張られるから、なんとなく察してしまう。

屋上からは花火がよく見えるはずだ。皆が示し合わせて帰ったことでもいい雰囲気を作ろうとしているのがわかって、ものすごく照れくさくなった。

真っ赤になって俯いたまま、引きずられるようにして屋上へたどり着く。

「ほら、こっち」

顔をあげると、少し閑散としていたはずの屋上はいつもと違った。

きらりと光る星屑のような飾りがあちこちに施され、中央の長椅子は花火が見やすいように街の方へ向けられている。

「おおぉ……」

「ポチと俺でやった。いいだろ？」

ちょっと自慢げに言って、ディキは改めて片手を差し出す。

「どうぞ、お姫様」

「なにそれ！」

「ウィルが教えてくれた。サプライズとお姫様呼びは女が喜ぶって」

「ウィル……」

いや確かに嬉しいし、間違ってない、間違ってないけど。

余計なことを考えながら、ディキの差し出した手をとる。

その瞬間、パン！　と弾けるような音がして、夜空に極彩色の火花が散った。

「わあ！　はじまった！」

パン、パン、と続け様に大きな花火が上がり、すぐに小さい花火がパラパラと大量に打ち上がる。

街の方角や研究所の窓辺から、賑やかな歓声が風に乗って聞こえてきた。今日は、今この時ばかりは、皆手を止めて同じ空を見つめている。

「皆がんばったよねぇ」

「忙しかったなぁ」

ディキはあれから、なにかとフィルゴさんに呼び出されるようになっていた。私たちは以前より少しだけ世界が広がって、忙しくなった。ディキは言葉を続ける。

「いずれ北棟に、もっと人を増やそうと思う」

「いいね」

「あと、挨拶にも行きたいんだ」

「挨拶？　誰に？」

「お前の弟と……先生に」

「へっ？」

驚いて、花火から目を離す。

ディキは花火ではなく、私をずっと見つめていたみたいだった。紫水晶の瞳が、真剣な色を湛えている。

「俺が、アロア・ポーチと結婚したいって話はしたか？」

「……は、初耳かな⁉」

あたふたする私とは対照的に、ディキは静かに微笑む。

「今しよう」

おいで、と繋いでいた手を引かれ、長椅子に誘導される。

皆が帰ったのはこのためか、と合点がいった。と同時に恥ずかしくて頬が熱くなる。

「アロア」

長椅子に隣りあって座ると、ディキは顔を寄せて真面目な顔をした。

繋いだ手が汗ばんで熱い。その必死さからは逃げられないと覚悟を決め、私は彼の瞳を真正面から見つめ返した。

「アロア、俺とずっと一緒にいて欲しい。本当は形なんてどうだっていい。お前の一番近くにいたい」

以前、ウィルに『ずっと一緒にいられる覚悟があるか』と問われた時、ディキ次第だと答えた。だけど実際に言われてみれば、その言葉はもっと、とてもとても純粋で、ただ嬉しくて。

きっとディキは、どんな時も私に応えてくれるに違いない。悲しい時も、嬉しい時も、きっと一番に私を呼んでくれる。そう信じられる。

「私も、ディキの近くにいたい。一緒に生きたい」

渾身の想いを込めて、ディキの手を握り返す。

「愛してる」

自然と口をついてその言葉がこぼれ落ちた。

ハッと我に返ると、目の前でディキが真っ赤になって固まっている。

さっきまでの真剣な雰囲気はどこへやら。彼はへにゃりと顔を歪ませて、「うああ」とか「んんん」とか唸った後、ポソっとものすごく小さな声で、「……俺も……してる」と告げた。

「えっ、聞こえない」

なぜか怒りながら肯定するのが面白い。ケタケタ笑っていると、ディキがこちらを恨みがましそうに睨む。だけどすぐに目元は和らいで、一緒に笑い出した。

「……ったりまえだろ！」

「まだってことは、言うつもりはあるんだ？」

「くそ……まだ早い……」

「もう一回、ちゃんと言って？」

「嘘だ！　聞こえただろ！」

穏やかで、晴れやかな笑顔。その笑顔を、色とりどりの花火がきらきらと照らしている。

嬉しくなって見つめていると、ディキが気づいて、顔を傾けながら近づく。

自然と目を閉じ、キスを交わした。

重なった唇から、また微笑みが溢れる。

「幸せになろうね」

交わす口づけの合間に囁く。

その言葉を肯定するように、ディキの耳元で私の瞳と同じ色のピアスが、星のように瞬いた。


〈おわり〉

あとがき

はじめまして、こんにちは。まるぶち銀河と申します。

本作をお手に取ってくださり、ありがとうございます。この作品は、第四回ムーンドロップスコンテストにて最優秀賞を受賞させて頂き、私のデビュー作となります。

素晴らしい機会を与えてくださった審査員の皆様に、心より感謝しております。

大好きなツンデレ男子への萌えを、これでもか！と詰め込みました。好きなものいっぱいの本作を楽しんでいただけたら嬉しいです。

素敵なイラストは白崎小夜先生です。表紙も挿絵もどれも美麗で、ディキがめちゃくちゃカッコよく、アロアもすごく可愛くて、見るたびに悶えております。

出版にあたり、不慣れな私を導いてくださった担当編集様、編集部の皆様、出版社の皆様、関わってくださったすべての方々に、深く御礼申し上げます。

そして、読んでくださった読者様。最後までお付き合い頂きありがとうございました。

またどこかでお会いできることを願って！

まるぶち銀河

★著者・イラストレーターへのファンレターやプレゼントにつきまして★
著者・イラストレーターへのファンレターやプレゼントは、下記の住所にお送りください。いただいたお手紙やプレゼントは、できるだけ早く著作者にお送りしておりますが、状況によって時間が掛かる場合があります。生ものや賞味期限の短い食べ物をご送付いただきますとお届けできない場合がございますので、何卒ご理解ください。

送り先
〒160-0004　東京都新宿区四谷3-14-1　UUR四谷三丁目ビル2階
(株) パブリッシングリンク
ムーンドロップス 編集部
○○（著者・イラストレーターのお名前）様

ひねくれ魔術師は今日もデレない
愛欲の呪いをかけられて

２０２１年2月１７日　初版第一刷発行

著……まるぶち銀河
画……白崎小夜
編集……株式会社パブリッシングリンク
ブックデザイン……百足屋ユウコ＋モンマ蚕
（ムシカゴグラフィクス）
本文ＤＴＰ……ＩＤＲ

発行人……後藤明信
発行……株式会社竹書房
〒102-0072　東京都千代田区飯田橋２－７－３
電話　03-3264-1576（代表）
03-3234-6208（編集）
http://www.takeshobo.co.jp
印刷・製本……中央精版印刷株式会社

ISBN978-4-8019-2548-9　C0193
Printed in JAPAN